LA TROISIÈME FILLE

LES MYSTÈRES DE MOLLY SUTTON
TOME I

NELL GODDIN

La Troisième Fille

Les Mystères de Molly Sutton 1

par Nell Goddin

Titre original : The Third Girl

ISBN: 978-1-949841-25-1

Pour ma sage tante, Claudia Teass

I

2005

Elle était ridicule, sans aucun doute. Certes, cela faisait des années qu'elle n'avait pas étudié le français et elle n'avait pas vraiment été une élève brillante. Mais ayant déménagé à Castillac seulement trois jours auparavant, elle pouvait surement se débrouiller suffisamment bien pour acheter une pâtisserie à déguster avec son café de l'après-midi. Les magasins étaient là pour vendre leurs produits, pas pour juger son accent, n'est-ce pas ? Restée sur cette idée, Molly Sutton enfila un tout nouveau chapeau Panama sur ses boucles rebelles et descendit sa petite allée pour se diriger vers le village, déterminée à obtenir son premier éclair.

Trois jours n'avaient pas suffi pour apprendre à se repérer dans le dédale des ruelles étroites, mais Molly avait un bon sens de l'orientation, et elle vivait l'un de ces moments d'euphorie que les expatriés ressentent parfois lorsqu'ils ne sont pas aux prises avec la bureaucratie de leur pays d'adoption ou qu'ils ne découvrent pas qu'ils viennent de manger quelque chose comme une tourte à l'alouette. La pierre calcaire dorée des bâtiments était chaude et plaisante. C'était la fin de l'été, mais l'air n'était pas frais, et elle gardait un rythme soutenu, scrutant les fenêtres et les arrière-cours, s'imprégnant de tout. Elle n'avait aucune idée d'où trouver une pâtisserie, mais se dirigeait vers le centre du village.

C'était intéressant de voir comment tout le monde semblait étendre leurs sous-vêtements sur le fil à linge. « Ne sèchent-ils pas dur comme du carton », se demanda-t-elle. Elle s'arrêta au mur de pierre du jardin d'une maison, montant sur un rocher pour voir par-dessus. Des vêtements étaient suspendus sur le fil à linge, dansant plutôt gaiment dans la brise. Elle était tentée de tendre le bras pour toucher une paire de ces culottes qui semblaient chères pour voir à quel point elles étaient douces, mais peut-être que s'introduire chez quelqu'un pour toucher les sous-vêtements du voisin ne ferait pas la meilleure des premières impressions.

Elle vit que les sous-vêtements venaient de La Perla. Doux, bien coupés, très chers, et probablement valant chaque centime, songea-t-elle. Je pense que si j'avais des sous-vêtements aussi beaux, je ne les suspendrais pas en plein soleil. Ils méritent au moins un lavage à la main et devraient être, je l'imagine, séchés par le battement d'ailes de colibris ou quelque chose comme ça.

Molly se tenait au mur, regardant les trois bikinis et un caraco, soigneusement accrochés avec des pinces à linge en bois. La ruelle était si calme. Aucun bruit, sauf le bourdonnement constant des cigales. Elle regarda autour d'elle pour voir si quelqu'un était là et se pencha lentement contre le mur, tendant les doigts vers un ensemble de Bikinis avec un cordon rose qui remontait.

Quelqu'un cria quelque chose qu'elle ne comprit pas. Molly retira brusquement sa main et regarda autour d'elle pour voir qui avait parlé. L'homme d'à côté était entré dans son jardin et parlait à son voisin par-dessus la clôture entre leurs maisons.

Rapidement, elle baissa la tête et trottina au prochain tournant. Une rue commerciale se trouvait juste en face. Une foule de gens faisaient des courses, prenaient des petits cafés de milieu de matinée, et bavardaient avec les voisins. Molly déambulait en observant les formes inhabituelles des toits, les enseignes dans les vitrines ; en écoutant le français sans saisir un seul mot ; en sentant le poulet rôti dont l'odeur était si bonne qu'elle lui donnait les larmes aux yeux.

Tout était différent de ce à quoi elle était habituée, et elle aimait tout, ne serait-ce que pour cela.

La rue tournait vers la droite, et puis juste devant, se trouvait une grande fontaine. Plusieurs étudiants de l'école d'art étaient perchés sur le rebord avec des planches à dessin et des expressions sérieuses pendant qu'ils esquissaient. Molly s'approcha et s'assit sur le rebord, observant les gens jusqu'à ce qu'elle se souvienne de l'éclair et qu'elle parte à la recherche d'une pâtisserie avec sérieux. Elle avait beaucoup de travail à faire ; le gite sur sa propriété était loin d'être prêt pour les invités, et elle avait sa première réservation dans quelques jours. Elle aurait dû acheter des draps et des oreillers, et donner un bon coup de balai au lieu de se promener à la recherche de sucreries. Mais elle se sentait permissive : après les deux années passées, elle était en France à la recherche de plaisir et de calme. Et elle se régalerait, savourant chaque délicieux moment.

« Ahh. Oui. »

Elle se retrouva devant une petite boutique, l'extérieur peint en émail rouge, avec des lettres dorées au-dessus de la porte dans une écriture fleurie : Pâtisserie Bujold. L'odeur de beurre et de vanille l'a pratiquement tiré vers l'intérieur.

— Bonjour, madame, dit un petit homme derrière le comptoir.

— Bonjour, monsieur, dit Molly, les yeux écarquillés.

Sous la vitrine, rangée après rangée de pâtisseries si belles qu'elles ressemblaient à des bijoux. Des bijoux délectables et alléchants, disposés par un véritable artiste, ordonnés par couleur et symétriques comme un parterre de fleurs. Devait-elle opter pour le millefeuille, avec ses innombrables couches de pâte croustillante fourrées de crème pâtissière et son glaçage tourbillonnant sur le dessus ? Elle se pencha en avant, pressant presque son nez contre la vitre. Les tartes aux fraises avaient l'air incroyables, mais les baies n'étaient plus de saison et n'avaient probablement pas aussi bon gout qu'elles en avaient l'air. Le chou à la crème avec sa crème fouettée qui débordait l'appelait. Mais elle avait tellement rêvé d'un éclair...

— Madame ?

Molly sortit d'une sorte de transe. Elle prit une profonde inspiration et puisa du courage.

— Les pâtisseries, elles jolies, dit-elle, grimaçant à son horrible français.

L'homme sourit et sortit de derrière le comptoir. Ses yeux allèrent directement à sa poitrine et s'y attardèrent. Molly soupira.

Puis, si rapidement que cela frôla l'impolitesse, elle fit son choix, paya et quitta la boutique avec un petit sac ciré et un sourire idiot sur le visage.

Elle était à Castillac, sa nouvelle maison, sur le point de manger son premier véritable éclair français depuis près de vingt ans.

Je suis enfin là. Enfin en France, pour de bon.

❧

— Oui, mademoiselle, que puis-je faire pour vous ? demanda Thérèse Perrault, qui n'avait rejoint la minuscule force de police de Castillac que depuis quelques mois.

— C'est, eh bien, je suis à Degas, dit la jeune femme, faisant référence à la prestigieuse école d'art du village.

Perrault attendit. Elle était déjà si lasse de ne traiter que des infractions au code de la route et des chiens perdus, qu'elle osait à peine espérer que cet appel se transforme en quelque chose de plus intrigant.

— Ma colocataire est... elle a disparu. Je ne l'ai pas vue depuis hier, je commence à m'inquiéter.

— Puis-je vous demander votre nom ?

— Maribeth Donnelly.

— Américaine ?

— Oui.

— Et le nom de votre colocataire ?

— Elle s'appelle Amy Bennett. Elle est britannique. Et c'est l'étudiante la plus responsable de toute l'école. C'est pour ça que je suis si inquiète. Elle ne partirait jamais sans rien dire à personne.

Perrault griffonnait des notes, essayant de retranscrire exactement les propos de l'étudiante.

— Je comprends. Avez-vous prévenu quelqu'un à l'école ?

— Je... j'en ai parlé à l'un des professeurs ce matin, le Professeur Gallimard. Elle ne s'est pas présentée à son cours.

— Depuis combien de temps exactement a-t-elle disparu ?

— J'ai diné avec elle hier soir. Ensuite, je suis sortie avec mon petit ami, et elle est retournée à l'atelier pour travailler sur un dessin à rendre. Elle n'est jamais revenue au dortoir, et je ne l'ai pas vue de toute la journée, dit la jeune femme, la voix tremblante.

— Cela ne fait même pas vingt-quatre heures, dit Perrault, d'un ton non pas dédaigneux, mais compatissant.

— J'ai bien peur que la gendarmerie ne recherche activement que les mineurs disparus. Pouvez-vous me dire quel âge a Amy ?

— Elle a dix-neuf ans. Je suis désolée, dit Maribeth.

— Je ne connais pas les procédures concernant les personnes disparues ici. Je suis juste... Je ne veux pas avoir l'air d'une idiote, madame, mais j'ai... j'ai un mauvais pressentiment.

L'officier Perrault lui dit que presque toujours, ces situations finissaient par s'arranger. Elle demanda si Amy avait un petit ami, si elle avait une voiture, si elle avait accès à de l'argent, et elle nota soigneusement les réponses de Maribeth dans son carnet.

Avant d'appeler son patron, le commandant Dufort, sur son portable, Thérèse Perrault prit un moment pour réfléchir à tout ce que Maribeth Donnelly lui avait dit, et pour analyser la voix de la jeune femme dans sa tête. Ce n'était qu'une impression, et elle n'avait pas encore assez d'expérience pour savoir si elle devait se fier à ses impressions, mais Perrault faisait confiance à Maribeth Donnelly, et ne pensait pas qu'elle était idiote ni instable, ni quoi que ce soit d'autre qu'une amie inquiète qui avait une raison légitime de s'inquiéter. Puis rapidement, elle sourit et prit un air contrit, excitée que quelque chose se passât enfin dans le village de Castillac maintenant qu'elle était dans la police, puis elle se sentit coupable de se sentir autant enjouée par la tragédie potentielle de quelqu'un d'autre.

Comme tout le monde dans le village, Perrault était au courant des deux autres femmes qui avaient disparu sans laisser de traces, mais ces affaires remontaient à plusieurs années. La première, Valérie Boutillier, avait en fait été l'une des raisons pour lesquelles Perrault avait poursuivi une carrière dans les forces de l'ordre. Thérèse avait dix-huit ans quand Valérie avait disparu, et bien qu'elle ne l'ait pas connue personnellement, comme c'est souvent le cas à Castillac, elle avait des amis qui la connaissaient, et des membres de sa famille qui connaissaient la famille de Valérie d'une manière ou d'une autre. Perrault avait suivi l'enquête de près et avait essayé de comprendre ce qui s'était passé. Elle y pensait encore de temps en temps, et se demandait si de nouvelles preuves apparaissaient un jour qui permettrait d'identifier le ravisseur de la jeune femme.

Aucun corps n'avait jamais été retrouvé, ni même aucune preuve d'un acte répréhensible. Mais, Thérèse ne doutait pas que quelqu'un avait tué Valérie Boutillier, aucun doute là-dessus.

Valérie n'avait pas été la seule. Et maintenant, il y en avait une autre.

2

Il avait fallu une année entière à Molly pour trouver sa nouvelle maison, La Baraque. Le jour où son divorce avait été prononcé, on lui avait remis un chèque correspondant à sa part de la vente de la maison conjugale. Le montant était suffisant pour qu'elle puisse acheter un endroit rien qu'à elle, et elle savait qu'elle voulait que cette maison soit en France. Elle y avait été extrêmement heureuse quand elle était étudiante lorsqu'elle avait vingt ans, mais pour différentes raisons, elle n'avait pas pu y retourner depuis.

Dans cette phase étrange post-divorce, alors que sa vie s'était écroulée autour d'elle et qu'elle avait vécu des hauts et des bas, elle avait passé des heures, chaque jour, à consulter des sites internet et à lire à propos des différentes régions de France, à se renseigner sur les notaires, les contrats, les périodes de réflexion, et à s'émerveiller des sublimes photos de vieilles maisons en pierre, de manoirs, et même de châteaux qui étaient à vendre. Les pages sans fin détaillaient les plus somptueuses demeures jamais construites, et selon l'emplacement, elles étaient parfois moins chères qu'un pavillon dans la banlieue où elle vivait. C'était probablement le meilleur porno immobilier qui soit.

Après qu'une bonne amie ait subi un braquage à main armée et qu'une cousine ait failli être violée dans son propre salon, Molly avait accepté que la vie, là où elle habitait, un endroit qu'elle n'avait pas considéré comme violent jusque-là, était devenue dangereuse. Une partie de ce qui l'attirait du porno immobilier français était de s'imaginer vivre dans un endroit où la criminalité était plus faible, et où les gens ne se faisaient pas tirer dessus toutes les trois minutes. Elle pourrait enfin ranger la bombe lacrymogène qu'elle transportait dans son sac à main, et simplement se détendre. Bien sûr, la France n'était pas exempte de crime, aucun endroit ne l'était de nos jours, mais elle avait le sentiment qu'elle s'y sentirait plus en sécurité. Se détendre, jardiner, manger de la magnifique cuisine française, et laisser loin derrière elle son mauvais mariage et son dangereux quartier de la banlieue de Boston.

Un nouveau départ dans un endroit qu'elle adorait. Que pourrait-il bien se passer de mal ?

Il n'était jamais venu à l'esprit de Molly de vérifier si elle pouvait trouver des chiffres de référence sur la violence dans les endroits où elle envisageait de s'installer. C'était d'une naïveté grotesque, ce qu'elle réalisa plus tard. Elle avait simplement supposé qu'un village avec une église centenaire, un marché le samedi où les personnes âgées s'asseyaient sur des chaises pliantes pour vendre des champignons, où des fêtes étaient organisées plusieurs fois par an au cours desquelles tout le village se réunissait pour manger ensemble, que tout ce charme et cet esprit communautaire se traduisaient par une sécurité quasi totale. Et comment, s'était-elle demandé plus tard, quand il était trop tard, comment peut-on se défaire d'une fausse croyance alors qu'on ne réalise même pas qu'on l'a ?

Elle avait passé des mois à contempler le vaste choix de maisons et d'emplacements. Son chèque pouvait couvrir une maison un peu plus que modeste (ce pour quoi elle était extrêmement reconnaissante), mais une grande maison l'aurait complètement épuisée. Dans sa nouvelle vie de divorcée, à trente-huit ans, Molly avait besoin de revenus, alors elle avait cherché des terrains qui auraient au moins un local, séparé de la maison principale, qu'elle pourrait louer. Si cela marchait, et si elle pouvait trouver un endroit avec plusieurs vieilles granges et écuries à transformer en habitations, elle pourrait développer cette activité et gérer son propre empire de vacanciers, avec tout un troupeau de gites prêts à être remplis par d'heureux voyageurs.

Bon, « empire » était peut-être un peu exagéré, mais elle avait espéré au moins pouvoir couvrir ses factures assez rapidement. L'astuce avait été de trouver une maison qui n'était pas déjà rénovée (trop cher), ni restaurée (beaucoup trop cher), ni dans un état si lamentable qu'il aurait fallu plus d'argent qu'elle n'en avait pour la remettre sur pied.

Bien que les sites internet vitrine avaient des photos incroyables, elle avait soupçonné qu'elle trouverait quelque chose de plus abordable si elle cherchait plus profondément dans les recoins moins reluisants d'internet. Et en effet, un jour elle avait vu une annonce intéressante sur un blog d'expatriés peu connu. Le blog lui-même était plutôt douteux, et elle s'était demandée si l'auteur vivait même en France : la grammaire était approximative, le design médiocre, et les posts sur la vie française avaient un aspect plutôt artificiel, comme s'ils étaient de cinquième main ou même fictifs. Les photos de La Baraque étaient floues, mais on pouvait y distinguer le calcaire doré pour lequel le sud-ouest de la France, et en particulier la Dordogne, est célèbre. Elle y avait vu plusieurs dépendances, même si certaines, comme l'ancien pigeonnier, semblaient se détériorer. Elle était arrivée à s'imaginer là-bas, dans le jardin, buvant des kirs et mangeant des pâtisseries.

Molly en était tombée éperdument amoureuse.

Six mois plus tard, elle descendait l'allée de La Baraque en taxi, ayant vendu presque tout ce qui appartenait à son ancienne vie, à l'exception d'une petite caisse contenant ses outils de jardinage et ses équipements de cuisine les plus précieux. Elle avait habilement franchi tous les obstacles nécessaires et obtenu un visa de long séjour. La vente s'était déroulée sans accroc, et bien que, ce qui restait de sa famille et la plupart de ses amis, avaient pensé que c'était de la folie, elle avait expédié un coffre et acheté un billet aller simple pour Bordeaux, sans hésiter.

Castillac était un village avec un marché hebdomadaire et une place animée. Il avait les toits de tuiles orange, les ruelles étroites et les anciens bâtiments en pierre qu'elle aimait, mais pas d'attraction particulière comme un château ou une cathédrale, donc bien que quelques touristes fussent attirés par son charme tranquille, les rues n'étaient pas inondées de visiteurs, ce qui, selon Molly, pourrait devenir ennuyant si on y vivait à plein temps. Le sud-ouest de la France était connu pour ses grottes, son canard et ses champignons, ses truffes ; le climat était tempéré, les prix de l'immobilier bas, et les pâtisseries nombreuses.

L'endroit parfait pour se remettre d'un mariage qui avait mal tourné.

Des mois avant de déménager, elle avait créé un site internet et commencé à recevoir des réservations presque immédiatement. Une fois à Castillac, Molly avait deux jours et demi pour préparer les choses pour ses premiers invités, ce qui n'était pas du tout suffisant, la gestion du temps n'étant pas particulièrement l'un de ses talents. Ces deux jours et demi se sont écoulés dans une frénésie de balayage, de peinture et de nettoyage, quand elle reçut un message disant que les invités arriveraient dans quarante-cinq minutes.

Molly avait réussi à rendre le cottage impeccable à temps, mais de justesse. Les vieilles pierres étaient magnifiques, mais elles semblaient dégager de la poussière si rapidement que tout était de nouveau recouvert avant même qu'elle n'ait rangé l'aspirateur. Les fenêtres étaient petites et elle les avait frottées vigoureusement avec du journal et une solution de vinaigre pour qu'elles laissent entrer le plus de lumière possible. Une fois terminé, elle essaya de prendre du recul et d'examiner l'endroit d'un œil critique.

Eh bien, pensa-t-elle, *j'espère que personne ne me poursuivra en justice après avoir cogné la tête contre cette poutre. Mais c'est charmant, à sa façon. Je crois. Peut-être.*

Elle sortit en titubant avec un seau et une serpillère, en sueur et sale, impatiente de prendre une douche et de boire un verre avant d'accueillir qui que ce soit.

Elle était en train de verser du vin blanc dans de la crème de cassis et admirait la façon dont la couleur violet dense tourbillonnait, lorsqu'elle entendit une voiture klaxonner.

Bien que n'étant pas très pieuse, elle leva les yeux au ciel et se dit : *pourvu que ce ne soient pas des gens bruyants. Ou trop envahissants. Ou trop bavards ou trop silencieux. Ou effrayants. Et, euh, faites que toute cette idée n'ait pas été une énorme erreur.*

— Bonjour ! dit Molly tandis que le couple descendait d'un taxi à l'aspect crasseux. Le chauffeur de taxi sortit de la voiture et hocha la tête en souriant.

— Je suis Vincent, dit-il en souriant.

— Je parle anglais, Molly Sutton !

Molly fut déconcertée que cet inconnu connaisse son nom, mais elle parvint à dire :

— Enchantée, puis, bienvenue, Monsieur et Madame Lawler !

Elle était contente qu'ils soient américains, au moins avec ses tout premiers clients, elle n'aurait pas à lutter pour communiquer. De plus, ils auraient le même décalage horaire contre lequel elle luttait encore.

M. Lawler s'avança et serra vigoureusement la main de Molly.

— Ravis d'être ici, dit-il.

— Et s'il vous plait, appelez-nous Mark et Lainie.

Mark serra la main du chauffeur de taxi et le paya.

— Maintenant, faites-nous faire le grand tour ! dit-il à Molly.

Molly sourit et bavarda tout en leur faisant visiter La Baraque et en les installant. Mais sous son expression joyeuse, elle se demandait ce qu'il en était de Lainie Lawler, qui n'avait pas prononcé un seul mot depuis tout ce temps, et dont le visage semblait si botoxé qu'elle paraissait figée dans un état d'étonnement enfantin.

Ce n'est pas à moi de juger, pensa Molly. *Et vraiment, c'est un bon moyen d'avoir un revenu. Un peu de conversation, quelques poignées de main, facile comme tout. J'ai juste besoin d'avoir assez de réservations pour pouvoir embaucher une femme de ménage et lui laisser le soin de dépoussiérer.*

❧

UNE JOURNÉE. Cela pouvait tout changer. Ou rien du tout.

Le commandant Benjamin Dufort, de la brigade de gendarmerie constituée de trois personnels de Castillac, fit le tour de son bureau et décrocha le téléphone, puis le reposa. Il regarda Perrault et serra les lèvres, ses pensées impénétrables.

— Maron ! appela-t-il l'officier dans la pièce adjacente.

Gilles Maron apparut dans l'encadrement de la porte, l'air décontracté bien qu'il n'aimât pas la façon dont Dufort l'avait interpelé. Il avait une petite trentaine d'années, c'était un officier expérimenté, ayant déménagé à Castillac après son premier poste dans la banlieue de Paris. Dufort avait été satisfait de son arrivée et content de ses performances jusque-là.

— Bonjour, Maron. Perrault a reçu un appel à 15 heures. Une étudiante de l'école d'art qui disait que sa colocataire avait disparu. Perrault a jugé que l'appelante avait la tête sur les épaules et ne cherchait pas simplement à créer du drame comme le font parfois les étudiants de cet âge. Dufort fit une pause, passant une main sur sa coupe en brosse.

— Malheureusement, comme vous le savez, nous ne recherchons plus les personnes disparues, sauf s'il s'agit d'enfants.

— Stupide bureaucratie, marmonna Perrault entre ses dents.

— Je suis d'accord avec vous, dit Dufort.

— J'ai eu une affaire il y a quelques années, une femme est venue signaler la disparition de son mari. Tu t'en souviens, Perrault ? C'était dans les journaux et à la télévision locale. Il s'est avéré que le pauvre homme avait commencé un nouveau traitement et que le médicament le faisait délirer. Trois jours plus tard, nous l'avons retrouvé dans une grotte, en haut de la route qui monte vers le vignoble de Sallière.

— Les gens pensent que si leur médecin leur donne quelque chose, c'est parfaitement sûr, quoi que ce soit. Ils ne remettent rien en question.

Dufort secoua la tête.

— Quoi qu'il en soit, c'est un autre sujet. Nous avons retrouvé l'homme et l'avons ramené chez lui sain et sauf.

Il joignit ses paumes, puis frappa dans ses mains.

— Bon, je ne vois pas pourquoi nous ne pourrions pas garder un œil ouvert concernant cette étudiante en art. Veillez simplement à ne pas négliger vos autres tâches.

Il ne mentionna pas les deux cas plus anciens de personnes disparues, dont le premier s'était produit juste après son affectation à Castillac. Il avait enquêté sur les deux et n'en avait résolu aucun. Sans doute Perrault et Maron étaient au courant, car malheureusement, ces affaires faisaient désormais partie du folklore de Castillac. Une fois seul, Dufort tendit la main vers son tiroir et en sortit une petite bouteille en verre bleu et un verre à shot. Il déboucha la bouteille qui contenait une teinture d'herbes préparée pour lui par une femme du village, et se versa soigneusement trois centilitres. Il grimaça en l'avalant d'un trait. Il n'aimait pas cette nouvelle concernant la jeune fille. D'une certaine manière, il sentait que quelque chose n'allait pas, même s'il n'avait pas pris l'appel lui-même et n'avait aucune idée d'où venait ce mauvais pressentiment.

Mais ce pressentiment était là, sans aucun doute. Il était présent comme les autres fois.

3

Tôt le lendemain matin, Molly se rendit au village pour acheter des croissants pour le petit-déjeuner des Lawlers. Elle sentit un petit air frais et porta un pull pour la première fois, ainsi qu'une casquette sur ses cheveux roux, plus rebelles que d'habitude. À mi-chemin du village, de l'autre côté de la route, se trouvait un petit cimetière. Molly passa rapidement devant son mur moussu, jetant à peine un coup d'œil aux mausolées de l'autre côté. Elle jeta un œil aux jardins des voisins pour voir quels légumes d'automne ils avaient plantés, et admira les choux-fleurs et les choux frisés. La façon française de jardiner était si nette, si ordonnée, si peu Molly. Elle passa devant un jardin et s'arrêta un moment pour apprécier sa luxuriance de fin d'été, les plants de concombres envahissant un treillis, les zinnias dans une profusion d'orange et de rouge, et le léger jaunissement des feuilles annonçant la fin de la saison.

Elle avait de grands projets pour son propre jardin, mais avait été trop occupée avec la maison pour faire quoi que ce soit jusque-là ; le vrai travail devrait attendre le printemps. Un potager négligé se trouvait juste à côté de la cuisine avec un ancien buisson de romarin dans un coin, et une platebande de vivaces le long du mur de pierre devant la maison qui abritait quelques plantes robustes, principalement des rudbeckias et des échinacées. En fait, elle pourrait peut-être trouver une heure cet après-midi-là pour s'occuper de cette platebande, ne serait-ce que pour enlever ces vilaines vignes. Ce serait un pur bonheur de s'agenouiller dans l'herbe et de se salir les mains.

Elle avait déjà pris un café en se levant, mais ne voyait pas d'inconvénient à en prendre un autre. Elle s'installa donc au Café de la Place, au centre du village, et commanda un café crème au très séduisant serveur que la patronne appelait Pascal. Et puis, pourquoi ne pas prendre le petit-déjeuner complet : un grand verre de jus d'orange fraichement pressé et un croissant pour accompagner le café crème ? Pourquoi pas, en effet ?

Pascal déposa la grande tasse de café. Elle était recouverte d'une épaisse couche de mousse de lait, et Molly dégagea un large sourire, puis sourit à Pascal, qui le lui rendit avant de disparaitre dans la cuisine. Elle saupoudra un peu de sucre sur la mousse et but goulument, en extase, passant du café au jus d'orange puis au croissant. Des Britanniques à une table voisine commencèrent à parler assez fort qu'elle les entendait, rendant son petit-déjeuner encore plus délicieux.

—Je pense vraiment qu'on devrait envisager de ramener Lily à la maison tout de suite.

— Allons, Alice, tu exagères. Lily se débrouille bien et c'est son rêve, tu te souviens ? Son travail ici a été plutôt impressionnant, tu ne trouves pas ? Degas fait un excellent travail.

— Ne me dis pas de ne pas m'en faire. Cette fille a disparu depuis près de deux jours.

— Oh, je ne m'inquièterais vraiment pas, ma chère. Les filles s'enfuient pour un million de raisons, n'est-ce pas ? Ce n'est probablement rien. Un garçon, je parie.

—J'ai entendu dire que c'est une élève très sérieuse. Pas du genre volage. Et si elle était partie avec un garçon, elle aurait contacté ses amies ! Tu sais qu'elles s'envoient des messages toutes les minutes. Quelqu'un aurait eu de ses nouvelles.

Une famille avec deux jeunes enfants s'installa à la table voisine, et Molly dut se retenir de les faire taire pour pouvoir entendre la suite de la conversation du couple. Mais ils étaient passés à la maladie persistante d'une tante, et Molly cessa d'écouter.

Pendant un instant, elle s'interrogea sur la jeune fille disparue, et se demanda lequel des parents avait raison — enlèvement criminel ou escapade romantique.

Elle ne voulait pas que les Lawlers se lèvent et se retrouvent affamés et sans attention, alors elle avala la dernière bouchée de son petit-déjeuner, rassembla son sac de croissants et reprit la rue pavée en direction de La Baraque. Elle fut submergée par les souvenirs d'il y a vingt ans en arrière, quand elle était une jeune étudiante en France. Il y avait eu ce weekend avec Louis, celui aux yeux verts et au regard en coin malicieux, qui pouvait la faire rire comme personne d'autre...

❧

Les officiers se réunissaient généralement de manière informelle dans le bureau de Dufort, environ une heure après leur arrivée au travail. Dufort était arrivé tôt après un jogging encore plus éprouvant que d'habitude afin de vider sur son bureau pour pouvoir se concentrer sur l'étudiante en art disparue.

— Bonjour Perrault, Maron. Je viens de parler à l'école et d'écouter une série de banalités : « nous aiderons de toutes les manières possibles, blablabla ». J'ai bien peur que le directeur là-bas soit plus préoccupé par la réputation de l'école que par ce qui est arrivé à la jeune fille.

— Tu penses vraiment qu'il s'est passé quelque chose ? Autre qu'elle soit partie sur un coup de tête ? demanda Maron.

— Tu connais les probabilités, dit Dufort doucement.

— Elle est trop âgée pour que ce soit une affaire de garde ou quelque chose du genre. Soit elle est partie d'elle-même sans rien dire, soit il y a eu un accident ou un enlèvement. Perrault, je veux que tu passes quelques coups de fil : aéroports, hôpitaux, agences de location de voitures, etc. Maron, fais le tour de la ville, parle aux gens, regarde autour de toi, vois ce que tu peux découvrir. On a une description de la colocataire. Si nécessaire, j'appellerai les parents pour qu'ils nous envoient une photo. Mais je ne veux pas les appeler tout de suite. Ils ne peuvent pas nous aider au-delà de la photo, et nous ne sommes même pas censés enquêter là-dessus. D'abord, nous devons en savoir plus sur ses déplacements de cette nuit-là. Assurez-vous de vérifier les bars, dit-il à Maron, même si, d'après la description donnée par la colocataire, il ne semblait pas qu'Amy Bennett ait fréquenté l'un d'entre eux.

Dufort se dirigea vers l'Institut Degas. Il traversa le village, saluant de vieux amis et connaissances, prenant son temps, gardant les yeux ouverts. Parfois, l'information venait de sources inattendues, et il voulait se rendre disponible pour la recevoir. D'un côté de la place principale se trouvait trois endroits qui restaient ouverts tard : un bar à vin qui servait des accompagnements ; La Métairie, un endroit couteux qui n'avait pas encore obtenu d'étoile Michelin, mais qui y aspirait ardemment ; et un bistro appelé Chez Papa, tenu par un habitant très apprécié de Castillac, où Dufort s'est engouffré.

— Alphonse ! cria-t-il par-dessus le vacarme de la musique pop.

Alphonse était en train de passer la serpillère, dos à la porte.

— Bonjour, Alphonse !

Alphonse sursauta et se retourna.

— Bonjour, Ben ! Je t'offrirais bien à déjeuner, mais ce n'est pas du tout l'heure, et je vois bien que quelque chose ne va pas. Dis-moi !

— C'est plutôt à *toi* de me dire, répondit Dufort avec un léger sourire.

— Que s'est-il passé hier soir ? Quelque chose d'inhabituel ?

Alphonse s'appuya sur son balai.

— Une famille néerlandaise était là avec douze enfants, tu y crois ? On ne voit plus de grandes familles comme ça de nos jours, pas vrai ?

— Pas vraiment, non. Beaucoup d'étudiants ? De Degas ?

Alphonse leva les yeux au plafond et réfléchit un instant.

— Oh, je ne sais pas, dit-il finalement.

— Je déteste l'admettre, mais ma mémoire n'est plus ce qu'elle était. Les soirées commencent à se mélanger.

Il haussa les épaules.

— Je comprends. J'aimerais bien m'assoir et boire un verre avec toi, mais j'ai du travail qui ne peut pas attendre.

Et d'un geste de la main, Dufort était de nouveau dans la rue, alerte, scrutant les alentours à la recherche de quoi que ce soit d'inhabituel, de tout ce qui pourrait l'interpeler, même subtilement.

Dufort avait grandi à Castillac, et sa mère et Alphonse étaient de vieux amis. Il se souvenait comment Alphonse venait diner le dimanche et faisait mourir de rire ses parents avec ses imitations d'autres villageois. Il apportait de la confiture de groseilles à maquereau faite maison, qui était la préférée de Dufort. La plupart des gens du village étaient connus de Dufort depuis toujours, à l'exception bien sûr des touristes de passage et des nouveaux arrivants occasionnels comme cette Américaine qui avait apparemment acheté La Baraque et s'y était installée récemment.

Il avait fallu du temps pour se faire affecter dans sa ville natale. Les officiers de gendarmerie étaient systématiquement déplacés d'un endroit à l'autre précisément pour éviter qu'ils ne se rapprochent trop des communautés qu'ils servaient. Au début, on lui avait dit que c'était impossible, mais Dufort avait le don de convaincre les gens de faire ce qu'ils ne voulaient pas forcément faire, et finalement, il avait été envoyé à Castillac. Peut-être souffrait-il de nostalgie, ou était-il simplement un homme qui appartenait à un seul endroit, mais il y avait été heureux ces six dernières années.

Quand la jeune Perrault était partie pour sa formation, elle l'avait supplié de trouver un moyen pour qu'elle puisse revenir aussi. Il avait fait jouer quelques relations et tiré quelques ficelles, et Perrault avait été autorisée à venir, mais seulement pour six mois. Ils s'attendaient tous les deux à être affectés dans un autre village avant le début de l'année, leur séjour à Castillac, parmi les gens et les lieux où ils avaient grandi, touchant à sa fin.

L'Institut Degas se trouvait proche du village, à un peu plus d'un kilomètre, et Dufort parcourut la distance rapidement. Il n'était pas un homme de grande taille, mais il était en forme et athlétique, et il arriva au bâtiment principal où se trouvaient les bureaux administratifs sans transpirer. Il n'avait pas prévenu de sa visite et ne s'attendait pas à obtenir beaucoup d'aide.

4

Les Lawlers n'étaient restés que deux nuits, et Molly se retrouva à nouveau dans le cottage pour une autre séance de dépoussiérage, de récurage et de nettoyage. Au moins, ils n'étaient pas des cochons. Et oh, regardez, un pourboire pour la femme de ménage !

Molly prit le billet de cinq euros et le fourra dans la poche de son jean.

Les réservations affluaient chaque jour, mais elle devait s'assoir et établir un budget avant de se précipiter pour embaucher une femme de ménage. Elle retourna à la maison, prit son téléphone et des écouteurs, et écouta Otis Redding pendant qu'elle travaillait, chantant en même temps que « These Arms of Mine », sa voix érayant de manière satisfaisante. Elle espérait que les voisins ne l'entendent pas.

Quand elle se retourna pour partir, un chat roux se tenait dans l'embrasure de la porte, la regardant.

— Bonjour, petit minou !

Molly était heureuse d'avoir de la compagnie.

— Je vais te chercher une petite soucoupe de crème si tu viens avec moi.

Non seulement le chat la suivit, mais il s'enroula entre les jambes de Molly, manquant de la faire trébucher et de lui fendre le crâne sur l'allée en ardoise. Elle rangea son matériel de nettoyage dans un placard, puis prépara une soucoupe avec un peu de crème et la posa. Le chat roux la regarda, puis s'approcha lentement de la soucoupe comme s'il s'en fichait, et prit une lampée. Ensuite, sa queue se dressa toute droite, mais avec un petit crochet au bout, et le chat finit la crème en moins d'une minute.

— Je m'en doutais, sourit Molly en tendant la main.

Le chat roux la mordit au doigt et s'enfuit dans les buissons.

— Petit démon ! lui cria-t-elle.

La maison lui était encore peu familière et excitante, et elle avait passé du temps à ne rien avancer, mais plutôt à errer dans ses pièces, dont la plupart avaient des plafonds bas avec d'anciennes poutres. La structure originale avait été agrandie plusieurs fois, si bien que le bâtiment était une sorte de patchwork, assemblé en formant des angles étranges. L'escalier tournait presque en spirale, ses marches étaient usées, et Molly se demandait combien de familles avaient vécu ici, combien de pieds avaient grimpé jusqu'au lit en marchant exactement là où elle marchait.

Elle pensa à se promener dans la prairie derrière le potager, mais décida qu'elle ferait mieux de travailler un peu plus, alors elle passa l'heure suivante dans son bureau, à confirmer des réservations et à envoyer des e-mails à ses amis au pays, se montrant un peu plus enjouée qu'elle ne l'était réellement.

Au Massachusetts, après le divorce, elle mangeait généralement son déjeuner devant l'évier, ou se contentait même d'avaler n'importe quoi debout devant le réfrigérateur ouvert. Mais dans sa nouvelle vie française, elle essayait de changer ses habitudes et de prêter plus d'attention aux petits rituels de la journée. Elle sortit une laitue romaine et lava plusieurs feuilles, émietta du fromage de chèvre qu'elle avait acheté au marché ce matin-là avec la laitue, coupa quelques carottes en rondelles, ouvrit une boite de sardines et les émietta avec quelques petites pommes de terre du diner de la veille. Pour la vinaigrette, elle hacha beaucoup d'ail et le fouetta avec du jus de citron, un jaune d'œuf, plus de moutarde que nécessaire, beaucoup de sel, du poivre et de l'huile d'olive.

Elle sortit par la porte de la cuisine vers le jardin, à la recherche d'herbes aromatiques, mais il n'y avait rien, à part du romarin. Comment un jardin français pouvait-il manquer d'estragon ? Quels genres d'infidèles vivaient ici avant ? pensa-t-elle en rentrant à grands pas.

Après avoir mélangé la salade et versé un verre de rosé, elle sortit sur la terrasse du salon, tira une chaise rouillée vers une table rouillée, et savoura un long, luxueux et solitaire déjeuner.

Le décalage horaire s'était enfin estompé, alors elle n'eut pas envie de faire une sieste après le repas. Au lieu de cela, elle mit sa vaisselle dans le vieil évier en porcelaine et sortit dans le jardin. Juste à l'entrée du garage se trouvait le coffre qu'elle avait envoyé de chez elle, moins l'équipement de cuisine qu'elle avait déjà déballé et rangé. Elle choisit un outil dont le nom lui échappait. Il avait une sorte de fourche à une extrémité et un pic à l'autre — parfait pour arracher les plantes les plus coriaces du jardin. Molly s'agenouilla dans l'herbe et se mit à travailler sur une parcelle située sur le côté de la maison, avec la musique d'Otis Redding sortant par la fenêtre, le soleil dans son dos. Ce genre de désherbage était une sorte de méditation, et à mesure que le tas de lianes et d'herbes arrachées grandissait, ses pensées s'apaisaient jusqu'à ce qu'elle n'en ait plus du tout, rien d'autre que le son d'Otis, l'odeur des plantes et la texture de terre sur ses mains.

— Bonjour madame !

Surprise, Molly bondit sur ses pieds et se retourna. Debout à côté du mur de pierre qui séparait sa propriété de celle du voisin se tenait, eh bien, la voisine. Une petite femme à l'allure d'oiseau, vêtue d'un peignoir, ses cheveux blancs s'échappant de son chignon.

— Bonjour, madame, répondit Molly, ses mains devenant moites à la perspective d'une conversation en français.

Cela faisait trop longtemps depuis l'université, où elle l'avait étudié pour la dernière fois.

— Je voudrais vous dire bonjour et vous souhaiter la bienvenue à Castillac, dit la voisine.

D'accord, j'ai vraiment compris ça, a pensé Molly, ressentant une petite bouffée d'optimisme.

— Merci beaucoup, dit Molly.

— C'est joli.

La voisine hocha vigoureusement la tête puis parla si vite, et avec un bégaiement, que Molly était complètement perdue.

— S'il vous plait, dit-elle, parlez lentement ?

Les deux femmes firent beaucoup d'efforts durant les dix minutes suivantes, leurs fronts commençant à briller sous l'effort de communiquer les choses les plus simples, et au moment où elles dirent « à tout à l'heure », elles connaissaient au moins leurs noms respectifs, bien que Molly oublia celui de la voisine presque instantanément. Ce qui lui resta en tête, c'était l'évocation, pour la deuxième fois ce jour-là, de la jeune fille, l'étudiante en art, qui avait disparu. La voisine avait pris un air grave et dit que ce serait peut-être une bonne idée de fermer ses portes à clé, étant donné qu'elle vivait seule et tout ça.

Molly était tout à fait heureuse de vivre seule, *merci bien*, et elle n'allait pas se laisser effrayer simplement parce qu'une jeune fille s'était enfuie avec le petit ami de quelqu'un d'autre. Elle restait fermement convaincue que son nouveau pays était beaucoup plus sûr que l'ancien. Par défi, bien que la cible de ce défi n'était pas claire, elle laissa les portes-fenêtres de la terrasse non seulement déverrouillées, mais entrouvertes cette nuit-là. Le chat roux entra pour faire un tour, mais aucun autre visiteur indésirable ne franchit le seuil de la porte cette nuit-là, à part l'araignée et quelques mouches.

L'INSTITUT DEGAS avait soit une réputation irréprochable, soit une réputation peu reluisante, selon à qui l'on s'adressait. L'école avait été fondée dans les années 1950 par un artiste qui avait essayé de surfer sur la vague de l'expressionnisme abstrait, mais avait échoué à cause de revenus insuffisants pour joindre les deux bouts, et s'était donc tourné vers l'enseignement. Il était un bien meilleur professeur qu'artiste, et eut assez vite plus d'élèves qu'il ne pouvait gérer seul, alors il fit venir d'autres enseignants, et L'Institut Degas est né.

Au fil des ans, d'autres professeurs talentueux étaient venus à l'école, et certains de leurs élèves avaient connu d'illustres carrières, et parfois très lucratives. Ce bilan signifiait que les candidatures étaient quasiment constantes, ce qui permettait à l'école d'être sélective quant aux étudiants qu'elle admettait, et les frais de scolarité restaient élevés.

Cependant, certains des professeurs, y compris peut-être quelques-uns du corps enseignant présent, s'étaient avérés être des artistes suffisamment compétents, et leur travail en classe était louable, pourtant, on pourrait dire qu'ils n'étaient pas exactement les meilleurs choix pour façonner de jeunes esprits. C'était du moins ce que Jack Draper, chef de l'administration actuelle, laissait entendre à Dufort, lorsqu'on l'interrogea sur le corps enseignant et ses relations avec les étudiants.

— C'est la *France*, après tout, dit Draper.

— Certains des étudiants, les Américains en particulier, s'attendent à avoir des flirts, peut-être une ou deux aventures. Ça fait partie de l'expérience d'étudier à l'étranger. Vous savez comment c'est.

Qu'un Américain lui rappelle qu'ils étaient en France aurait pu pousser un officier moins aguerri au bord de l'agacement, mais Dufort se contenta d'esquisser un faible sourire. Cela ne lui était pas venu naturellement, mais il avait appris au fil des années, à empêcher ses sentiments et ses réactions de se manifester sur son visage. Et ainsi, sans avoir à y travailler, l'envie de dire à Draper qu'il était un imbécile passa sans laisser de trace.

— Voulez-vous dire, Monsieur le Directeur, que vous pensez qu'Amy Bennett était impliquée romantiquement d'une manière ou d'une autre avec un membre du corps enseignant ? Qu'il y avait une relation au-delà de celle d'enseignant et d'étudiant ?

— Eh bien, bien sûr que c'est possible. Ici à Degas, nous ne suivons pas ces vieux modèles de classe rigides, où l'enseignant est tout-puissant et les étudiants sont dociles et n'osent jamais s'exprimer. Nous sommes ouverts. Nous laissons de la place pour que la créativité — oui, la *passion* — s'épanouisse.

Avec un certain effort, Dufort s'empêcha de lever les yeux au ciel.

— Je suis heureux d'entendre que la créativité s'épanouit ici à l'Institut, dit Dufort.

— Auriez-vous l'amabilité d'imprimer une liste des cours de Bennett, avec l'emploi du temps, les noms et numéros de portable des enseignants ? J'aimerais parler à certains d'entre eux, uniquement pour le visualiser le contexte, vous comprenez.

— Le plus probable est que la jeune fille se soit enfuie, pour une raison ou une autre que les jeunes femmes décident de le faire. Mais en même temps, je souhaite être minutieux. Vous avez dit que Bennett était une étudiante sérieuse, consciencieuse. Cela ne correspond pas vraiment à une fille volage qui s'enfuit pour une histoire d'amour, vous ne pensez pas ? L'expression de Dufort était ouverte et interrogative, peut-être un peu simple d'esprit.

— Bien sûr, je vous fournirai tout ce que vous demandez, absolument tout, dit Draper.

— Quant à être volage, qui sait ce qui se cache dans la tête de ces filles ? Parfois, ce sont les plus sérieuses qui ont le plus gros grain, n'est-ce pas ?

— Suggérez-vous que Mademoiselle Bennett a un grain ?

— Pas du tout, pas le moins du monde. Je dis seulement que les filles de cet âge, *les jeunes femmes,* peuvent être imprévisibles.

Les étudiants ici n'étudient pas pour devenir banquiers, Officier Dufort. Ce sont des esprits créatifs d'un ordre assez élevé. Et cela signifie, oui, que nous pourrions voir plus, comment dire, d'*instabilité* de comportement et d'émotions qu'on n'en rencontrerait dans une école de, disons, comptabilité fiscale. Vous comprenez ?

Dufort hocha la tête. Il comprenait que Monsieur le Directeur disait que si Amy Bennett avait disparu, c'était de sa propre faute, pas celle de l'école, et de plus, que son inconstance faisait simplement partie de ce qui la rendait si spéciale. Dufort appréciait l'art autant que n'importe quel Français, et il avait aussi un détecteur de mensonges bien efficace, qui sonnait fort à ce moment même.

5

Les Wolfsons devaient arriver lors des deux jours suivants, alors après avoir bu son café du matin et vérifié ses e-mails, Molly se rendit au cottage pour s'assurer qu'il était prêt, satisfaite d'être organisée et en avance sur son planning.

Oh. J'ai oublié de faire les lits. Il faut passer l'aspirateur à nouveau. Pitié, dites-moi que ce n'est pas le robinet qui fuit. Ou pire encore.

C'*était bien* le robinet. Molly n'était pas complètement inutile en tant que bricoleuse, et elle parvint à couper l'eau du cottage et à démonter le robinet. Il avait juste besoin d'une nouvelle rondelle. Espérant éviter de prendre la voiture et de se rendre dans les grandes surfaces, elle jeta un coup d'œil dans un miroir pour s'assurer qu'elle était présentable et se précipita dans le village pour voir ce qu'elle pouvait trouver. Peut-être y avait-il une sorte de quincaillerie, de préférence à proximité de la Pâtisserie Bujold.

Les enfants de l'école primaire avaient leur mercredi après-midi de libre, et les rues grouillaient de monde. Ils se bousculaient, couraient en rond, chantaient, se tenaient la main. Molly se demanda si elle serait un jour capable de regarder un groupe d'enfants sans ressentir une douleur dans sa poitrine. Le mauvais mariage, ça, elle pouvait s'en remettre, et elle y était presque. Mais avoir presque quarante ans, sans les enfants qu'elle avait tant désirés... elle n'était pas sure de pouvoir surmonter cela un jour.

Un monde de regrets et de chagrin remontait à la surface à ces moments-là. Mais Molly avait appris à continuer malgré tout, et pour le moment, cela signifiait trouver une rondelle et se préparer pour les Wolfsons, peu importe à quel point ses émotions la tourmentaient.

Elle trouva une quincaillerie et, grâce à son index, obtint ce dont elle avait besoin pour réparer le robinet. Pendant qu'elle y était, elle fit le plein d'outils (une clé, des pinces décentes, une perceuse) dont elle aurait clairement besoin pour empêcher La Baraque de tomber en morceaux, et se demanda combien factureraient les bricoleurs locaux, car elle supposait que tôt ou tard, elle rencontrerait des réparations d'urgence qui dépasseraient ce qu'elle avait appris en regardant sa mère réparer des choses, ou ce qu'elle avait compris en regardant YouTube.

La Pâtisserie Bujold n'était qu'à environ quatre pâtés de maisons de la quincaillerie, presque sur le chemin, alors elle fit un détour par cette rue, la bouche déjà en train de saliver. Pas d'étudiants en art près de la fontaine aujourd'hui, malgré le temps parfait, mais encore des foules d'écoliers et leur joyeux bavardage.

Elle décida de ne pas emporter sa pâtisserie chez elle, mais d'en profiter sur place, avec un petit café. Il n'y avait que deux minuscules tables à l'extérieur, et elle s'assit à l'une d'elles, attendant son café, le visage tourné vers le soleil, au diable les taches de rousseur et le cancer de la peau, le sac de nouveaux outils à ses pieds. Sa tristesse s'était estompée, et le pain au chocolat était brillamment sucré et salé, les couches extérieures se brisant dans une explosion de saveur beurrée, et l'intérieur moelleux, foncé et délicieux.

La vie était belle, même si parfois agaçante et jamais parfaite, et elle s'adossa pour regarder les gens vaquer à leurs occupations et s'arrêter pour avoir de longues conversations avec leurs amis et voisins. Tout semblait tellement moins pressé ici, d'une certaine manière, même si elle avait beaucoup à faire. Ou peut-être était-ce simplement qu'elle se sentait moins bousculée, moins comme si tout devait déjà être fait.

Elle réparerait le robinet qui fuyait avant l'arrivée des Wolfsons. Et finalement, peu importe le temps que cela prendrait, elle ferait à nouveau produire le potager à l'arrière de la maison et les platebandes à l'avant seraient débarrassées des vignes et éclateraient de couleurs parfumées. Son activité de gite continuerait de croitre. Elle lirait de bons livres et mangerait plus de pains au chocolat, et la solitude qu'elle ressentait de ne pas avoir d'enfants ou de partenaire ferait simplement partie du cours de sa vie, et non pas le sujet principal.

Molly s'aventura à nouveau dans la Pâtisserie Bujold avant de rentrer chez elle, avec l'idée qu'elle serait si heureuse de se réveiller le lendemain matin en sachant qu'une pâtisserie l'attendait, même si elle était un peu rassise.

❧

LE COMMANDANT DUFORT ferma la porte de son bureau et passa ses mains sur son visage. Le stress faisait partie de son travail; c'était inévitable et attendu, même dans un village où le taux de criminalité était faible. Il avait habilement résisté à un certain nombre de situations extrêmement stressantes : des bains de sang lors d'accidents de voiture, plusieurs tentatives de suicide, deux ou trois poursuites où il avait été poussé à sa limite physique. Pourtant, passer un appel pour informer des parents que leur enfant avait disparu le remplissait d'appréhension.

Il les rassurerait pleinement, et bien sûr, ferait de son mieux pour croire à ses propres propos. Mais lui et les parents connaissaient les probabilités, tous ceux qui lisent le journal ou regardent la télévision les connaissent. Tous les trois sentiraient l'abime sombre s'ouvrir devant eux, même s'ils n'en parlaient pas. Dufort était né à Castillac et n'avait jamais vécu ailleurs, mais dans un moment comme celui-ci, il souhaitait vivre et travailler dans une grande ville où il imaginait se perdre dans la foule, même en tant que flic, toujours trop occupé, d'une manière ou d'une autre, pour être le flic qui devait passer l'appel.

Il resta assis à son bureau pendant de longs moments à regarder la feuille de papier avec les numéros de téléphone des Bennett. La possibilité qu'un parent soit impliqué dans une affaire comme celle-ci planait toujours. Maladie mentale, troubles de la personnalité, dysfonctionnement familial — tout cela pouvait conduire un parent à faire quelque chose d'inimaginable, et il devrait être attentif à tout indice lorsqu'il parlerait à la famille.

Une autre femme, disparue. La troisième fois. Est-ce que ce sera comme les autres, sans preuve, sans trace, sans résolution ?

Une petite partie de son cerveau, la partie sournoise que tout le monde a, se demandait s'il ne valait peut-être pas mieux appeler plus tard, le début de matinée n'étant finalement pas si pratique. Pourquoi gâcher leur journée dès le début ? Pourquoi ne pas leur donner encore quelques heures d'ignorance bienheureuse ? Dufort chassa cette pensée et prit une profonde inspiration, puis composa lentement les numéros sur son portable.

Jack Draper aurait dû passer cet appel. Dufort n'avait aucune responsabilité officielle concernant Amy Bennett, mais il savait que l'appel devait être fait et il ne faisait pas confiance à Draper pour le faire.

— Bonjour, je cherche à parler à Sally ou Marshall Bennett, dit-il, dans un anglais passable.

— C'est Marshall Bennett.

— Je suis Benjamin Dufort, commandant de la gendarmerie de Castillac, dit-il.

Il savait que le mot « gendarmerie » ferait frissonner Bennett, et il fit une pause, même s'il savait que M. Bennett n'aurait pas le temps de s'en remettre.

Il n'existait pas assez de temps au monde pour s'en remettre.

— J'appelle, car votre fille Amy a été signalée disparue de l'Institut Degas, et j'espère que vous avez des informations sur sa localisation.

— Quoi ? dit Marshall Bennett, sa voix semblant lointaine.

— La colocataire d'Amy a appelé mon bureau pour dire qu'Amy n'avait pas été vue. Nous avons cherché, mais nous ne l'avons pas trouvée. Monsieur Bennett, je m'excuse pour mon anglais.

— Je vais chercher Sally. Veuillez patienter, s'il vous plait.

Dufort soupira. Il prit une autre profonde inspiration et expira lentement, mais se sentait toujours aussi tendu. Il avait la forte sensation de vouloir que le temps s'arrête puis recule, revenant à l'endroit où Amy était encore avec sa colocataire, à ce moment-là le temps pourrait s'inverser à nouveau, cette fois tout le monde faisant attention à ne pas perdre Amy de vue jusqu'à ce que le moment de sa disparition soit passé sans encombre et que l'horrible erreur soit corrigée.

Il ne pouvait qu'imaginer à quel point les parents souhaiteraient cela, si le sentiment était si fort pour lui alors qu'il n'avait même jamais rencontré la jeune fille.

— Allo ? dit Sally Bennett.

— Bonjour, madame, je suis Benjamin Dufort de la gendarmerie de Castillac. J'ai parlé à votre mari au sujet de votre fille. Je me demandais si vous aviez eu de ses nouvelles ces derniers jours.

— Je ne comprends pas. Amy est à l'école, à l'Institut Degas. Elle est peintre.

— L'école m'informe qu'elle est une bonne élève, Madame Bennett. Je vous appelle parce qu'elle n'a pas été vue, sa colocataire ne sait pas où elle est. Je me demandais si vous aviez ces informations. Il ferma les yeux et passa sa main sur son visage.

Silence au bout de la ligne. Dufort entendit une sorte de grognement étranglé, puis M. Bennett reprit la parole.

— Nous n'avons pas eu de nouvelles d'Amy depuis la semaine dernière, dit-il.

Il y eut une longue pause.

— Elle travaille très dur. Elle n'est pas en contact permanent comme certaines filles de son âge le sont. Que dites-vous exactement, commandant ? C'est bien comme ça que je dois vous appeler, commandant ?

— Oui, c'est bien ça. Je vous informe que votre fille a été signalée disparue. Ce n'est pas un appel officiel, car en France, les gendarmes n'enquêtent pas sur la disparition d'adultes. Mais, Monsieur Bennett, la colocataire d'Amy a appelé mon bureau, et je ne veux pas de filles disparues dans mon village, si vous me comprenez. Je veux savoir où elle est, et je suis sûr que vous aussi.

— J'apprécie votre préoccupation.

Il y eut une autre longue pause. Dufort essaya d'imaginer ce que c'était que de recevoir un appel comme celui-ci. Il savait qu'il n'y avait jamais de préparation, jamais de moyen de savoir comment on réagirait jusqu'à ce que la chose nous arrive réellement. Il soupçonnait que les Bennett étaient en état de choc, et il était impossible de deviner combien de temps cette phase durerait.

Au moins, il n'avait rien ressenti d'anormal dans la voix des Bennett. Il était bien sûr beaucoup trop tôt pour en être certain, mais son intuition lui disait qu'ils étaient vraiment choqués par la nouvelle, et en aucun cas coupables.

— Je vous serais reconnaissant de m'appeler si vous avez de ses nouvelles, dit doucement Dufort.

— Je vais vous donner mon numéro de portable et mon e-mail, n'hésitez pas à les utiliser n'importe quand.

Il devrait vraiment prendre des cours d'anglais. C'était exaspérant de lutter si fort pour se faire comprendre.

— Merci d'avoir appelé, dit M. Bennett.

— Je suis sûr qu'elle est quelque part en train de travailler sur quelque chose et qu'elle a oublié de prévenir sa colocataire. Quelque chose comme ça, en tout cas. Nous vous tiendrons au courant quand nous aurons de ses nouvelles.

Après leur avoir donné ses coordonnées et échangé plusieurs politesses et remerciements, Dufort mit fin à l'appel et posa son téléphone sur le bureau. Même s'il n'avait pas d'enfants, il n'était pas difficile d'imaginer l'horreur que les Bennett allaient vivre si leur fille ne réapparaissait pas bientôt.

Il avait trente-cinq ans et n'avait pas de petite amie pour le moment, mais il avait toujours supposé qu'il aurait une famille un jour. Il se demandait s'il n'avait pas résisté à l'idée de se poser parce qu'avoir une famille, avoir des enfants, signifiait ne jamais pouvoir éviter la possibilité que quelque chose de très grave arrive, quelque chose de si terrible qu'il faudrait toute sa force pour le surmonter, si tant est que ce soit possible. Une perte du pire genre.

Il était assez mûr pour ne pas penser en termes de certitudes et pour ne pas être superstitieux. Mais il ne pouvait oublier le mauvais pressentiment qu'il avait eu dès qu'il avait entendu le nom d'Amy Bennett pour la première fois. Il connaissait les probabilités, et il pensait que le calme de ses parents allait malheureusement être de courte durée.

6

Ce soir-là, à la tombée de la nuit, Molly avait plus ou moins fini de déballer ses affaires, et elle errait dans la maison sans but précis, bien qu'elle sentait qu'il y avait un million de choses qu'elle devait faire. Elle sortit dans le jardin et inspira profondément. Un parfum estival d'herbe fraichement coupée avec une note de roses flottait encore dans l'air, mais le jardin lui-même, était si feuillu que d'envisager la quantité de travail à accomplir était décourageant. Le chat roux s'approcha furtivement et se frotta contre sa jambe. Distraite par le jardin, elle tendit la main pour le caresser, mais une fois de plus, le chat la mordit et s'enfuit sous la haie.

— Sale bête ! lui cria-t-elle, avant de sortir par le portail et de descendre au village pour boire un verre afin de trouver de la compagnie, espérant rencontrer au moins une personne qui parlait anglais. C'était vendredi soir, et elle espérait que les villageois seraient dehors à profiter du beau temps et qu'ils seraient d'humeur accueillante, tolérant son subjonctif (qui était absolument lamentable).

Chez Papa semblait prometteur. C'était juste sur la place principale, avec un grand nombre de tables à l'extérieur et une petite foule semblait s'amuser, prenant l'apéritif, buvant de la bière et mangeant des cacahouètes et des chips dans des bols sur le bar. Trois petits chiens étaient aux pieds. L'endroit paraissait animé, mais pas trop intimidant. Molly se fraya un chemin à l'intérieur jusqu'au bar, et quand le barman lui accorda son attention, elle pointa du doigt la boisson de la femme à côté d'elle et dit : « Comme ça ! » Le barman fit un bref signe de tête et prit une bouteille.

Molly se sentit joyeusement victorieuse d'avoir sorti une phrase et d'avoir été comprise.

— Laissez-moi deviner... Américaine, Massachusetts ? dit un homme plus âgé, probablement vêtu du plus beau costume que Molly n'ait jamais vu.

— Euh, oui ? dit-elle, déroutée.

— Lawrence Weebly, dit-il en tendant la main, puis prenant la sienne pour la baiser.

— J'ai un petit hobby qui consiste à deviner l'accent des gens. Mais j'admets que le vôtre n'était pas vraiment un défi.

Molly rit.

— Je suis Molly Sutton. Mais vous ne m'avez entendue prononcer que deux mots en français ! Ce n'est pas comme si j'avais demandé où je devais garer la voiture ou quelque chose comme ça, dit-elle.

— Ce serait trop facile. Alors merci d'avoir fourni le divertissement de la soirée en me donnant que ces deux mots, et pas en anglais.

— Mais sérieusement, comment avez-vous fait ça ?

Lawrence se contenta de sourire et de siroter sa boisson rouge vif.

— Maintenant, dites-moi, vous êtes la nouvelle propriétaire de La Baraque ? Comment trouvez-vous Castillac jusqu'à présent ?

Molly tiqua.

— C'est un peu perturbant que tout le monde sache qui je suis avant même que je les rencontre, dit-elle, réussissant à esquisser un faible sourire.

— C'est la vie dans un village, dit Lawrence.

— Pour le meilleur et pour le pire. Même à l'ère d'Internet, la plupart d'entre nous trouvent que nos voisins constituent une bonne partie de notre divertissement. Nous commérons, nous fouinons, nous voulons rester informés des dernières nouvelles. Un autre ! dit-il au barman, en pointant son verre vide.

— Eh bien, dit Molly, je pourrais bien m'intégrer alors.

Elle se tourna et observa les autres clients avec curiosité. On m'a déjà qualifiée de curieuse. Une fois ou deux, ajouta-t-elle à voix basse.

— Ici à Castillac, nous considérons simplement cela comme de l'intérêt pour l'humanité, dit-il en prenant une longue gorgée de sa nouvelle boisson.

Molly hocha la tête et sourit. Elle aimait bien Lawrence Weebly. Et c'était vraiment merveilleux de parler anglais, en face-à-face, après des jours à lutter pour se faire comprendre ou à n'être qu'en sa propre compagnie. Maintenant qu'elle avait quelqu'un d'intéressant à qui parler, elle pouvait sentir à quel point elle s'était sentie seule.

Le barman avait placé sa boisson sur le comptoir devant elle, et elle avait été trop distraite pour y gouter. Elle prit une gorgée et faillit s'étouffer. Le barman sourit.

— Cognac et Sprite, dit-il en anglais, haussant les épaules.

— C'est ce que vous avez commandé.

— Mais... dit Molly, pointant le verre de la femme. C'est *ça* qu'elle boit ?

— C'est une mode, dit le barman en soupirant.

— Malheureuse, comme la plupart des modes.

— Dit comme un vrai Français, Nico, dit Lawrence.

— Et je ne pourrais pas être plus d'accord.

— Vous parlez anglais comme un professeur, dit Molly au barman.

— J'ai étudié en Amérique pendant trois ans, dit Nico en haussant les épaules.

— Votre français s'améliorera, maintenant que vous êtes ici. Vous verrez.

— Puissiez-vous dire vrai, dit Molly.

Puis elle se tourna vers Lawrence.

— Que buvez-vous, vous ? demanda Molly, regardant son cocktail rouge.

— Lawrence boit toujours, mais toujours, des Negronis, dit un homme corpulent, avec un ventre encore plus imposant, qui se pencha par-dessus l'épaule de Molly pour se joindre à la conversation, mais en français.

— Bonsoir, Lapin, dit Lawrence.

— Je crois que je n'ai jamais bu de Negroni, dit Molly, ravie de pouvoir comprendre le français de l'homme.

— Une façon couteuse de se souler, si vous voulez mon avis, dit Lapin.

Et en effet, il semblait que Lapin aimait se souler assez fréquemment, comme ses yeux injectés de sang et son visage bouffi l'indiquaient.

— Hé, vous êtes *la bombe* qui a acheté la grande baraque en bas de la rue des Chênes ?

— La bombe ? dit Molly.

— Sa façon de faire un compliment, dit Lawrence.

— Molly Sutton, je vous présente Laurent Broussard, surnommé Lapin pour des raisons qui me sont inconnues.

Molly fit un signe de tête à Lapin et essaya de bouger sur son tabouret pour l'empêcher de s'appuyer sur son épaule.

— Enchanté, dit Lapin en souriant, et il se déplaça pour se mettre en face de Molly, dirigeant l'attention de ses yeux injectés de sang vers le bas et restant fixés sur sa poitrine.

Molly essaya de croiser les bras, mais en réalité, il n'y avait aucune position qui camouflait suffisamment son corps pour cacher le fait que sa poitrine était plutôt volumineuse et extrêmement ferme.

Lawrence observa Molly, puis mangea pensivement une poignée de cacahouètes.

— Hé Lapin, j'ai vu une femme à l'arrière, une touriste, tout à fait ton genre.

Il fit un signe de tête en direction d'une petite salle à l'arrière qui était meublée de fauteuils confortables pour que les clients puissent boire et socialiser, ou jouer aux cartes ou aux échecs s'ils en avaient envie.

Les yeux de Lapin ne bougèrent pas de la poitrine de Molly. Elle leva les yeux au ciel et prit une gorgée de sa boisson, puis fit une grimace. Lawrence glissa de son tabouret de bar et prit le bras de Lapin, l'entraînant lentement vers l'arrière, faisant un clin d'œil à Molly au passage.

— Je reviens dans une minute, articula-t-il silencieusement avant de disparaitre.

Molly essaya d'entendre la conversation qui se déroulait derrière elle, mais le couple parlait français trop rapidement, et elle ne captait que des bribes qu'elle ne pouvait pas assembler pour en faire du sens. Elle plissa les yeux en regardant sa boisson, puis en prit une longue gorgée, la détestant, mais voulant en finir, se forçant à la boire au lieu d'en commander une autre, comme une sorte de pénitence. Une pénitence pour quelle raison, ce n'était pas clair.

Elle vit Lawrence se frayer un chemin à travers la foule. Déjà, il lui semblait être un ami, et elle se sentit déraisonnablement heureuse de le voir.

— Bon, dit-il, se réinstallant sur son tabouret et marquant une pause assez longue, le temps de siroter son Negroni.

— Quelle est ta situation ?

— Comment ça ?

— Les filles. Un mystère, hein ?

Molly éclata de rire.

— Bon sang, oui, un vrai mystère !

— Alors, tu n'as pas d'histoire amoureuse ? Tu n'apprécies pas l'attention. Mais pourquoi ?

— Mon ex.

— Je vois.

Il but une gorgée et attrapa quelques chips.

— Je pense que tu n'as pas besoin d'en dire plus. Ça s'explique tout seul.

— La vraie question, dit Molly, c'est pourquoi les gens s'efforcent tant d'essayer de sauver de mauvais mariages. Avec le recul, on aurait gagné beaucoup de temps, et évité *ça*, si on avait arrêté cinq ans plus tôt.

Elle baissa les yeux sur sa poitrine généreuse et rit à nouveau, et Lawrence Weebly rit avec elle.

Ils restèrent tous les deux au bar pendant encore quelques heures, buvant des Negronis et parlant d'anciens amours, de relations brisées, et de Castillac, jusqu'à ce que finalement Lawrence se lève et prenne son bras.

— Bon, ça a été une charmante soirée d'excès, maintenant je te raccompagne tout en sécurité pour que tu puisses aller cuver tout ça.

Molly se leva avec instabilité. Il lui fallut un certain temps et de la concentration pour tenir sur ses jambes. Après avoir fini l'horrible cognac-limonade, elle avait essayé un Negroni, et l'avait tellement aimé qu'elle en avait pris un autre, et maintenant elle était, eh bien, complètement bourrée.

— J'ai envie de chanter, dit-elle en gloussant.

— J'en suis sûr. Allez, viens dehors, je suis sûr que Vincent traine par ici, tu pourras prendre son taxi pour rentrer.

— J'ai pas besoin d'un taxchi, dit Molly.

— Les *taxchis* sont très pratiques quand on est pompette, dit Lawrence.

Il fit signe à Vincent, qui était appuyé contre le capot de son petit taxi, en train de discuter avec quelqu'un.

— Voilà.

Il ouvrit la porte et installa Molly à l'intérieur.

— Elle habite à La Baraque, dit-il à Vincent.

— Mets juste la course sur ma note.

— Bonne nuit, mon petit chou, dit-il à travers la fenêtre ouverte, ravi de t'avoir rencontrée. La prochaine fois, un seul Negroni.

Molly laissa tomber sa tête en arrière et rit, même si une partie d'elle nota que rien n'était particulièrement drôle.

— Vincent, dit-elle, et rit à nouveau.

Il se pencha par-dessus le siège et lui tapota le genou.

— Pas d'inquiétude, je vais vous ramener chez vous en sécurité, dit-il.

Il jeta un coup d'œil dans le rétroviseur et lui sourit, puis s'éloigna du trottoir et descendit la rue des Chênes, en direction de La Baraque.

❧

BENJAMIN DUFORT se leva quand ses officiers entrèrent dans son bureau, tous deux portant du café à emporter.

— Bonjour Perrault, Maron. Merci d'être venus un samedi. À un moment donné, je trouverai un moyen de compenser votre jour de congé.

— Commandant, ce n'est pas notre préoccupation pour le moment, dit Perrault.

Maron acquiesça.

— Eh bien, je vous remercie. Bon, allons-y. Comme vous le savez, Amy Bennett a été vue pour la dernière fois mercredi après-midi. C'était il y a presque trois jours. Je vais vous faire part de ce que j'ai appris, ce qui n'est presque rien, et ensuite j'aimerais vous entendre.

Dufort leva les bras au-dessus de sa tête et s'étira de gauche à droite, puis se tordit d'un côté puis de l'autre. Ses officiers étaient patients, habitués à la façon dont Dufort s'étirait pendant qu'il faisait une pause pour réfléchir.

— J'ai parlé à Jack Draper, le directeur de Degas. Je laisserai mon jugement personnel de côté pour le moment, et je dirai seulement qu'il n'a pas été d'une grande aide. Au premier abord, il a dit que l'école fera tout pour aider à retrouver Amy, mais il m'a bien fait comprendre qu'elle était peut-être instable, qu'elle avait peut-être une liaison avec un professeur, bref, que s'il lui est arrivé quelque chose, c'est de sa propre faute. Que ce soit clair : c'est une réaction courante de blâmer la victime. Cela se produit dans la presse, dans le village, même au tribunal. Peut-être est-ce simplement une réaction humaine et il n'y a rien que quiconque puisse faire pour y mettre fin. Cela peut être subtil, mais c'est toujours toxique, et nous, dans la gendarmerie, devons être vigilants contre cela. Quelles que soient les mauvaises décisions qu'une victime prenne avant qu'un crime ne soit commis, elle n'a *pas* choisi d'être victime d'agression, d'enlèvement, de viol ou de quoi que ce soit d'autre. Et c'est *là* que réside la faute, chez la personne qui fait ce choix. La stupidité n'équivaut pas à la criminalité, ni même s'en approche.

Il leva les yeux pour voir Thérèse les yeux grands ouverts et Maron l'air un peu sombre.

— Je suis désolé, mon intention n'était pas de finir sur le ton d'un sermon. Je ne vous accuse pas plus de ce préjugé que je ne m'en accuse moi-même. Vous comprenez ?

Perrault et Maron acquiescèrent.

— C'est tout pour Draper, pour le moment. J'ai l'intention de retourner à Degas aujourd'hui et voir si je peux avoir un mot avec Monsieur Gallimard, l'un de ses professeurs. Aussi, j'ai appelé les Bennett. Ils n'ont pas exprimé d'inquiétude en mots, mais bien sûr un tel appel téléphonique suscite beaucoup d'anxiété. Je m'attends à avoir de leurs nouvelles bientôt, s'ils n'ont pas de chance pour contacter leur fille. Maintenant, je vous écoute. Perrault ?

Thérèse se redressa et passa ses dents sur sa lèvre inférieure.

— J'ai passé les appels, commandant. Aéroport de Bergerac, aéroport de Bordeaux, toutes les agences de location de voitures dans un rayon de soixante-dix kilomètres, idem pour les hôpitaux. Je n'ai rien obtenu. Personne ne l'a vue, ne lui a parlé, rien. Alors, j'ai pensé que je pourrais essayer de récolter des informations dans le village. Je suis allée faire un tour dans les restaurants et les bars — elle leva la main pour dévier la critique qu'elle sentait venir — je sais, c'était prématuré sans photo ni même de description. C'était juste une conversation informelle.

— Ne nous précipitons pas, dit Dufort. Bien sûr, quand une jeune femme disparait, la première pensée est l'enlèvement et le crime sexuel qui s'ensuit. Nous cherchons toute personne qui aurait pu croiser le chemin d'Amy après la dernière fois qu'elle a été vue. Mais je ne veux pas que les affaires non résolues précédentes nous fassent tirer des conclusions hâtives. Il pourrait y avoir d'autres motifs menant à la disparition d'Amy.

— Comme quoi? demanda Thérèse, qui voulut ensuite se donner un coup de pied pour avoir posé une question stupide.

— La jalousie, par exemple, dit Dufort.

— D'après tous les témoignages, elle était la meilleure à Degas. Un camarade ambitieux, mais moins talentueux, pourrait vouloir l'écarter.

— Il y a toujours les triangles amoureux, dit doucement Maron.

— Oui, quelque chose dans ce genre-là aussi, acquiesça Dufort, Draper voulait me diriger dans cette direction en tout cas.

Il fit une pause, notant qu'il résistait à aller là où Draper lui indiquait, uniquement parce que c'était Draper qui le lui avait indiqué.

— Je sais que je me répète, mais n'oubliez pas que nous menons essentiellement cette enquête de manière officieuse et non en tant que gendarmes. Nous devons rester prudents pour nous assurer de ne pas être sanctionnés, vous comprenez?

Les officiers acquiescèrent et prirent une gorgée de leur café à l'unisson. Perrault sourit, heureuse d'avoir autre chose que des infractions routières à traiter, et Maron, impénétrable comme toujours, gardait ses sentiments profondément enfouis et hors de vue.

— Entre nous, je considère ceci comme une enquête pour meurtre. Perrault, je sais que c'est votre première. Ce que nous devons essayer de faire, c'est de nous mettre à la place d'une personne qui voudrait prendre cette fille et lui faire du mal. Bien sûr, nous devons chercher des preuves et voir si nous pouvons méticuleusement retracer ses mouvements. Nous devons interroger toute personne qui pourrait éclairer l'affaire. Mais tout ce travail ne servira à rien si nous n'utilisons pas notre imagination à bon escient.

— Oui, commandant, dit Perrault, rayonnante.

7

1983

Le petit garçon se dressa sur la pointe des pieds pour regarder par la fenêtre. La vitre était embuée de condensation, car Aline, la femme de ménage, lavait des rideaux dans le grand évier en métal en versant plusieurs litres d'eau bouillante. Des nuages de vapeur s'élevaient de l'évier, obscurcissant son visage. Mais ce n'était pas le visage d'Aline que Laurent regardait. Il observait son corps, en particulier sa poitrine, généreuse et sur le point de déborder de sa robe de travail alors qu'elle se penchait sur sa lessive.

Il avait cinq ans. Sa mère était morte depuis longtemps, et il aspirait à avoir l'attention d'Aline plus que quelques minutes. Il désirait ardemment qu'elle cesse de travailler pour lui caresser les cheveux et le réconforter, qu'elle le prenne sur ses genoux et lui permette de reposer sa tête sur son sein. Qu'elle lui dise qu'elle l'emmènerait loin de M Broussard, son père, qui était si cruel envers eux deux.

Tandis qu'il l'observait, il ressentait un certain soulagement. Bien qu'il fît froid dehors, voir la vapeur lui donnait l'illusion d'avoir plus chaud. Il frotta un petit coin de la fenêtre et vit plus clairement la peau rosée d'Aline, pouvant presque sentir son parfum terreux.

Mais soudain, il entendit de lourds pas, et le garçon sursauta avant de se précipiter sur le côté de la maison. Il ne pouvait pas laisser son père le voir trainer autour d'Aline, sinon il se débarrasserait d'elle, comme il s'était débarrassé de toutes les autres. Et après s'être débarrassé d'elle, il battrait Laurent, grognant contre lui, et le garçon devrait rester à la maison jusqu'à ce que les bleus s'estompent.

Le petit Laurent se glissa dans le grand garage rempli de vieux meubles et de bibelots, et se cacha à l'intérieur d'une armoire, frissonnant de froid.

8

2005

Le marché du samedi à Castillac était typique des marchés qu'on trouve partout en France, avec des agriculteurs installant leurs étals de fleurs, de légumes, de viandes, de fruits de mer et de fromages, aux côtés de vendeurs de vêtements bon marché, de livres d'occasion, de confitures maison, d'épices et d'autres articles divers. Sur quelques tables pliantes, des cueilleurs de champignons, de noix et de diverses herbes sauvages proposaient de petits fagots à vendre, et à quelques endroits s'installaient également des vendeurs de produits aussi disparates que des climatiseurs, des matelas et des ustensiles de cuisine. Le marché se tenait du petit matin jusqu'à midi, heure à laquelle tout était remballé et la scène désertée, car tout le village était en train de déjeuner.

C'était le premier marché du samedi depuis que Molly avait emménagé à Castillac, et elle n'allait pas le manquer malgré sa terrible gueule de bois. Maudits Negronis! Elle sourit en repensant à la soirée de la veille tout en fouillant dans la cuisine pour concocter un remède à ses lancinants maux de tête. Certes, elle avait passé l'âge de se bourrer avec des inconnus, mais elle s'était bien amusée, et elle espérait réellement que Lawrence Weebly serait aussi divertissant et gentil en pleine journée, qu'il l'avait été le soir d'avant.

Un verre de jus de tomate, chargé de sauce piquante? Ça semblait pouvoir aider, ou au moins distraire sa bouche de cette sensation de coton qui la rendait si nauséeuse. Elle l'avala d'un trait, prit quelques aspirines et sortit sur la terrasse pour s'assoir à la table rouillée et réfléchir, tout en buvant une dernière tasse de café avant de se rendre au village.

Mais le soleil brillait justement à cet endroit, et sa tête pulsait et ses yeux brulaient. Elle abandonna et rentra, attrapa un chapeau et des lunettes de soleil, et partit en direction de la rue des Chênes, panier de marché à la main, se disant qu'elle ressemblerait tout à fait à une Française, marchant vers le marché avec son panier, sauf qu'elle soupçonnait que la plupart des Françaises n'arrivaient pas avec une gueule de bois aussi marquante que la sienne. La plupart d'entre elles semblaient si contrôlées dans leurs plaisirs, ou plutôt, pas « contrôlées », mais peut-être... modérées. Ainsi, peut-être juste un petit éclair le dimanche, au lieu de s'en empiffrer à chaque occasion. *Oui.* Et peut-être un Negroni, pas deux en plus de cet horrible Cognac et Sprite.

Eh bien, pensa-t-elle, *j'ai beau vivre en France, je resterai toujours américaine. Vive l'immodération!* Et puis elle grimaça, car avoir ne serait-ce qu'une pensée avec un point d'exclamation lui faisait mal à la tête.

La rue était bondée les jours de marché, et les voitures étaient garées quasiment jusqu'à La Baraque. Molly posa une main sur son estomac et pensa au fromage et aux éclairs, aux saucisses fraiches et aux champignons, et à toutes les autres merveilles qu'elle était sure de trouver. Elle frotta doucement d'avant en arrière son ventre mécontent, essayant de l'apaiser.

Les étals étaient installés au centre de la place et tout autour de son périmètre, ainsi que dans certaines rues adjacentes. Molly se promena, bouche bée, laissant tout le brouhaha la submerger, sans essayer de comprendre les conversations, mais juste en regardant et en marchant lentement pour ne pas aggraver son mal de tête. Elle était reconnaissante que personne ne fasse de vente forcée, et qu'elle puisse se promener et examiner les choses sans avoir à repousser des vendeurs trop zélés.

Peut-être une assiette de légumes pour le diner, pensa-t-elle, quelque chose de sain et pas trop lourd. Elle repéra une femme d'âge moyen tenant un stand de légumes et s'en approcha.

— Bonjour madame, dit Molly.

— Bonjour madame ! dit la femme, lui souriant largement.

Elle était plutôt ronde, portant un tablier sale, et ses yeux pétillaient de bonne humeur.

— Je pense pour diner je mange seulement des légumes cette nuit, dit courageusement Molly.

— Seulement des légumes ? Je les adore, je les cultive, comme vous voyez. Mais madame, ils sont meilleurs cuits dans un bouillon de viande, ou dans une belle sauce au beurre à côté d'un steak. Avez-vous gouté les pommes de terre cuites dans la graisse de canard ?

— Non, madame.

Molly sourit, car elle avait compris ce que la femme avait dit. Bien qu'elle ait encore du mal à parler, au moins la compréhension revenait, une sensation incroyable, comme si des placards dans son cerveau s'ouvraient et qu'elle y trouvait un trésor.

— Eh bien, Molly, vous ne pouvez pas venir vivre en Dordogne et ne pas gouter au moins une fois aux pommes de terre cuites dans la graisse de canard. Bien sûr, une fois que vous y aurez gouté, vous en voudrez toutes les semaines ! Ou tous les soirs ! La femme désigna un panier de pommes de terre germées tachetées de terre.

Molly sentit son visage rougir. C'était vraiment étrange comme tout le monde semblait connaitre son nom, qu'elle était la femme qui venait juste d'emménager à Castillac, avant même qu'elle n'ait eu l'occasion de le leur dire.

— J'ai besoin... je me demande, commença-t-elle, puis elle prit de l'assurance à mesure que sa détermination grandissait, tout le monde connait mon nom et comment je suis venue vivre à Castillac. Comment est-ce possible ?

La femme rit.

— On parle, dit-elle en haussant les épaules.

Puis elle se pencha par-dessus un panier de poivrons et prit Molly par les épaules pour l'embrasser sur chaque joue.

— Je suis Manette, dit-elle, bienvenue à Castillac ! Je suis seulement désolée que vous arriviez juste au moment où nous sommes en pleine vague de criminalité.

— Vague de criminalité ?

— Eh bien, mon voisin d'à côté s'est fait voler sa brouette directement dans son jardin. Qui a déjà entendu parler de quelque chose comme ça à Castillac ? Et aussi, Robert me dit que quelqu'un est entré dans son jardin et a pris tous ses artichauts, juste au moment où ils étaient parfaitement murs. Ce genre de choses est inouï ici ! Et en plus de tout ça, il y a cette fille de l'école d'art qui a disparu.

— J'ai entendu parler de ça, dit Molly. Êtes-vous inquiète qu'il y ait... du mal ?

La femme frotta ses mains sur son tablier.

— Qui peut le dire, dit-elle.

— Les gens disent « oh, les jeunes filles s'enfuient tout le temps et il s'avère qu'elles ont volé le petit ami de leur meilleure amie » ou quelque chose comme ça. Mais moi, je pense que ce ne sont que des histoires de cinéma. Des pensées optimistes, vous voyez ? Dans la vraie vie, je pense que quand les filles disparaissent, ce n'est pas une blague qui finit bien. C'est généralement parce que quelqu'un les a *fait* disparaitre, et elles ne reviennent pas.

Les yeux de Molly s'écarquillèrent. C'était un de ces moments de *déclic !* où elle réalisait que sa façon de penser avait été totalement erronée, et que la femme avait parfaitement raison. Quand elle avait entendu parler de la disparition de la jeune fille, elle avait imaginé toutes sortes de raisons pour expliquer son absence, et il était absolument vrai que ces raisons provenaient davantage des films et des romans que de la vraie vie.

— Je vois, dit-elle.

— Et... je pense que vous avez raison.

Les deux femmes se regardèrent dans les yeux pendant un long moment, partageant leur sympathie pour la jeune fille disparue, ainsi qu'un moment de crainte pour elles-mêmes et les autres femmes du village, car si l'étudiante en art avait été enlevée par quelqu'un, et si elle était toujours portée disparue et ne revenait peut-être pas, et que personne n'avait été arrêté, alors n'étaient-elles pas toutes en danger elles aussi ?

Puis Manette s'égaya, désigna les poivrons et dit :

— Ils sont à leur apogée en ce moment, Molly. Juste la bonne quantité de pluie, donc la saveur est exquise, si je puis dire.

— J'en prendrai trois, dit Molly, pensant avec soulagement au diner plutôt qu'à la violence.

— Et pouvez-vous m'indiquer quelqu'un pour les saucisses ?

Manette sourit.

— Ça fera un bon souper, dit-elle. Va voir Raoul de l'autre côté de la place. Il a des tendances politiques un peu tordues, mais il a un grand talent pour élever les cochons et faire des saucisses. Ces cochons sont traités comme des princes, ce qui est drôle parce que Raoul est tellement à gauche qu'il fait passer Mitterrand pour un royaliste.

Molly acheta ses saucisses et rentra chez elle sans faire de détour par la Pâtisserie Bujold. Sa tête lui faisait mal et elle sentait qu'elle avait besoin de s'allonger. Les paroles de Manette étaient troublantes. Avait-elle vraiment quitté la forte criminalité de son pays natal pour se retrouver au milieu d'une vague de crimes villageois, avec enlèvement et meurtre ? Elle n'y croyait pas vraiment.

Mais elle savait que même en s'efforçant d'espérer, que l'espoir, dans des circonstances comme celles-ci, ne comptait pas pour grand-chose.

❧

Benjamin Dufort quitta la ruelle où se trouvait le cabinet de l'herboriste qu'il fréquentait, une nouvelle bouteille bleue de teinture antistress dans sa poche. Il traversa le marché, bavardant avec de vieux amis et voisins, toujours à l'affut d'un élément hors du commun, du petit bout d'information qui l'aiderait dans sa nouvelle affaire. Jusqu'à présent, aucun indice n'avait croisé son chemin, ou du moins, il ne l'avait pas reconnu comme tel. Il était possible qu'il soit tombé déjà dessus, mais qu'il n'ait pas saisi ce dont il s'agissait, malgré son intention d'être attentif.

Il se dirigeait à nouveau vers l'Institut Degas, espérant croiser l'un des professeurs d'Amy pour un entretien informel. Une simple conversation, rien de plus, juste pour contextualiser — c'est ce qu'il dirait au professeur Gallimard, qui n'était pas sur la liste des suspects, laquelle, malheureusement à ce stade, était entièrement vierge. D'après tous les témoignages, c'était un homme sérieux, entièrement absorbé par son art et son enseignement, et Dufort n'avait pas entendu un seul mot suggérant quoi que ce soit de déplacé dans sa relation avec Amy Bennett. *Une étudiante sérieuse et dévouée, et un professeur sérieux et talentueux, cela peut faire un duo très productif*, pensa Dufort, et il espérait que Gallimard aurait quelque chose d'utile à dire, bien qu'il n'essayât pas de deviner ce que cela pourrait être.

En attendant, Dufort profita de ce beau samedi matin. Le temps était absolument parfait, clair et ensoleillé, mais pas chaud, avec des nuages cumulus occasionnels passant lors d'une légère brise. Il sentit une forte odeur de lavande et vit qu'il passait devant un vendeur de Provence qui avait des sacs de fleurs ouverts, avec de petites pancartes plantées dans chaque sac indiquant le prix. Plus loin, il vit Rémy, un agriculteur bio, qui avait une montagne de belles tomates à vendre. Ils s'embrassèrent sur les joues, une bise de chaque côté, amis d'enfance.

— Mon Dieu, Rémy! Combien de variétés cultives-tu maintenant?

— Bonjour Benjamin! J'ai perdu le compte. Elles sont toutes anciennes, bien sûr, tu devrais voir mes fichiers de conservation de semences! C'est compliqué de garder une trace de tout et ça prend beaucoup de temps, mais, quand je viens au marché avec une récolte comme celle-ci, ça en vaut la peine. Allez, même un vieux célibataire endurci comme toi a besoin de quelques tomates sur son comptoir de cuisine, regarde, goutes-en une.

Rémy prit un couteau dentelé et trancha une tomate ronde jaune à rayures vertes, puis tendit une tranche.

Dufort secoua la tête, mais prit la tranche et la mangea. Il acquiesça rapidement et dit :

— D'accord, je ne vais pas discuter! Donne-m'en quelques kilos, une quantité que je puisse terminer en quelques jours.

Rémy sourit et commença à mettre des tomates sur sa balance. Dufort se retourna et observa le marché, vigilant.

— Alors, qu'en est-il de l'histoire de la fille disparue? demanda Rémy.

— Rien n'est secret ici, n'est-ce pas?

— Bien sûr que non. Tout le monde en parle, chacun a sa petite théorie, tu sais comment ça marche.

Dufort prit distraitement une autre tranche de la tomate jaune et la mangea.

— Je n'ai rien à te dire. Je ne retiens rien pour des raisons officielles, je vous dis que je ne sais rien. Aucune idée d'où elle est, si elle a été enlevée ou si elle est partie quelque part de son plein gré. *Rien*.

Rémy mit ses mains sur ses hanches et regarda son vieil ami. Il aurait aimé que Benjamin ait autre chose dans sa vie que le travail, mais d'une manière ou d'une autre, maintenant, dans la mi-trentaine, c'était ce que Benjamin avait. Le travail et l'exercice. Rémy secoua la tête.

— Et je dois demander... Rémy baissa la voix et se pencha vers son ami... penses-tu qu'il y ait un lien... avec les autres ?

Le visage de Dufort se figea.

— Je ne sais pas, dit-il simplement.

Les hommes se regardèrent alors, leurs émotions échangées dans leurs regards.

— Bon, c'était un plaisir comme toujours, dit Dufort, sentant son anxiété monter.

— Je devrais y aller, j'ai beaucoup à faire comme tu peux l'imaginer.

Rémy hocha la tête.

— Tiens, dit-il en lui tendant le sac de tomates.

— Mais fais attention avec elles, elles n'aiment pas être bousculées.

Dufort fouilla dans sa poche pour sortir de l'argent, mais Rémy l'arrêta d'un geste.

— Prends-les, c'est cadeau, dit-il.

— Et invite-moi pour un apéro un de ces jours, hein ? Il sourit et regarda derrière Dufort, où une femme attendait son tour.

Dufort s'écarta et quitta la place, descendant la route qui menait à L'Institut. Il réfléchissait aux questions qu'il pourrait poser à Gallimard, se demandant quelle piste inattendue il pourrait suivre dans la conversation qui pourrait aboutir sur quelque chose d'utile, et en arrière-plan de ses pensées se trouvait Valérie Boutillier et la poignée de détails qu'il avait recueillis sur son affaire. En fait, elle non plus n'avait apparemment aucune raison de disparaitre, elle avait fêté son admission à un programme universitaire prestigieux la veille de sa disparition.

Tout en marchant, il sortit une tomate du sac en papier et y mordit distraitement, mais la saveur était si intense qu'il s'arrêta net, lui accordant toute son attention, veillant à ne pas faire couler de jus partout sur sa chemise, amusé en imaginant à quel point sa mère aurait été horrifiée de le voir manger au bord de la route comme un barbare.

9

Les dimanches matins à Castillac étaient calmes. L'église romane sur la place accueillait une petite poignée de visiteurs, car elle était une curiosité architecturale, mais la congrégation assistant aux services hebdomadaires diminuait presque chaque année à mesure que les membres âgés disparaissaient. Ce que faisait le village le dimanche matin, c'était passer du temps en famille, préparer le grand repas dominical, aller à la Pâtisserie Bujold ou chez ses concurrents pour des viennoiseries, et flâner en pantoufles en lisant le journal ou peut-être un nouveau roman policier. Les plus ambitieux bricoleraient dans leur jardin.

C'était un jour pour la famille, la détente et la nourriture.

Pour Gilles Maron, les dimanches étaient d'un ennui agaçant. Il venait du nord de la France, près de Lille, et il était content d'avoir autant de distance entre lui et sa famille, car ils étaient une meute toxique de hyènes, et c'était bien mieux ainsi. Il appréciait la nourriture, bien sûr, mais avait découvert que cuisiner avec ambition pour une seule personne était plus déprimant que satisfaisant, et il avait développé une aversion pour les restes après avoir vécu seul pendant huit ans.

Après le petit-déjeuner, Maron se rendit à Degas, estimant que les étudiants loin de chez eux n'avaient pas non plus de projets pour le dimanche, ou, du moins s'ils en avaient, ces projets n'impliqueraient pas d'obligations familiales dont il serait difficile de se défaire. Il voulait parler à Maribeth Donnelly, la colocataire qui avait appelé pour signaler la disparition d'Amy.

Il n'y avait qu'un seul dortoir, qu'il trouva facilement, mais il ne vit aucune liste ni rien qui lui indiquerait quelle chambre était la sienne. La porte principale était verrouillée. Maron erra sur le campus pendant quelques minutes, se demandant à quel point Dufort s'attendait à ce qu'il soit autonome. Pouvait-il enquêter seul, sans instructions directes ? Son patron serait-il content s'il revenait avec des preuves, ou agacé qu'il ait agi de son propre chef ?

Maron était à Castillac depuis plus d'un an, mais ils n'avaient pas encore eu de véritable affaire, rien que quelques disputes conjugales et une brouette volée, sans compter la conduite en état d'ivresse et les infractions de stationnement. Les infractions de stationnement ! Il s'était certainement attendu à être beaucoup plus avancé dans sa carrière à ce stade, pas à écrire de stupides contraventions de stationnement. Bien sûr, il avait entendu parler des autres disparitions, mais elles dataient d'avant son arrivée.

Lorsqu'il revint devant le dortoir, il vit un jeune homme devant lui sur le chemin. Quand l'étudiant passa son badge pour déverrouiller la porte, Maron était juste derrière lui et se glissa à l'intérieur si silencieusement que l'étudiant n'entendit rien. Il monta les escaliers en courant et disparut. Il y avait deux couloirs partant du hall au rez-de-chaussée, et Maron ouvrit la porte de gauche et marcha aussi silencieusement que possible, cherchant un moyen d'identifier la chambre d'Amy et Maribeth, en espérant y trouver Maribeth. Certains étudiants avaient collé des tableaux blancs à l'extérieur de leurs portes, « étrange à l'ère des SMS », pensa Maron, mais la plupart avaient des dessins dessus au lieu de messages, ce qui était logique puisqu'il s'agissait après tout d'un dortoir d'école d'art.

Il entendit de jeunes femmes parler et se dirigea vers le son, tendant l'oreille. Quand il arriva à leur chambre, il retint son souffle et écouta, et comme leurs voix étaient encore un peu trop indistinctes, il colla furtivement son oreille contre la porte.

— Je ne sais pas, je... je ne pense pas.

— Je te dis qu'il s'intéresse à toi ! Pourquoi crois-tu qu'il vient tout le temps dans notre chambre ?

— Il veut juste mes notes de cours.

— Tes notes *sont* vraiment bonnes. (Pause) Écoute, je sais qu'il flirte avec moi, mais je te dis qu'il le fait seulement pour essayer de te faire réagir. C'est à propos de toi, pas de moi !

— Oh, tais-toi ! (Les femmes rirent.)

Maron décolla son oreille de la porte et continua dans le couloir. Il envisagea de frapper, de montrer son badge et de demander où se trouvait la chambre de Maribeth, mais il voulait trouver un moyen moins direct, quelque chose de moins remarquable. Au bout du couloir se trouvait un escalier, et Maron monta les marches deux par deux, puis commença à descendre le couloir du deuxième étage, tendant l'oreille afin d'entendre des voix, des pas, des indices.

Au moment où il passait furtivement devant une porte, un étudiant en sortit et faillit le heurter.

— Pardon, dit Maron.

— Pourriez-vous m'indiquer la chambre de Maribeth Donnelly ? (Il avait la main sur son badge, mais espérait ne pas avoir à l'utiliser.)

— Troisième étage. 314, je crois, dit le jeune homme avant de s'éloigner rapidement dans le couloir et de dévaler les escaliers.

Maron sourit et le suivit jusqu'aux escaliers avant de monter au troisième étage. Le couloir était silencieux. Il n'entendait ni conversation ni mouvement. Le système de sécurité était manifestement inadéquat, il était entré dans le bâtiment sans presque aucun effort. Les étudiants gardaient leurs portes fermées, mais Maron était prêt à parier que la plupart étaient déverrouillées. Du moins le dimanche matin, il n'y avait aucune activité dans les couloirs, aucun groupe d'étudiants socialisant qui pourrait dissuader quelqu'un qui n'avait rien à faire là-bas.

Si quelqu'un le voulait, il pourrait utiliser ces couloirs comme un terrain de chasse. Les étudiants étaient des proies faciles, jeunes et distraites, souvent naïfs, toujours convaincus de leur immortalité. Et beaux, aussi. Souvent très beaux, en effet.

Il trouva la 314 et colla d'abord son oreille à la porte. Il crut entendre quelque chose, pas une conversation, mais un mouvement, peut-être le bruit d'un livre tombant sur une table. Il frappa fermement.

Une jeune femme entrouvrit la porte.

— Oui ? dit-elle.

— Bonjour, mademoiselle, je suis Gilles Maron de la gendarmerie. Je suis désolé de vous déranger. Êtes-vous par hasard Maribeth Donnelly ?

Elle ouvrit la porte.

— Oui, c'est moi, dit-elle.

Maron remarqua que son accent français était plutôt bon. Elle portait un pantalon de survêtement, — tellement américain ! — un sweat à capuche, et des tongs. Fermant la porte derrière elle, elle s'avança dans le couloir.

— Vous êtes ici à propos d'Amy ?

— Oui, répondit Maron, regrettant qu'elle ne l'ait pas invité à entrer dans la chambre.

— Vous n'avez pas eu de ses nouvelles par hasard ?

Maribeth secoua la tête.

— Dans ce cas, je me demandais si vous auriez une photo d'elle que vous pourriez me donner. Si nous devons la rechercher, nous devons savoir à quoi elle ressemble.

Il sourit, mais Maribeth ne lui rendit pas son sourire. Elle trouvait qu'il y avait quelque chose de froid chez ce gendarme, et aurait préféré que la femme agréable à qui elle avait parlé au téléphone soit venue lui rendre visite.

— Désolée, j'en ai pas. J'ai des tonnes de photos sur mon téléphone, mais aucune copie papier.

— Les photos sur votre téléphone feront l'affaire, dit Maron.

— Bien sûr, je ne suggère pas de prendre votre téléphone, ajouta-t-il en voyant son expression horrifiée.

— Peut-être pourriez-vous m'accompagner au poste, et nous pourrons en faire des tirages là-bas ?

Il savait que c'était inutile, mais pensait qu'il pourrait la faire parler pendant le trajet jusqu'au village.

— Oui. Je ferai tout pour aider, dit Maribeth, semblant soudainement se rappeler que sa colocataire avait disparu et ressentir toute l'anxiété que cela lui causait.

Ces derniers jours, Maribeth avait découvert que si elle ne mettait pas toute cette histoire de côté par moments, elle devenait complètement folle. Et puis, quand elle s'en souvenait et réalisait qu'elle avait vaqué à ses occupations en l'occultant, elle était rongée par la culpabilité.

— Je pourrais vous les envoyer par e-mail ? Je peux le faire tout de suite ?

— Bien sûr.

Maron fouilla dans sa poche pour trouver sa carte et la lui tendit.

— Mon adresse est juste là. Merci beaucoup pour votre aide, Mademoiselle Donnelly. Pendant que je suis ici, puis-je vous demander quelle est votre opinion sur la situation ? Pensez-vous que votre amie soit partie pour une raison quelconque ? Un petit ami, ou peut-être, quelque chose en rapport avec son art ? Et qu'elle ait simplement oublié de prévenir quelqu'un ?

Maribeth enfonça ses poings dans la poche kangourou de son sweat à capuche.

— Aucune chance que ce soit ça. Amy n'est pas du genre tête en l'air. Je veux dire, *pas du tout*. C'est une peintre fantastique, super talentueuse, mais elle n'adhère pas à toutes ces conneries sur les artistes qui seraient sauvages, fous, et pratiquement des malades mentaux. Amy est, vous savez, sérieuse dans ce qu'elle fait.

— Et... je suis désolé d'aborder ce sujet, mais n'avez-vous aucun soupçon qu'elle ait pu se suicider ? Quelque chose dans ce genre ?

— Mon Dieu, non. Elle venait de gagner le prix Marfan, elle était au sommet du monde !

— Marfan ?

— C'est un prix décerné chaque année à un étudiant en art très prometteur. Les gens qui l'ont gagné ont tendance à faire des carrières réussies. En plus, elle allait recevoir de l'argent.

— Une idée du montant ?

— Non, désolée. Je ne pense pas que ce soit énorme. Mais n'importe quelle somme est énorme pour des étudiants, vous savez ?

Maron hocha la tête et essaya de sourire aimablement.

— Et ses affaires, son sac à main sont toujours ici ? Portefeuille et tout ça ?

— Elle portait toujours un sac à dos avec elle, assez grand. Fournitures d'art et conneries, dit Maribeth avec un rire forcé.

— Il n'est pas dans la chambre, ni son téléphone d'ailleurs.

Maron hésita à poursuivre l'entretien puisqu'il le menait sans l'accord de Dufort. Il pouvait appeler pour demander la permission, mais pour des raisons qu'il n'identifiait pas, il voulait garder cette rencontre pour lui.

— Très bien, c'est utile, mademoiselle. Et les photos le seront également. Merci et passez un bon dimanche.

Maribeth fit un signe de la tête à Maron puis le regarda descendre le couloir et franchir les portes au bout. C'était un homme plutôt beau, grand et en forme, avec un visage presque assez ciselé pour être mannequin. Pourtant, elle ne le trouvait pas attirant. Bien au contraire en fait.

Maron n'était pas le seul officier subalterne à travailler le dimanche, ou du moins à essayer. Thérèse Perrault avait passé la matinée avec sa famille : parents, les deux couples de grands-parents, sa sœur ainée avec son mari et leurs deux enfants, et un oncle qui était « bizarre » et venait déjeuner tous les dimanches aussi loin que Thérèse s'en souvienne. Pour elle, le déjeuner dominical était un moment agréable de sa semaine. Elle attendait avec impatience les délicieux plats que sa mère et sa grand-mère sortaient de la cuisine, elle aimait plaisanter avec son père, et elle tolérait même sa sœur ainée.

Le seul aspect moins plaisant était que plus elle vieillissait, plus on lui faisait comprendre que sa carrière de gendarme l'empêchait d'avoir sa propre famille. Elle en avait assez de détourner ces commentaires. Ce n'était pas que Thérèse avait quoi que ce soit contre le mariage et les enfants, elle n'était simplement pas encore intéressée. Elle n'avait que vingt-quatre ans, après tout, pas encore une vieille peau.

Et ce dimanche, elle était nerveuse et un peu impatiente, souhaitant que le déjeuner se termine pour qu'elle puisse aller au poste, faire quelques recherches et réfléchir en paix, puis plus tard, quand la place du village s'animerait, elle prévoyait d'aller se mêler aux gens et voir ce qu'elle pourrait y découvrir. Quelqu'un avait forcément vu ou entendu quelque chose, si Amy Bennett n'était pas partie de son plein gré. Thérèse devait juste parler à la bonne personne. Ou aux bonnes personnes.

Amy aurait *pu simplement partir d'elle-même, c'est toujours possible jusqu'à preuve du contraire*, se rappela Thérèse. Elle se tenait près du vieux poêle en fonte dans la cuisine de sa mère où elle avait joué tous les hivers quand elle était petite, et jeta un coup d'œil dans une casserole en cuivre où des rondelles de carottes mijotaient dans une sauce au beurre.

— J'adore ça, maman, dit-elle avec entrain.

— Dis-moi la vérité, dit sa mère.

— Tu veux retourner au bureau, n'est-ce pas ? Tu sauterais le déjeuner tout de suite si on te laissait faire.

Elle s'essuya les mains sur son tablier, prit un couteau de chef et commença à couper des radis en fines rondelles.

— Tout d'abord, c'est une gendarmerie, maman, pas un bureau. Et puis, oui, j'ai enfin quelque chose d'important à faire, et ce n'est pas comme si mon travail pouvait être remis à plus tard. C'est sensible au temps. Tu comprends.

— Je comprends, dit sa mère en se tournant pour regarder sa fille dans les yeux.

— Et je suis contente pour cette fille que tu la cherches.

Les deux femmes restèrent silencieuses un moment après cela, pensant toutes deux à Valérie, Elizabeth Martin, et maintenant Amy, et luttant contre leur désir d'être optimistes, ainsi qu'avec leur peur. La cuisine était chaude et sentait le beurre et le canard rôti.

— Lave la salade, tu veux bien ? dit sa mère.

— Oui, maman, dit Thérèse, se demandant où était sa grand-mère puisqu'elle était si pointilleuse sur la salade qu'elle la lavait habituellement elle-même.

Après avoir disposé les feuilles lavées et essorées dans le saladier, elle sortit par la porte de la cuisine, où sa nièce et son neveu jouaient à un jeu impliquant une base, faite d'une assiette cassée, divers super pouvoirs et des bâtons brandis.

— Ne me faites pas mal ! rit Thérèse en passant.

Les enfants se précipitèrent sur elle et menacèrent de la piquer, criant un charabia d'incantations.

— Je me rends ! dit-elle en levant les mains.

Les enfants poussèrent des cris perçants et coururent autour de la maison, percutant leur père, Frédéric, ce qui provoqua des cris encore plus forts et plus d'agitation de bâtons et de cris de sortilèges.

Frédéric s'approcha de l'endroit où Thérèse faisait semblant de regarder le jardin, mais réfléchissait en réalité aux maigres détails de l'affaire Bennett.

— Bonjour, comment vas-tu, Thérèse? Ils s'embrassèrent sur les joues.

— Pas mal, Fred. Je suis juste... J'ai hâte de retourner au travail. Nous avons enfin quelque chose à faire. Je veux dire quelque chose de réel.

Fred hocha la tête.

— Tu es heureuse dans ton travail?

Elle rayonna.

— Beaucoup. Je ne veux pas avoir l'air contente que quelqu'un soit potentiellement en difficulté ou blessé, je sais que ça parait terrible. Mais, j'admets qu'une enquête sur une personne disparue est beaucoup plus intéressante que de donner des contraventions pour excès de vitesse, tu sais? J'ai l'impression que ce que je fais compte pour quelque chose.

— Je comprends, dit Fred.

Il se tourna pour regarder ses enfants passer comme des flèches et disparaitre de l'autre côté de la maison.

— Est-ce que je peux te demander ce que vous faites pour la retrouver? Je veux dire, j'ai essayé d'imaginer ce qui doit être fait, et ça semble écrasant. Même si, disons, quelqu'un avait assassiné la fille ici à Castillac, il y a une multitude de bâtiments vides, et puis il y a toute cette campagne. Impossible de chercher partout, non?

— C'est intimidant, répondit Thérèse.

— C'est pourquoi nous mettons tant d'efforts à chercher des informations, des indices, pour qu'une recherche puisse être ciblée, au lieu d'essayer de couvrir une large zone au hasard. Nous sommes tous conditionnés par les séries policières, mais bien sûr, la télévision fait paraitre ça facile puisque tout doit être résolu en une heure. Dans la vraie vie, comme tu peux l'imaginer, le travail est beaucoup plus long et minutieux.

— Je suis un peu surpris que tu t'y sois si bien adaptée, dit-il.

— À l'école, je me souviens...

— Je sais, j'étais une élève terrible, dit Thérèse en riant.

— Et ces emplois de bureau que j'ai eus après avoir obtenu mon diplôme, j'étais tout aussi mauvaise. Je suppose que je suis l'une de ces personnes qui doivent simplement trouver la chose exactement appropriée.

Puis ils restèrent là à écouter les enfants crier, et à attendre que *maman* les appelle pour manger, se demandant tous deux où Amy Bennett pouvait bien être dans le monde.

10

C'était presque le crépuscule ce dimanche soir, et Molly pouvait enfin proclamer sa liberté face à l'affreuse gueule de bois qui l'avait obligée à porter des lunettes de soleil et à avaler des aspirines tout le weekend. Elle se sentait tellement mieux qu'elle pensait s'aventurer pour une promenade. Malheureusement, la Pâtisserie Bujold serait fermée, alors peut-être irait-elle dans l'autre direction, hors de la ville, pour voir à quoi ressemblaient les choses par là-bas, et ressentir de la gratitude de ne pas être morte à cause de deux Negronis.

La rue des Chênes était calme, et bientôt, les maisons s'espacèrent et elle se retrouva à la campagne. Elle se promenait, regrettant de ne pas avoir un chien pour lui tenir compagnie, et observait les maisons puis les fermes le long du chemin, essayant d'être discrète dans son observation, mais il semblait que tout le monde était chez soi, se préparant pour la semaine à venir. Elle se rappela à quel point les dimanches soirs avaient été désagréables lorsqu'elle travaillait dans un bureau, combien il avait été difficile de ne pas se sentir envahie par le regret de la fin du weekend, et la perspective de la semaine à venir, pas encore commencée, semblant s'étirer à l'infini.

Molly n'avait pas été heureuse dans son travail de collecte de fonds. Elle avait obtenu ce poste parce qu'elle était bavarde et sociable et généralement à l'aise avec les gens, mais il s'avérait que cela n'incluait pas le fait d'être douée pour demander de l'argent aux gens. Elle préférait de loin partager des ragots et rire de leurs blagues. Quand le moment arrivait de demander un chèque — et elle reconnaissait bien ce moment, car son sens du timing était parfait —, elle commençait à marmonner et à changer de sujet. Gérer une entreprise de gites s'avérait infiniment plus adapté à elle, bien qu'elle reconnaisse qu'elle pouvait difficilement porter un jugement valable après à peine une semaine.

La route faisait des courbes et une forêt avait surgi de chaque côté sans maisons en vue, mais plutôt des bancs de fougères avec une teinte de jaune automnal, s'assombrissant à mesure que le soleil descendait, sans couleur de coucher de soleil dans le ciel. C'était si calme qu'elle n'entendait rien d'autre que des chœurs d'oiseaux. *Je devrais vraiment acheter un CD de chants d'oiseaux pour apprendre quels oiseaux j'entends*, pensa-t-elle, sachant pertinemment qu'elle ne le ferait pas.

Elle entendit des pas, quelqu'un qui courait. Soudain, son cœur se serra et elle pensa à la jeune fille disparue. La peur parcourut son corps et ses veines semblaient glacées. Elle s'arrêta de marcher, figée, incapable de décider si elle devait se retourner et courir ou sauter dans les fougères et se cacher.

Elle agita ses mains sur les côtés et essaya de se ressaisir. Si quelque chose était arrivé à la jeune fille, et que personne ne le savait encore, alors celui qui s'en était pris à une étudiante était peu susceptible de s'en prendre à elle, une femme de presque quarante ans dont le mari l'avait quittée sans cérémonie pour partir avec une barista de Starbucks. Et puis elle ferma les yeux fermement et les rouvrit, réalisant à quel point cette pensée était totalement absurde.

Les pas se rapprochèrent. Ils venaient de devant elle, juste après le prochain virage. Molly se ressaisit pour paraitre plus en contrôle de son état émotionnel qu'elle ne l'était réellement, et avança d'un pas décidé en feignant l'assurance. Au détour du virage, un homme apparut, courant avec aisance. Il était solidement bâti, de taille moyenne avec de larges épaules et des bras et jambes musclés. Ses cheveux n'étaient pas coupés, comme le dictait la mode du moment, mais en brosse, très courts. Il était en sueur, et Molly remarqua, malgré ses appréhensions, qu'il était plutôt beau.

Pourtant, alors qu'il s'approchait, il accéléra, elle en était sure qu'il allait désormais plus vite, et elle ressentit une nouvelle pointe de peur, simplement parce qu'il ne restait plus beaucoup de lumière du jour, et qu'elle était une femme seule sur la route.

Seule à l'exception d'un homme étrange qui pouvait courir vite et qui se dirigeait droit vers elle.

Quand il l'atteignit, il s'arrêta.

— Bonjour ! dit-il, en faisant une légère révérence.

— Vous êtes, Madame Sutton, de La Baraque ? Je suis Benjamin Dufort, de la gendarmerie. Je suis ravi de faire votre connaissance.

Il hocha la tête et sourit.

La tension dans les jambes de Molly se relâcha si rapidement qu'elle faillit tomber.

— Enchantée, dit-elle, sa voix sonnant un peu étrangement.

Elle se dit qu'elle n'avait pas besoin de mentionner qu'il venait de passer d'un violeur meurtrier à la hache, à un policier en une fraction de seconde.

C'était *bien* un policier, n'est-ce pas ? Ce n'était pas juste une ruse pour lui faire baisser sa garde ?

Attends une minute. Je suis à Castillac, se rappela-t-elle, *pas dans un quartier louche de chez moi où le taux de criminalité est astronomique. Je ne devrais pas m'attendre à voir des imposteurs de policiers délinquants sexuels à chaque tournant de la route.*

Elle réalisa que l'homme lui parlait pendant que son cerveau essayait de démêler la situation.

— Pardonnez-moi, dit-elle, mon français n'est pas bon et je perds facilement la concentration.

Elle essaya d'avoir une expression amicale sur son visage et espéra que cela compenserait ses lacunes linguistiques. Il était *vraiment* beau. Il y avait quelque chose de profond chez cet homme, elle le sentait.

Bien qu'elle aurait dû apprendre à ne plus faire confiance à ses sentiments quand il s'agissait de beaux hommes, se dit-elle dans une sorte de cri intérieur.

— Enchanté de faire votre connaissance. Bienvenue à Castillac. Je vais continuer ma course, dit Dufort.

Et avec un sourire et une sorte de salut, il repartit.

Molly resta immobile un long moment et le regarda s'éloigner. Elle sourit pour elle-même, secoua la tête, et commença à rentrer chez elle, décidant que peut-être elle s'était suffisamment remise pour risquer de boire un kir en préparant le diner.

❧

— À LONDRES, nous n'aurions pas ce problème, dit Dufort, en frappant du poing sur son bureau.

Les yeux de Perrault s'écarquillèrent.

— Ils ont des caméras de surveillance partout, je veux dire *partout*. On n'éternue pas sans que ce soit enregistré. Bien sûr, les gens protestent contre la perte de vie privée. Je dis « oui, supprimons la vie privée des crétins qui commettent des crimes violents. Enregistrons leur gueule sur des vidéos pour qu'on puisse les enfermer là où ils ne peuvent plus faire de mal à personne. »

Maron resta impassible, les lèvres pincées.

— Je suis tout à fait d'accord avec vous, monsieur, dit Perrault.

— Ça pourrait au moins faire réfléchir les gens, les rappeler qu'ils pourraient se faire prendre avant d'agir.

— Je ne pense pas que les gens qui commettent ce genre de crime s'inquiètent d'être pris, dit Dufort.

— La personne qui commet ces actes, il se croit au-dessus de tout le monde, les règles normales ne s'appliquent pas à lui. Il peut utiliser les autres comme bon lui semble, car ils ne sont même pas réels pour lui, vous voyez ce que je veux dire ? Les autres ne sont rien de plus que des accessoires, nécessaires, peut-être, pour leur drame, mais des accessoires quand même. Remplaçables. Jetables.

— En ce moment, il est obsédé par la pensée de la prochaine fois, et savoure les souvenirs des fois précédentes. Il ne se soucie pas du tout de se faire prendre, pas même un peu.

— Donc, définitivement un homme ? Et... pensez-vous que les disparitions sont liées, même en étant si éloignées ?

Dufort prit une longue inspiration puis expiration, et leva les yeux vers le plafond.

— Je n'en sais rien, dit-il avec précaution.

— Je parle de probabilités, et d'intuition. Ça pourrait être une femme, mais vous connaissez les statistiques, c'est hautement improbable, presque impossible. Devrions-nous garder l'esprit ouvert au cas où cela s'avèrerait très inhabituel ? Bien sûr. Et pour la partie d'intuition... oui, je vais vous le dire à vous et à Maron, à personne d'autre, que je travaille sous l'hypothèse que celui qui a enlevé Amy a aussi enlevé Valérie et Elizabeth. Non prouvé, bien sûr. Rien ne relie les affaires à part notre village.

— Alors c'est quelqu'un qui vit ici, un de nos voisins.

— Je le crois. Oui.

Un long silence s'installa pendant qu'ils réfléchissaient tous à cela.

— Maron ? Tu as des idées ?

Maron était jeune, c'est vrai, mais Dufort pensait qu'il avait la tête sur les épaules. Il y avait quelque chose d'amer et de détaché chez le jeune homme, et Dufort faisait un effort supplémentaire pour montrer qu'il voulait entendre ses opinions.

— La vidéo. Combien en avons-nous ? demanda Maron.

— Trois. Enfin, deux plus quelques-unes qui sont d'une utilité limitée, comme je vais l'expliquer. C'est tout. Chez Papa a installé une caméra après le cambriolage de l'année dernière qui s'est avéré être le fait d'adolescents touristes à la recherche d'alcool. La Presse en a une parce que Michel est presque paranoïaque avec tout. Et le Crédit Agricole et les autres banques ont des caméras sur leurs distributeurs côté rue, mais j'ai peur que l'angle de vision soit assez limité puisqu'elles sont dirigées directement vers le bas sur les utilisateurs des distributeurs. Au mieux, on peut voir le tiers inférieur des gens qui passent sur le trottoir, pas plus. Je ne m'attends pas à ce qu'elles soient très utiles.

— Dans combien de temps les vidéos seront-elles ici ? demanda Perrault.

— Ils les envoient numériquement tout de suite, dit Dufort, montrant clairement par son expression agacée que « tout de suite » n'était pas assez rapide à son gout.

— Je vais être franc avec vous, dit-il après une pause.

— J'ai un mauvais pressentiment à propos de cette situation. Quelque chose a changé du jour au lendemain, je ne sais pas comment l'expliquer, mais... j'avais déjà un mauvais pressentiment avant, mais, quand je me suis réveillé ce matin, c'était presque une certitude.

Il appuya ses deux paumes sur son bureau et baissa la tête. Maron et Perrault l'entendirent inspirer profondément par le nez.

Perrault hocha la tête en signe d'accord. Maron plissa les yeux comme si ces discussions sur les sentiments ne lui convenaient pas.

Dufort releva la tête et dit :

— Nous allons traiter cela comme une enquête active. Fini de tourner autour du pot à cause d'une loi qui n'aurait jamais dû être changée. Cette jeune femme a besoin de nous. Sa famille a besoin de nous. Alors nous allons retrouver Amy Bennett, et découvrir ce qui lui est arrivé.

Il cliqua sur sa souris et une grande photo s'ouvrit sur l'écran.

Amy Bennett souriait, les yeux dans l'objectif. C'était une

photo en intérieur, un gros plan. Plusieurs tableaux sur le mur derrière elle étaient flous. Amy avait des cheveux châtains, ondulés et tombant sur les épaules. Des taches de rousseur sur le nez. Des yeux verts, bien écartés. Dufort étudia son visage à la recherche de caractéristiques distinctives, et au début il n'en vit aucune. Elle n'était pas belle, mais elle était attirante, et séduisante comme le sont les jeunes gens souriants.

— Bon travail, Maron, pour avoir obtenu ces photos de la colocataire. Vous deux, étudiez la série. Elle nous en a donné quinze, regardez-les toutes attentivement jusqu'à ce que vous la connaissiez comme si c'était votre sœur. Je reviens dans un instant.

Maron et Perrault se rapprochèrent pour voir l'écran, et Dufort quitta rapidement son bureau pour sortir. Il leva son visage vers le soleil et essaya de contrôler sa respiration, se sentant au bord de l'hyperventilation. Voir Amy sur son écran comme ça, souriante et heureuse, et puis laisser venir ce qui suivait, la certitude que la fille était morte, tout cela faisait monter son anxiété plus vite qu'il ne pouvait la gérer.

Dufort regarda des deux côtés et vit qu'il était seul dans la rue à l'exception d'une vieille femme tirant un caddie derrière elle. Il s'engagea dans la ruelle comme s'il avait une affaire importante à y traiter, et sortit le flacon bleu de sa poche. Il secoua plusieurs gouttes sous sa langue et compta jusqu'à dix, leva les yeux vers le soleil une fois de plus, puis retourna à l'intérieur.

Lorsqu'il entra dans son bureau, l'écran émit un bip.

— Voilà la vidéo, dit-il. Nous allons regarder, et continuer à regarder, jusqu'à ce que nous voyions quelque chose. Vous savez qui vous cherchez maintenant.

Il tapa quelques fois sur son clavier et la première vidéo démarra. Ils regardaient le trottoir, un gris flou.

— C'est une vidéo d'une banque, je pense que c'est la BNP.

Des jambes passèrent, le pantalon un peu trop court, les chaussures aux talons usés. Personne ne parla. Ensuite, ils virent une rafale de jambes, mais ils ne pouvaient reconnaitre personne qu'ils connaissaient ni avoir une idée si les jambes appartenaient à des étrangers ou de vieux amis. Les images étaient trop floues et les gens ne marchaient pas assez près de la caméra.

Le téléphone sonna dans la pièce d'à côté.

— Maron, tu peux répondre ?

Maron prit encore un moment pour regarder la vidéo de la banque, puis alla répondre au téléphone. Dufort et Perrault ne pouvaient pas entendre ses mots, mais ils pouvaient deviner à son ton que l'appel était quelque chose de routinier.

— Comment allons-nous la retrouver ? dit Thérèse.

— Elle ressemble... elle ressemble à des millions d'autres filles. Je ne vois aucun moyen de la décrire pour la faire ressortir, est-ce que je rate quelque chose ?

— Ça nous ferait presque souhaiter qu'elle ait un vilain tatouage sur le front, dit Dufort.

Thérèse sourit intérieurement, mais ne dit rien. Elle avait un serpent sur la fesse droite, résultat d'un weekend de folie à la plage quand elle avait dix-neuf ans. Elle aimait assez avoir quelque chose de privé comme ça, quelque chose que presque personne ne savait.

— Regardons les autres, dit Dufort en cliquant avec la souris.

— Observez son type de corps, pensez à la façon dont quelqu'un qui lui ressemble pourrait marcher, courir ; essayez d'imprégner votre esprit de sa réalité physique, vous comprenez ?

— Oui, monsieur, dit Thérèse.

Amy était mince et semblait être de taille moyenne. Assez jolie, mais si ordinaire. Il semblait impossible de trouver quoi que ce soit pour la distinguer de la foule des autres femmes de son âge.

— C'était Madame Vargas au téléphone. Son mari a encore disparu.

Dufort cligna des yeux et détourna son regard d'Amy Bennett.

— Ah. Espérons que nous le trouverons à l'endroit habituel et que nous le ramenions chez lui. Maron, occupez-vous-en, s'il vous plait.

Maron n'avait pas l'air ravi, mais il hocha la tête et partit sans un mot. Thérèse et Dufort passèrent une autre heure à examiner les photos fournies par Maribeth Donnelly. Ils essayèrent de faire vivre Amy Bennett dans leur esprit, d'imaginer le son de sa voix, ce qu'elle aimait et ce qu'elle n'aimait pas, ce qui faisait d'elle Amy Bennett et personne d'autre. Ils n'allèrent pas très loin dans cet exercice, mais l'enquête ne faisait que commencer, et ils espéraient vivement qu'il y aurait une avancée lorsqu'ils auraient fini de visionner la vidéo.

II

Perrault et Dufort avaient visionné le reste des vidéos de la banque et celle de la Presse, mais attendaient toujours de recevoir celle de Chez Papa. Le reste de la journée avait été presque entièrement consacré aux absurdités bureaucratiques habituelles, à l'exception de quelques heures dans l'après-midi où les trois gendarmes avaient parcouru les rues à la recherche d'Amy, à pied et à moto. Maintenant, ils avaient au moins des photos à montrer et une meilleure idée de qui ils recherchaient, même s'ils n'avaient pas encore trouvé un moyen de la décrire d'une manière qui amènerait quelqu'un à dire : *Ah oui, j'ai vu cette fille !*

À la fin de la journée, Thérèse s'arrêta Chez Papa pour demander ce qui retardait le transfert de la vidéo et pour prendre un kir après une longue journée frustrante.

— Bonsoir, Alphonse ! dit-elle en souriant.

— Et qu'as-tu fait aujourd'hui, ma chérie ? demanda-t-il en lui ébouriffant les cheveux comme si elle avait six ans.

— Tu as entendu parler de la fille disparue ?

— Oh oui. J'ai demandé à Nico d'envoyer la vidéo, vous l'avez reçue ce matin ?

— Non, nous ne l'avons pas reçue.

Thérèse s'efforça de garder son visage naturellement expressif, impassible. Ce ne serait pas bon de froncer les sourcils maintenant qu'elle était gendarme.

— Je ne comprends pas pourquoi, j'en ai parlé à Nico dès que Ben a appelé, c'est la première chose que j'ai faite. Je laisse les trucs informatiques à Nico. Je suis trop vieux pour tout ça maintenant ! Cette caméra n'a été que source de problèmes depuis que je l'ai installée, toujours en panne d'une manière ou d'une autre. La technologie, bah !

Alphonse rit et leva les yeux au ciel.

— Alors, dis-moi, avez-vous des pistes ?

— Tu sais que je ne peux pas en parler, dit Thérèse, mais elle secoua la tête.

— Jusqu'à présent, je n'ai pas réussi à comprendre qui elle est, si tu vois ce que je veux dire, quel genre de personnalité elle a. C'est apparemment une peintre talentueuse, mais c'est tout ce que je sais. Elle a l'air totalement ordinaire, comme n'importe qui en fait.

Thérèse, comme presque tous les habitants de Castillac, connaissait Alphonse depuis qu'elle était bébé, et il était facile et naturel pour elle de lui parler de n'importe quoi.

Alphonse hocha sa tête hirsute et ne dit rien.

— Ah, voilà Nico ! dit-il.

— Maintenant, on va pouvoir te servir ton kir et régler cette histoire de vidéo, d'un seul coup. Viens me dire au revoir avant de partir. Il lui ébouriffa à nouveau les cheveux et passa derrière le bar pour entrer dans la cuisine.

— Salut, Nico.

— Bonsoir, Thérèse.

Il sourit et se pencha par-dessus le bar pour qu'ils puissent se faire la bise, une de chaque côté.

— Tu étais censé nous envoyer la vidéo de la caméra de surveillance.

Nico se frappa le front.

— Oh, mon Dieu, je savais qu'il y avait quelque chose que j'oubliais ! Je vous l'enverrai tout de suite après mon service.

Thérèse regarda autour du bar presque vide. Il était à peine dix-sept heures et il n'y avait personne d'autre que Vincent, le chauffeur de taxi, buvant un expresso et lisant le journal à une table dans le coin.

— Tu ne pourrais pas le faire maintenant ? Il n'y a personne ici, et mon kir peut attendre.

— Oh non, il ne peut pas, dit Nico en riant.

— On ne dira jamais que quelqu'un est resté assoiffé à mon bar !

Il prit la bouteille de cassis sur une étagère et en versa une petite flaque dans un verre à vin blanc.

— Pétillant ?

Thérèse pensa que son sourire semblait un peu forcé. Pourquoi tergiversait-il ?

— Le pétillant serait parfait, dit-elle.

Elle avait des gouts d'adulte, mais n'avait jamais perdu son appréciation pour les choses qu'elle aimait enfant, comme les Cocas pétillants et les Haribo.

Elle prit le verre, dit « *À la tienne !* » et but une gorgée.

— Rien de mieux qu'un kir royal à la fin de la journée, dit-elle, décidant de continuer à parler à Nico.

Filer un peu la ligne et voir où ça la mènerait.

— Je suis tout à fait d'accord, dit-il.

— Est-ce que tu essaies parfois de deviner ce que quelqu'un va commander, je veux dire quelqu'un que tu ne connais pas qui entre dans le bar ? Tu sais, faire correspondre ce qu'ils sont au premier coup d'œil avec la boisson ?

— De temps en temps, répondit-il, mais Thérèse avait l'impression qu'il ne répondait ainsi que pour être agréable.

— En général, dit-il, les habitués boivent toujours la même chose. Peut-être que quelqu'un commanderait un cidre au lieu de la bière habituelle sur un coup de folie, mais dans l'ensemble...

Il haussa les épaules.

— Et les touristes ?

Nico rit.

— Oh, ils boivent n'importe quoi. Il y a quelque chose dans le fait de voyager qui donne envie aux gens d'expérimenter. L'autre soir, la femme qui vit à La Baraque était là, Larry l'a fait boire des Negronis. Tu peux imaginer que ça ne s'est pas bien terminé.

Thérèse rit avec lui bien qu'elle ne trouvât pas son histoire particulièrement drôle.

— Salut, Nico, Thérèse, Vincent, dit une voix derrière elle.

— Salut, Lapin, dit Nico.

Thérèse soupira. Elle n'était pas d'humeur à repousser les avances de Lapin, et il interrompait sa tentative d'interroger Nico à son insu.

— Terrible, cette histoire avec cette fille, dit Lapin.

— Affreux, dit Nico.

— Mais peut-être qu'elle réapparaitra. Les gens s'enfuient parfois, tu sais.

— C'est vrai, dit Perrault.

— Généralement à cause de mauvais mariages, de dettes monumentales, ce genre de choses. Cette affaire ne semble pas correspondre à ça.

— Écoutez notre petite fliquette ! dit Lapin.

— Elle est devenue une détective si sérieuse, maintenant qu'elle a grandi. Et quelle femme elle est devenue, aussi, ajouta-t-il en laissant son regard glisser lentement de son visage à ses genoux puis remonter.

— La ferme, Lapin, dit Thérèse avec un soupir.

— Tais-toi, Lapin, dit Nico en riant.

— Tu n'abandonnes jamais, n'est-ce pas ?

— La persévérance est la clé du succès, répondit Lapin avec un clin d'œil.

— Maintenant, tu veux bien me verser un pastis ?

— Et après ça, va envoyer cette vidéo, dit Thérèse, observant Nico pour voir comment il réagirait à son instruction.

Elle était tellement concentrée sur Nico qu'elle ne remarqua pas le visage de Lapin passer de jovial à un masque totalement inexpressif.

❧

MOLLY ÉTAIT dans une frénésie de nettoyage. Elle avait mis le cottage sens dessus dessous, et avait même sorti les meubles, suspendu les tapis pour les battre, et s'était attaquée aux fenêtres avec une férocité qui la laissa au bord de l'épuisement. C'était une bonne raison de le faire, ça l'aidait à se calmer, du moins un peu.

Elle se sentait nerveuse depuis la veille au soir, quand elle avait vérifié ses e-mails juste avant d'aller se coucher. Souvent, des demandes des États-Unis arrivaient à ce moment-là, et elle avait pris l'habitude de vérifier deux fois par jour, toujours soulagée de voir plus d'intérêt et d'obtenir plus de demandes. Mais la demande de la veille n'était pas simplement un couple en vacances, facile à gérer. C'étaient les Bennett, les parents d'Amy Bennett, la jeune fille disparue, qui demandaient à venir pour un séjour à partir de mardi, c'est-à-dire le *lendemain*, avec une date de départ ouverte.

Quand Molly lut l'e-mail, elle fut prise de vertige.

Elle n'arrivait pas à imaginer ce qu'ils devaient traverser. La profondeur de leur peur. Comment diable faisaient-ils face à ce genre d'incertitude ? Au moins, quand on sait ce qui s'est passé, on peut commencer à y faire face, aussi lentement soit-il ; au moins on sait à quoi s'attendre. Mais ce que les Bennett vivaient était autre chose. Peut-être une terrible perte, et peut-être aussi un malentendu, un téléphone portable perdu ou mort, un amant secret, une lettre perdue dans le courrier.

Il pouvait y avoir une centaine d'explications. Et aucun moyen de savoir quand, ou même si, ils découvriraient laquelle était la bonne. Ou une autre raison à laquelle ils n'avaient jamais pensé. *Il est possible qu'ils ne le sachent* jamais, pensa Molly, et un frisson lui parcourut le dos.

Le déjeuner sur la terrasse se composait d'un reste de quiche et d'une salade plutôt fanée, mais juste assez comestible. Elle l'arrosa avec le fond d'une bouteille de rosé, et resta assise là, après avoir fini, regardant son jardin en ruine, sans suivre le fil de ses pensées. Elle était fatiguée de sa frénésie de nettoyage. Une partie d'elle souhaitait avoir dit aux Bennett qu'elle était au complet, juste pour éviter d'être mêlée à toute cette histoire, mais elle n'aurait pas réellement pu les refuser. Désormais, elle avait appris que les pensées peu charitables étaient parfaitement acceptables tant qu'elle n'agissait pas en conséquence. N'avait-elle pas entendu ça quelque part ? Peut-être pendant la phase de divorce, allongée sur le canapé toute la journée, lorsqu'elle elle regardait beaucoup Oprah et Dr Phil et n'importe qui d'autre qui pouvait lui lancer un mot réconfortant.

Je me demande s'il y aura le genre de frénésie médiatique qu'il y a aux États-Unis quand une jeune femme disparait, se demanda-t-elle. *Je ne veux pas de journalistes piétinant mon jardin et regardant par mes fenêtres. Je ne veux... rien de tout ça. Bien sûr j'espère qu'ils la retrouveront. Et s'il n'y a pas de fin heureuse, si ce n'est pas un malentendu, j'espère au moins que les Bennett apprendront ce qui s'est passé. C'est le minimum qu'ils méritent.*

Molly se leva soudainement avec l'impulsion que donne une bonne idée, et cette idée était la Pâtisserie Bujold, le croissant aux amandes, en particulier. Si quelque chose allait améliorer sa journée, ce serait ce croissant aux amandes. Pas besoin de chapeau, la journée était nuageuse et fraiche, alors elle prit simplement son sac en traversant la maison pour sortir dans la rue des Chênes, et fut rapidement en route, l'eau à la bouche.

La rue était calme. Elle espérait ne pas arriver trop tard et que la boutique ne soit pas fermée, ce qui serait presque insupportable ; elle désirait désespérément ce croissant. Prenant un raccourci par la ruelle, elle jeta un coup d'œil par-dessus le mur et remarqua la lingerie La Perla étendue sur le fil à linge, de la même maison. *Qui diable porte La Perla tout le temps ?* se demanda-t-elle. Tout comme la semaine précédente, elle s'arrêta et envisagea de tendre la main pour toucher certains des sous-vêtements. Mais cette fois, elle garda ses mains le long de son corps, et resta là un moment à les contempler, imaginant une vie où ses sous-vêtements seraient toujours La Perla, sa maison serait remplie des appareils les plus convoités et brillamment conçus, et sa voiture, eh bien, tant qu'à fantasmer, pourquoi pas une petite Austin Healey ? British racing green, s'il vous plait. Ou est-ce trop cliché ?

Elle jeta un dernier coup d'œil à la maison où figuraient les sous-vêtements. Elle était banale — en réalité, elle était loin d'être un taudis, mais seulement l'habitation de quelqu'un habitué à des dessous somptueux —, du moins pas de l'extérieur. Curieux, n'est-ce pas, comme les gens sont étranges, les choix qu'ils font, et ce qu'ils pourraient cacher ?

Enfin, elle tourna au coin et vit l'extérieur rouge émaillé de la Pâtisserie Bujold. Elle respira l'arôme sucré de vanille, et s'arrêta, la main sur la poignée de la porte, désirant ce croissant de tout son être, mais voulant retarder le moment d'affronter le propriétaire. Elle prit une profonde inspiration, puis une autre, et entra.

— Bonjour, monsieur, dit-elle, lui jetant un coup d'œil puis à la vitrine, toujours fantastiquement belle avec ses rangées parfaitement ordonnées et sa variété alléchante.

La semaine dernière, elle s'était sentie frustrée parce qu'elle avait déjà pris l'habitude d'acheter ses pâtisseries favorites encore et encore, et se sentait stressée par toutes les pièces qu'elle ne choisissait pas, puis elle s'est souvenue qu'elle vivait maintenant à Castillac. Ni elle ni la Pâtisserie Bujold n'allaient nulle part, et elle avait tout le temps du monde pour gouter, éventuellement, chaque pâtisserie.

— Un croissant aux amandes, s'il vous plait, dit-elle en le pointant du doigt.

Le propriétaire fixait sa poitrine, comme les autres fois où elle était venue. Il ne suivit pas son doigt, mais hocha la tête et sourit avec enthousiasme, les yeux toujours rivés sur elle. Il vint à l'esprit de Molly que son expression était la même que celle qu'elle avait en regardant les choux à la crème recouverts de chocolat avec de la crème fouettée débordant sur les côtés, comme s'il voulait la dévorer sur-le-champ.

Molly serra les dents et fouilla dans son sac pour trouver la monnaie exacte. Au moins, elle savait combien ça coutait et pouvait donner le montant exact pour éviter le temps supplémentaire à chercher la monnaie.

— Je comprends votre attirance pour le croissant aux amandes, dit le propriétaire.

— C'est aussi l'un de mes préférés. Primé, ajouta-t-il en désignant un document jauni sur le mur orné d'une sorte de sceau élégant.

— C'est vraiment magnifique, dit-il en lui tendant le sac en papier ciré, tout comme vous, madame.

Et sur ces mots, prononcés d'une voix basse, il haussa les sourcils d'une manière qu'il devait trouver séduisante, mais que Molly trouva être la chose la plus drôle qu'elle avait vue depuis des jours.

Comme Groucho Marx! Elle riait intérieurement sur le chemin du retour, se gavant de cette pâtisserie indiciblement merveilleuse. L'intérieur était feuilleté de pâte d'amande, si bien qu'il était très moelleux, amandé et fondant. L'extérieur était l'habituelle explosion de beurre croustillant, avec en plus des amandes effilées et grillées accompagnées d'un léger saupoudrage de sucre glace. Simple et spectaculaire.

Elle avait fini le croissant bien avant d'arriver à La Baraque, mais la promenade, la pâtisserie et les sourcils frétillants avaient complètement changé son humeur. Elle ne ressentait plus aucune envie de lingerie sophistiquée ou de voitures, et son inquiétude de ne pas pouvoir gérer les choses avec les Bennett avait diminué au point de devenir supportable. *Peut-être que la magie de la France peut se résumer en trois mots*, pensa-t-elle.

Croissant aux amandes.

12

Dufort s'était levé tôt ce mardi matin. Il avait fait un jogging éprouvant, empruntant un parcours vallonné, une partie sur d'étroites routes de campagne et l'autre partie sur des sentiers forestiers, avant de rentrer chez lui, dans sa petite maison en ville, pour se doucher et arriver au commissariat à 7 h 30. Quelques jours plus tôt, Gallimard n'avait été ni dans son bureau ni nulle part où Dufort aurait pu le trouver, et la liste des questions qu'il voulait lui poser s'allongeait. Il supposait que Gallimard ne serait pas au travail de si bonne heure, alors il se dirigea vers le Café de la Place pour commencer par prendre son petit-déjeuner.

— Bonjour, Pascal.

— Bonjour, commandant, comment allez-vous ?

— Je vais bien, et vous ? Comment va votre mère ?

— Elle va mieux, merci. Nous sommes reconnaissants d'avoir un bon médecin et elle guérit plus vite que prévu.

— Content de l'entendre, dit Dufort, gardant pour lui ses pensées sur les médecins.

— Un petit café, s'il vous plait, et un croissant.

Pascal acquiesça et se faufila avec grâce entre les tables pour aller chercher la commande. Le café était bondé de locaux et de familles de touristes profitant des derniers jours de vacances avant la rentrée. Dufort salua d'un signe de tête quelques amis, puis passa quelques instants à observer. Il avait une manière désinvolte d'observer qui n'alertait pas les personnes observées. C'était en fait, un véritable talent, bien que Dufort ne s'en rendait pas compte lui-même.

Dufort ferma les yeux et écouta. Dans un premier temps, il n'essaya pas d'entendre ce que les gens disaient, mais plutôt de percevoir les sous-entendus, les émotions derrière les conversations. Il ne détecta rien d'inhabituel. Puis les mots commencèrent à se préciser et il entendit un père se fâcher contre son fils qui avait perdu une chaussure, un jeune homme dire à sa petite amie qu'il était désolé, mais qu'il n'allait pas arrêter de jouer aux jeux vidéos, et une vieille femme se plaindre d'un problème de foie.

Il se demanda si quelqu'un ici avait déjà rencontré Amy Bennett, ou l'avait vue, ou avait quoi que ce soit à voir avec la disparition d'Amy Bennett — les mêmes pensées qui lui trottaient dans la tête depuis qu'il avait entendu son nom pour la première fois. Pendant une fraction de seconde, il fut assailli par l'idée qu'il pourrait ne jamais savoir ce qui s'était passé, ne jamais la retrouver.

Cette idée était terrifiante et son cœur se mit à battre la chamade.

Portant un plateau d'une main au-dessus de sa tête, Pascal revint vers Dufort en dansant entre les tables bondées. C'était un beau garçon, remarqua Dufort, et il voyait plusieurs femmes du café, d'âges divers, le suivre des yeux.

— Merci bien, dit-il lorsque l'expresso et l'assiette avec le croissant furent posés sur son set de table en papier.

Pascal sourit et hocha la tête.

— Oui, commandant. Je peux vous apporter autre chose ?

— Rien du tout, dit Dufort.

— Je parle au nom de beaucoup en disant que le premier café

du matin est probablement le meilleur moment de toute la journée, alors je vous remercie.

Il s'inclina légèrement, et ils rirent tous les deux.

Dufort prit une gorgée de son expresso, puis mordit dans le croissant. Le café les achetait à la Pâtisserie Bujold tous les matins, la meilleure boulangerie de la ville, et il ne fut pas déçu. La couche extérieure craqua et se brisa, l'intérieur était élastique et presque sucré, encore légèrement tiède. Dufort se laissa aller aux sensations du croissant, puis de l'expresso amer, au moins pendant quelques instants, libéré de ses pensées sur Amy Bennett.

Quand il eut fini, il glissa un billet de cinq euros sous sa soucoupe et se fraya un chemin entre les tables jusqu'à la rue, saluant d'un signe de tête quelques personnes qu'il connaissait, mais sans s'arrêter pour bavarder. Il voulait profiter de la marche jusqu'à Degas pour réfléchir à ce qu'il savait sur Gallimard et essayer de trouver quelques questions qui pourraient le déstabiliser un peu.

Anton Gallimard. Enseigne à Degas depuis près de vingt ans. On dit qu'il avait un certain talent, qu'il avait exposé à Paris, gagné des prix, tous les honneurs habituels, mais sa carrière s'était essoufflée à la fin de sa vingtaine. N'a produit aucune œuvre d'art (que l'on sache) depuis son arrivée à Degas pour enseigner.

Dufort n'avait jamais rencontré Gallimard malgré le fait qu'il ait plusieurs amis artistes. C'était un peu surprenant que leurs mondes ne se soient jamais croisés, mais pas significatif. Il se sentait sa curiosité à propos de cet homme s'éveiller, même en dehors de l'affaire Amy Bennett. Curieux de savoir pourquoi quelqu'un choisit d'abandonner un grand talent, de ne rien en faire après un début si prometteur avec tant d'encouragements, et même de reconnaissance.

Peu après, il se trouva aux portes de l'Institut. Cette fois, il évita le bâtiment administratif et alla chercher les ateliers, espérant y trouver Gallimard. Bien sûr, il aurait pu prendre rendez-vous, mais il avait constaté que se présenter à l'improviste était un moyen facile de déstabiliser les personnes interrogées, ce que tout enquêteur recherche.

L'Institut Degas était une petite école. Le bâtiment administratif était majestueux — du XVIIIe siècle, devina correctement Dufort — et juste en face, de l'autre côté d'une vaste pelouse, se dressait le dortoir. Il faisait trois étages de haut, mais était plutôt étroit ; il estima que le nombre d'étudiants ne devait pas dépasser la centaine. Il nota mentalement d'enquêter sur la santé financière de l'école, bien qu'il ne voyait pas pour le moment comment cela pourrait avoir un lien avec la disparition d'Amy Bennett.

Entre les deux bâtiments, formant un « U » autour de la pelouse, se trouvait un bâtiment moderne d'un seul étage. Il avait des verrières spectaculaires en porte-à-faux, des murs de verre et un étrange revêtement sur une partie de l'extérieur qui ressemblait à une méduse. Aux yeux de Dufort, le bâtiment semblait couteux et surconçu, bien qu'il comprît que les artistes avaient besoin d'une bonne lumière pour travailler, et d'autres choses que ce bâtiment n'hésiterait pas à fournir.

Il n'entendit ni ne vit personne. Peut-être que les jeunes artistes et leurs professeurs ne se levaient pas à 8 h 30. Il trouva une porte du bâtiment méduse du côté du dortoir, mais elle était verrouillée. Il regarda à travers les panneaux latéraux en verre, espérant voir quelqu'un qui pourrait le laisser entrer, mais ne vit personne.

Il était détendu après sa course, en plus de la matinée et du campus si tranquilles, qu'il sursauta violemment lorsque les cris commencèrent.

❧

QUAND MOLLY se réveilla ce mardi matin là, elle n'eut pas droit aux brefs moments habituels d'étirement paresseux pendant lequel son cerveau déterminait qui elle était et ce que la journée allait apporter. Dès qu'elle reprit conscience, elle se souvint de l'arrivée des Bennett et cela la réveilla brusquement. Elle se leva rapidement et mit de l'eau à bouillir. Elle avait envie d'une viennoiserie, mais n'avait pas le temps d'aller au village en chercher une. Renonçant à son rituel sur la terrasse où elle ne faisait rien d'autre que siroter son café, elle emporta sa tasse directement au gite avec du matériel de nettoyage sous les deux bras. Il lui semblait important que le gite soit impeccable et accueillant pour les Bennett. C'était la moindre des choses.

Elle brancha son téléphone sur une petite enceinte portable et lança sa playlist de blues. Elle hésita, se demandant si les voisins aimaient Percy Sledge, puis monta le volume quand même. Après une heure à frotter le sol et à aspirer la poussière détestable qui s'échappait des murs en pierre, elle s'assit par terre et s'adossa au mur, vidant les dernières gouttes de son café froid. *D'accord*, pensa-t-elle, *rendre l'endroit agréable pour ces gens qui traversent quelque chose de terrible, c'est juste de la décence.* Mais le gite n'avait pas besoin de trois heures de nettoyage, vraiment pas. *Pourquoi tout cela me met-il tellement sur les nerfs ? Pourquoi ai-je* peur *de leur arrivée ?*

Elle se posa ces questions, mais n'avait pas de réponses.

Plus tôt dans la semaine, elle avait acheté une caisse de vin bon marché pour avoir des bouteilles de bienvenue pour ses invités, mais quand elle alla en chercher une, elle fronça le nez et choisit plutôt une meilleure bouteille de sa propre réserve. Ensuite, elle erra dans le jardin envahi — une vraie honte, à vrai dire — et réussit à trouver quelques roses et de l'armoise pour mettre dans un vase. Elle plaça les fleurs et le vin sur la table à manger rayée du gite, jeta un dernier coup d'œil autour d'elle, et considéra que c'était fini.

Au moins cette fois, elle avait commencé le travail assez tôt pour ne pas être pressée, et avait réussi à être douchée et présentable bien avant l'heure prévue d'arrivée des Bennett. Mais au lieu de prendre un livre, de planifier le diner, ou de faire l'une des autres choses qu'elle aurait pu faire, elle s'était mise à faire les cent pas, allant de la cuisine à sa chambre par l'étroit couloir, puis revenant sur ses pas. Le mouvement n'empêchait pas le mauvais pressentiment de s'intensifier, mais elle continua quand même.

Amy Bennett était morte.

Molly pouvait le sentir. Elle n'avait aucune idée, comment, ni si elle pouvait faire confiance à ce sentiment, mais il était indéniablement là. Il semblait solide, réel et implacable. Elle se demanda si les Bennett le ressentaient aussi.

Et si Amy Bennett était morte, qu'est-ce que cela signifiait pour Castillac, pour les autres femmes du village ? Avait-elle été tuée par quelqu'un qu'elle connaissait ? Quelqu'un du village ? Quelqu'un, juste de passage ?

Le village était grand, selon les normes de villages, près de trois-mille habitants. Bien sûr, Molly était là depuis à peine une semaine. Elle n'avait même pas commencé à comprendre les liens sociaux qui composaient l'endroit, mais il lui semblait que les villageois étaient profondément connectés les uns aux autres. On ne pouvait peut-être pas dire que tout le monde connaissait tout le monde, mais presque.

Il n'y avait pas six degrés de séparation, ici à Castillac. Plutôt deux.

Elle lissa une boucle rousse rebelle derrière son oreille et essaya de diriger ses pensées ailleurs. Les Bennett n'étaient même pas encore arrivés, il n'y avait absolument aucune nouvelle d'Amy à sa connaissance, et elle s'emballait complètement. *Calme-toi, ma fille.*

Molly n'était pas une grande buveuse, vraiment pas, même quand son mariage s'effondra, Negronis mis à part. Mais maintenant que les Bennett devaient arriver d'un moment à l'autre, l'idée d'un petit cognac lui vint, et cette idée la frappa avec ce sentiment qu'on a parfois de « oh *oui !* C'est exactement ce qu'il me faut ! »

Elle brisa le sceau d'une bouteille de Martell et se versa un fond qu'elle avala d'un trait juste au moment où le taxi de Vincent entra dans son allée. Ça lui brula un peu la gorge, mais elle sentit la chaleur se répandre jusqu'au bout de ses doigts, se ressaisit, et sortit accueillir ses invités.

— Salut ! lança-t-elle en faisant un signe de la main.

Vincent extrait sa corpulence du taxi et fit le tour pour ouvrir le coffre tandis que Sally et Marshall Bennett descendaient. Sally avait l'air hagard, si hagard que Molly s'était immédiatement demandé si elle prenait des tranquillisants.

Marshall Bennett resta immobile un instant en clignant des yeux, puis se dirigea à grands pas vers Molly, la main tendue.

— Bonjour ! Nous sommes si contents que vous ayez eu de la place pour nous. Quel endroit charmant !

— Merci.

Molly lui serra la main et fut soudain submergée par l'envie de sangloter. Discrètement, elle tendit une main hors de vue et se pinça fort, n'importe quoi pour concentrer son esprit ailleurs que sur Amy.

— Marshall ? Tu dois payer le taxi.

La voix de Sally était faible, comme si elle était dans une bulle épaisse.

— Oh oui, combien je vous dois ?

Vincent dit « dix euros » en anglais, puis sourit et tendit la main.

— Tu vois, Sally, je t'avais dit que nos lacunes en français ne seraient pas un problème !

Marshall sourit à Vincent et fouilla dans son portefeuille pour trouver un des billets qu'il venait de retirer à l'aéroport.

— Nous avons pris un vol depuis Londres, puis un train jusqu'à Castillac, expliqua-t-il à Molly.

— Je déteste louer des voitures, c'est terriblement cher. Trouvez-vous que c'est vraiment nécessaire d'en avoir une ici ?

— En fait, je ne suis pas là depuis longtemps, mais je n'ai pas encore eu l'occasion d'en acheter une. Je peux facilement aller au village à pied, et si j'ai besoin d'aller plus loin, je peux toujours appeler Vincent.

Vincent sourit de nouveau.

— C'est ça, vous m'appelez, dit-il.

— Je peux venir vous chercher quand vous voulez.

Les Bennett n'avaient pas apporté beaucoup de bagages. Molly prit l'un des petits sacs de cabines et se dirigea vers le gite.

— Laissez-moi vous montrer où vous allez séjourner, dit-elle, les nerfs à fleur de peau malgré le verre de Martell.

Comment parle-t-on à des gens qui traversent ce genre de crise ? Elle ne voulait pas paraitre trop joyeuse, ni trop morose non plus.

Vincent fit un signe de la main et partit, et les Bennett suivirent Molly. Même leur démarche semblait affectée par ce qu'ils traversaient : Sally Bennett était instable sur ses pieds, déviant de sa trajectoire, et Marshall fixait le sol et marchait comme s'il se concentrait intensément sur l'endroit où poser chaque pied.

— Je ne sais pas si l'histoire vous intéresse, commença Molly, alors qu'ils entraient et déposaient leurs affaires. Je ne peux pas affirmer que ça a été vérifié, mais on m'a dit que le cottage date du début des années 1700...

Puis elle s'arrêta, secouant la tête.

— Oh, oubliez ça. Je voulais juste dire... Je sais qu'il n'y a pas de mots... mais je suis vraiment désolée que la raison de votre présence ici soit si terrible. J'espère sincèrement que vous aurez bientôt de bonnes nouvelles d'Amy.

Sally Bennett fondit en larmes et Marshall l'entoura de ses bras.

— Merci, Molly, dit-il.

Ils ne dirent rien d'autre et ne regardèrent plus dans sa direction, alors Molly marmonna quelques mots de bienvenue supplémentaires, recula et ferma la porte du cottage.

Eh bien, j'ai déjà mis les pieds dans le plat, pensa-t-elle. *Mon cœur saigne pour eux, et j'aimerais pouvoir faire quelque chose d'utile.*

Mais rien d'autre ne compte que leur fille. Bien sûr.

13

Le cri venait de l'intérieur du bâtiment des méduses, mais la porte était verrouillée. Dufort courut à l'autre bout du bâtiment et essaya cette porte, également verrouillée. Il s'arrêta et écouta. Il entendit plusieurs coups sourds, des voix, puis un autre cri.

Il envisagea de briser une vitre pour entrer, mais décida plutôt de se diriger vers le bâtiment administratif. La porte du rez-de-chaussée était déverrouillée et il l'ouvrit brusquement en criant :

— Il y a quelqu'un ? Police ! C'est le commandant Dufort ! OHÉ !

Une secrétaire qui arrivait toujours au travail des heures avant tout le monde passa la tête par la porte de son bureau.

— Que se passe-t-il ? Puis-je vous aider ? dit-elle, prise au dépourvu.

— Déverrouillez le bâtiment du milieu, quelqu'un crie à l'intérieur. Pouvez-vous l'ouvrir ? Vite !

La secrétaire disparut dans son bureau et revint avec une carte.

— Passez ceci, dit-elle.

— Voulez-vous que je le fasse ? Quelqu'un est blessé ?

— Restez ici, dit Dufort en saisissant la carte et en courant.

Il passa la carte une première fois, mais la porte resta verrouillée. Trop rapide. Il essaya à nouveau, passant la carte moins frénétiquement, et entendit le déclic de la serrure.

Des voix qui se disputaient venaient du bout du couloir. Dufort trottina rapidement et silencieusement vers elles. Il entendit des pleurs.

Arrivé devant la bonne pièce, il s'arrêta un instant pour écouter, puis il se glissa doucement à l'angle du mur. Il vit un homme de grande taille lever la main, et une femme se recroquevillant devant lui.

— Arrêtez ! cria Dufort en se précipitant dans la pièce.

L'homme se retourna et fixa Dufort, la main toujours en l'air.

— Qui êtes-vous ? demanda-t-il, d'un ton abasourdi.

La femme se releva. Elle semblait étrangement curieuse, pas bouleversée, elle n'avait pas l'air qu'il s'attendait à voir.

— Je suis le commandant Dufort de la police de Castillac, dit-il.

Il se tourna vers la femme.

— Vous allez bien ?

Le grand homme éclata de rire.

— Nous préparons un spectacle. Nous sommes acteurs, nous faisons juste des exercices de théâtre et nous allions répéter une scène !

Dufort regarda l'homme, puis la femme. Maintenant qu'il était dans la même pièce qu'eux, il ne sentait pas d'adrénaline ni de peur. Il les croyait.

— Je suis terriblement désolé, dit-il, essayant de sourire.

— Je passais par là, et je vous ai entendue crier...

— C'est une pièce violente, dit la femme en riant.

— Mon mari ici présent, ce n'est pas un homme très gentil !

— Tu vas me payer cette remarque, dit l'homme, son regard s'assombrissant.

— Il plaisante ! dit la femme, voyant les sourcils de Dufort se lever.

— Vraiment ! Arrête, Marc, ou il va t'emmener.

Elle rit à nouveau, et Dufort vit l'actrice en elle, comment son rire n'était pas tout à fait authentique, mais plutôt une performance, destinée à le charmer.

— Bonjour, je suis Marilyn McKay.

— C'est son personnage dans la pièce, dit Marc en levant les yeux au ciel.

Elle tendit le bras et caressa le sien. Dufort voulait laisser ce couple à ce qu'ils faisaient et passer à l'entretien pour lequel il était venu. Mais puisqu'il était là, peut-être pourraient-ils lui donner quelques informations. On ne savait jamais d'où pouvait venir l'élément crucial.

Il regarda autour de lui et vit qu'ils se trouvaient dans une grande pièce remplie de lumière. Au centre de la pièce, là où se tenait le couple, se dressait une plateforme surélevée d'environ un mètre. Un mur, celui face au couloir, était entièrement vitré et les autres murs étaient couverts de dessins épinglés sur une bande qui faisait le tour de la pièce juste au-dessus du niveau des yeux.

— Je ne savais pas que Degas avait aussi du théâtre ? Je pensais que c'était uniquement des beaux-arts ?

— C'est exact, dit la femme.

— Nous montons juste quelque chose pour le plaisir. Pas pour le public, juste pour les autres étudiants.

— Je vois, dit Dufort, bien qu'il n'ait jamais aimé le théâtre et ne comprenait pas vraiment.

Le but de sa vie professionnelle était de trouver la vérité, alors se pavaner sur scène en prétendant être quelqu'un d'autre... il n'en avait jamais vu l'intérêt.

— Dites-moi, dit-il, l'un de vous a-t-il des cours avec le Professeur Gallimard ?

Marilyn, ou l'actrice jouant Marilyn, rit.

— Oh, nous avons tous Gallimard tôt ou tard, dit-elle.

— A-t-il des ennuis ? demanda-t-elle avec espoir.

— Oh non. Je me demandais juste quel genre de professeur il était, ce genre de choses. Si vous avez une opinion.

— Marc a toujours une opinion, dit Marilyn d'un ton espiègle.

— Il est correct, dit Marc.

— Il a tendance à se concentrer un peu trop sur ses étudiantes, si vous voyez ce que je veux dire.

Dufort hocha la tête d'un air entendu, comme s'il en avait déjà entendu parler.

— Est-il bon en classe ? Il connait son sujet et tout ça ?

— Tout à fait, dit Marilyn.

— N'écoutez pas Marc, c'est un sculpteur et il ne donne jamais de crédit aux peintres. Gallimard est un excellent professeur, vraiment. Et il n'hésite pas à présenter ses étudiants à certaines personnes influentes qu'il connait. Il fait un effort supplémentaire, en dehors de l'atelier.

— Je ne te le fais pas dire, dit Marc.

Marilyn lui donna un coup de coude dans les côtes.

— Très bien, dit Dufort.

— Je suis désolé d'avoir fait irruption chez vous, je m'en vais, merci beaucoup pour votre aide.

Le couple hocha la tête et regarda Dufort quitter la pièce. Il marcha rapidement dans le couloir, sans regarder aucune des œuvres accrochées, et se dirigea vers la secrétaire dans le bâtiment administratif.

— Désolé, je suis le commandant Dufort, dit-il en arrivant à son bureau.

— Merci pour votre aide, tout va bien.

Il rendit la carte et hocha la tête.

Il était maintenant assez calme pour remarquer que la femme avait à peu près son âge et qu'elle était plutôt attirante.

— Je suis Marie-Claire Levy, répondit-elle.

— J'étais tellement inquiète après votre départ que je vous ai suivi et j'ai écouté dans le couloir jusqu'à ce que je m'assure que tout allait bien.

— Je vous avais dit de rester ici ! dit Dufort, mais il souriait.

Marie-Claire avait des cheveux noirs tirés en un chignon sévère, mais elle avait une expression chaleureuse dans les yeux. Et un joli visage, il n'y avait aucun doute là-dessus. Dufort sourit plus largement.

— Eh bien, je sais que vous me l'aviez dit. Et au début, j'ai pensé que si quelque chose de grave se passait, j'appellerais les gendarmes, mais ensuite j'ai réalisé que vous étiez déjà là. C'est idiot de ma part, je sais.

Dufort haussa les épaules.

— Des exercices de théâtre.

Marie-Claire rit.

— Les étudiants ici sont comme les étudiants partout, toujours en train de faire des bêtises, vous savez comment c'est !

— Cette époque me semble bien lointaine maintenant, dit Dufort.

Marie-Claire hocha la tête.

— Donc, vous êtes ici à propos d'Amy ?

Dufort fit une pause. Avec un certain effort, après avoir jeté un dernier regard appréciateur à Marie-Claire — ses yeux intelligents et sa silhouette élancée — il ramena son esprit au travail, et uniquement au travail.

C'était toujours un peu délicat de décider de la quantité d'informations à divulguer. Il jugea rapidement que Mme Levy pourrait être utile dans cette enquête. Une personne vigilante à son poste pourrait être en mesure d'en savoir plus sur ce qui se passait dans l'école que quiconque.

— Oui, dit-il finalement.

— Je suis ici à propos d'Amy.

Elle était une hôtesse misérable sans courage, Molly se l'avouait. Si elle avait eu ne serait-ce qu'une once de bravoure, ou la moindre goutte de bonté humaine, elle serait allée au cottage pour bavarder avec les Bennett, leur offrir un verre, leur apporter quelques hors-d'œuvre, quelque chose. Mais non, au lieu de cela, elle s'était terrée dans sa maison, les laissant livrés à eux-mêmes, parce que toute l'aura des Bennett, leur peur sans fond, leur anxiété monumentale et chancelante, était si profondément inconfortable.

Ils n'avaient pas quitté le cottage depuis que Molly les y avait installés des heures auparavant. Elle réalisa qu'elle n'avait pas encore beaucoup d'expérience, mais elle était habituée à ce que les invités s'installent assez rapidement puis veuillent jeter un coup d'œil à La Baraque, ou aller au village. Même les excentriques de Lawler n'avaient pas passé toute la journée hors de vue avec la porte fermée.

Je devrais faire quelque chose pour les aider, pensa-t-elle, mais elle ne bougea toujours pas, restant sur la terrasse dans son fauteuil rouillé préféré, mangeant quelques morceaux de salami (sanglier au fenouil, extrêmement savoureux) et ne se dirigeant pas vers les Bennett malgré tous ses reproches internes de ne pas tendre la main.

Elle vérifia ses e-mails, espérant avoir des nouvelles de quelques amis de chez elle, mais il n'y avait rien à part quelques nouvelles demandes de renseignements sur le cottage. Elle les refusa, n'ayant aucune idée de la durée du séjour des Bennett. Vont-ils vivre dans le cottage jusqu'à ce qu'Amy réapparaisse, d'une manière ou d'une autre ? Cela pourrait prendre des mois. Cela pourrait prendre... une éternité.

Elle frissonna. Ce dont j'ai besoin, pensa-t-elle, c'est d'une distraction. Tiens, Lawrence Weebly ! Il est probablement assis sur ce même tabouret Chez Papa en ce moment même.

Elle fila dans sa salle de bain, portée par un sentiment de

détermination, aussi minime soit-il, et mit un peu de mascara et une touche de rouge à lèvres.

Je dois vraiment penser à acheter une voiture, pensa-t-elle en descendant l'allée et en se dirigeant vers le village à pied comme d'habitude. Bientôt il fera froid, et il fera nuit tôt, et la marche sera beaucoup moins attrayante. Je ne veux pas dépenser une fortune avec Vincent et son taxi.

Comme elle l'avait deviné, Lawrence *était bien* Chez Papa, sur le même tabouret, buvant un Negroni. Nico hocha la tête quand Molly entra, et Lawrence sauta de son siège et ils s'embrassèrent sur les joues.

— Ma chère ! s'exclama-t-il.

— J'étais inquiet que vous ne vous soyez pas encore remise de l'autre soir. Parfois, les lendemains de Negronis sont une montagne à gravir. Comment allez-vous ? Et j'ai entendu dire que les Bennett séjournaient chez vous. Racontez-moi tout.

— Bonsoir. Juste un kir, dit Molly à Nico.

— Pétillant, s'il vous plait.

Elle s'installa sur un tabouret et regarda autour d'elle, appréciant l'odeur familière de Chez Papa : un mélange de graisse de canard, de tabac, de café et de gens.

— Je n'ai pas vraiment grand-chose à raconter.

Le visage de Lawrence se décomposa.

— Oh, allez, je ne demande pas ça méchamment. Par curiosité, peut-être, mais pas par méchanceté.

Nico déposa le kir de Molly et lui fit un clin d'œil.

— Merci, Nico, dit-elle.

— Ne me laissez pas me lancer dans les Negronis, d'accord ?

— Je ne fais que ce que l'on me dit, dit-il en souriant.

Beau garçon, ce Nico, pensa Molly. Il était brun et avait l'air en partie italien, et Dieu sait que les Italiens monopolisaient le marché quand il s'agissait d'hommes séduisants.

— Oh, je ne suis pas vexée, dit-elle à Lawrence.

— Je n'ai vraiment rien à raconter. Les Bennett sont arrivés aujourd'hui, je les ai conduits au cottage, et je ne les ai pas revus depuis. Je suppose qu'ils vont rencontrer Dufort et l'école, mais à ma connaissance, rien de tout cela ne s'est encore produit. Je suis juste... je suis contente de vous trouver ici parce que j'ai besoin d'en parler à quelqu'un.

Lawrence hocha la tête d'un air encourageant.

— Pour une raison qui m'est inconnue, je suis à moitié bouleversée par cette histoire d'Amy Bennett, et avoir les parents juste là, dans mon cottage... Je ne sais pas ce que c'est... Je me sens tellement coupable, comme si je devais faire quelque chose pour eux, les réconforter d'une manière ou d'une autre. Mais je ne lève pas le petit doigt. Je les laisse s'assoir là-bas tout seuls toute la journée, et me voici ici.

— Oh, Molly, dit Lawrence.

— Je parierais n'importe quoi qu'ils veulent qu'on les laisse tranquilles. Dans leur situation, la dernière chose que vous voudriez serait d'avoir à faire la conversation à un étranger, vous ne croyez pas ?

— Oui. Bien sûr.

Elle but une gorgée de son verre.

— Vous avez raison.

Malheureusement, croire que Lawrence avait raison ne changeait pas grand-chose à ses sentiments.

— Avez-vous entendu quelque chose ? Que dit le reste du village de toute cette histoire ?

— Eh bien, j'ai entendu quelques bribes intéressantes. Quelqu'un m'a dit qu'Amy était ici, Chez Papa, la veille de sa disparition.

Molly ramena quelques boucles rebelles derrière une oreille, les yeux écarquillés.

— Vraiment ? Avec qui était-elle, des amis de l'école ?

— Ce n'est pas clair. Apparemment c'était une de ces soirées où beaucoup de ceux qui étaient ici ont un peu trop bu. Ma source me dit qu'elle était assez ivre.

— Qui est votre source ?

— Je ne le dirai pas, dit Lawrence, souriant et avalant une gorgée de Negroni.

— Hé Nico ! dit Molly.

Nico s'approcha nonchalamment de l'autre bout du bar.

— Qu'est-ce qu'il y a, Boston ?

— Oh non, tu ne vas pas me donner ce surnom. Oublie ça tout de suite, tu m'entends ?

Nico lui fit simplement un clin d'œil.

— Donc Amy Bennett était ici juste avant sa disparition ? lui demanda-t-elle d'un ton détaché.

Nico haussa les épaules et détourna le regard.

— Je ne connais pas tout le monde, dit-il.

— C'est bondé ici certains soirs. Des touristes, des étudiants, des locaux, et puis je ne sais pas, des gens de partout.

Il retourna à l'autre bout du bar et essuya vigoureusement la surface avec un torchon.

— Donc ce n'est pas ta source, dit Molly à Lawrence.

— Je t'adore, répondit-il, mais je ne révèle jamais mes sources.

— Bon, d'accord, disons qu'elle était ici la veille de sa disparition. Et disons qu'elle était ivre. Où ces faits nous mènent-ils ?

— Tu es fan de séries policières, n'est-ce pas ?

— À l'époque, j'étais obsédée par *Law & Order*, comme tout téléspectateur averti.

Molly se tourna sur son tabouret pour avoir une vue d'ensemble de la salle, et prit un moment pour observer. C'était une soirée calme Chez Papa, quelques couples dinaient, une famille avec trois enfants attendait pour commander. Molly ne put s'empêcher d'être impressionnée par le comportement ordonné des enfants français, qui ne criaient pas, ne se chamaillaient pas et ne regardaient pas d'écrans, restant simplement assis calmement sur leurs sièges et parlant à voix basse.

Molly se retourna vers Lawrence.

— Dis-moi, alors. Dufort est-il bon dans son travail? Je l'ai rencontré sur la route l'autre jour.

— Hmm, je ne saurais dire vraiment. Je n'ai pas eu affaire à lui. Mais il y a ces autres affaires, tu sais. Ce n'est pas comme si le registre des crimes de Castillac était vierge.

Molly déglutit. Elle fit une pause, voulant, pendant quelques secondes au moins, ne rien savoir de plus. Un dernier moment pour savourer son ignorance. Puis elle demanda lentement :

— De quoi parles-tu, « d'autres affaires » ?

— Amy Bennett n'est pas la première femme à disparaitre de Castillac, Molly. Je sais que ça a l'air plutôt serein et pittoresque par ici, mais le mal ne prête pas forcément attention au décor, n'est-ce pas ?

Molly le fixa simplement, les yeux écarquillés et la bouche légèrement entrouverte.

— Pas la première ? parvint-elle finalement à dire, mais si doucement que Lawrence dut lire sur ses lèvres pour comprendre ce qu'elle disait.

14

C'était le mercredi 17 septembre. Amy Bennett n'avait pas été vue depuis plus d'une semaine.

Au fil des jours, l'anxiété de Benjamin Dufort s'aggravait, peu importe la combinaison de teintures à base de plantes qu'il prenait ou la distance qu'il courait le matin. Il dressait des listes des étapes à suivre dans l'enquête, principalement des personnes à interroger et d'autres détails administratifs. Et il était temps de rendre l'affaire publique et d'essayer d'obtenir l'aide de toute la communauté. Mais faire des listes et planifier ne faisaient rien pour diminuer son sentiment d'appréhension. Et par-dessus cette appréhension, il y avait le sentiment constant qu'il était incompétent dans son travail, échouant devant tout le village. Lawrence Weebly n'était pas le seul à penser aux autres femmes qui avaient disparu de Castillac. Bien sûr, Dufort y pensait aussi, et ce, constamment, toutes les heures, depuis des années.

Trois femmes. Il n'avait *rien* fait pour elles.

Il ne blâmerait pas les habitants de Castillac s'ils commençaient à faire pression sur lui pour qu'il parte, même avant que la gendarmerie ne l'envoie dans une autre communauté comme c'était la procédure habituelle.

La première femme à disparaitre avait été Elizabeth Martin, une jeune Britannique, une touriste sans aucun lien avec Castillac, hormis une visite d'été de quelques jours au cours d'une randonnée en France, et Dufort ne l'a jamais trouvé. Tout ce qu'on savait, c'était que Castillac était le dernier endroit où on l'avait vue, donc les possibilités de ce qui lui était arrivé étaient pratiquement infinies. Mauvais endroit, mauvais moment, et elle avait été tuée puis jamais retrouvée ? Ou disparition volontaire, et elle vivait quelque part sous une nouvelle identité, sirotant des cocktails à Ibiza sans regarder en arrière ?

Un million de façons dont cela aurait pu se passer. Elle n'avait pas de famille, pas de parents ou de proches pour faire pression, alors son cas était passé assez rapidement dans les classeurs poussiéreux des dossiers non résolus.

L'évènement suivant avait frappé Castillac plus durement. D'une part parce qu'une deuxième disparition ne semblait pas deux fois pire, mais plutôt mille fois pire, forçant les villageois à admettre que la première n'avait probablement pas été aléatoire, pas juste un de ces accidents, et que peut-être le coupable n'était pas parti, mais qu'était là, présent, *l'un d'entre eux*. D'autre part, parce que la victime, si c'*était bien* une victime, était une jeune femme locale. Elle s'appelait Valérie Boutillier. Elle avait dix-huit ans quand elle a disparu six ans en arrière. Personne, y compris Dufort, ne pensait qu'il y avait une chance que Valérie se soit enfuie sans jamais recontacter sa famille. Sa vie à Castillac avait été heureuse, avec juste assez de dysfonctionnement familial pour ne pas être ennuyeuse, et elle avait été acceptée dans une université de premier ordre — son rêve — prévue pour s'inscrire un mois après sa disparition.

Il n'y avait absolument aucun doute dans la tête de Dufort que quelqu'un avait enlevé Valérie. Quant à savoir si elle était toujours en vie quelque part, retenue contre son gré... eh bien, les chances diminuaient chaque jour, et il y avait eu beaucoup de jours depuis sa disparition.

Dufort était de retour à l'Institut Degas, déterminé cette fois, à mener à bien l'entretien avec Gallimard, quelles que soient les interruptions qui pourraient survenir. Marie-Claire Levy lui avait dit où le trouver et à quelles heures il était susceptible d'être là, alors Dufort frappa à la porte de son bureau en suivant ses recommandations à la lettre.

— Un moment, dit une voix bourrue à l'intérieur.

Dufort entendit quelques bruits sourds, puis une chaise raclant un plancher en bois. Les professeurs avaient leurs bureaux dans l'ancien bâtiment administratif, et l'odeur de vieux livres, de bois et de plâtre lui rappelait les bâtiments de son université dans le nord.

Finalement, la porte s'ouvrit et un homme de grande taille regarda dehors.

— Puis-je vous aider ? demanda-t-il d'un ton irrité.

— Bonjour, Professeur. Je suis désolé de vous déranger. Je suis le commandant Dufort de la gendarmerie de Castillac. Je me demandais si je pouvais avoir un moment de votre temps.

Gallimard haussa les épaules.

— J'espérais vous parler brièvement. Je ne serai pas long.

Dufort vit que Gallimard était le genre d'homme qui attendait de la déférence de la part des autres hommes, alors il la lui donna. En apparence.

Gallimard hocha la tête et ouvrit la porte, faisant signe à Dufort d'entrer. À l'intérieur se trouvait un large bureau couvert de piles de papiers et de bibelots, et, ce qui ressemblait à une chaise de bureau antique pivotante. À côté du bureau se trouvait un canapé usé, et au bout de l'étroite pièce, une fenêtre ronde laissait entrer la seule lumière naturelle.

Dufort se demanda pourquoi il n'y avait pas d'art sur les murs, et réalisa qu'il avait frappé à la porte en supposant que la pièce aurait un certain aspect. Il nota mentalement d'y réfléchir davantage, car il avait constaté que ses hypothèses erronées pouvaient parfois être très éclairantes de manière inattendue.

— Alors, dit-il, jouant un peu le désorganisé, c'est un peu surprenant que nous ne nous soyons pas rencontrés avant, n'est-ce pas ? Voyons voir... Je suis ici à propos de cette affaire avec cette étudiante. Amy. Amy Bennett.

— Oui, dit Gallimard, et il fronça les sourcils.

— Terrible. Elle est très talentueuse. Pas que son talent ait quoi que ce soit à voir avec sa disparition. Du moins, je ne vois pas comment il pourrait l'être. Quoi qu'il en soit, ce que je peux vous dire, c'est qu'elle a un cours de peinture avec moi les mercredis matin, et ça s'est passé mercredi dernier, c'est ça ? Donc ça fait une semaine entière ? Oui, mercredi dernier, elle ne s'est pas présentée. Je ne l'ai pas vue depuis.

Dufort hocha la tête.

— Ce cours du mercredi matin, combien d'étudiants y a-t-il ?

— Onze.

— Et comment les évalueriez-vous, je veux dire, placeriez-vous Amy parmi les meilleurs de ces onze ? Les moins bons ?

— Tout en haut. Vraiment tout en haut. Qu'est-ce que ça peut bien faire ?

— Je cherche simplement... Je cherche à me faire une idée de qui était Amy, c'est tout. Tout ce que vous pourriez ajouter, vraiment n'importe quoi, serait utile.

Une pause s'éternisa, rendant l'atmosphère un peu incommode, mais Dufort ne dit rien.

— Eh bien, je ne suis pas sûr d'avoir grand-chose à vous dire. C'était une très bonne étudiante, talentueuse, comme je l'ai dit, et aussi travailleuse. Régulière. Je comptais lui faire quelques présentations, dans un futur proche, quand elle serait un peu plus expérimentée, vous comprenez. Ce n'était que le début de sa deuxième année. Il lui restait encore du chemin à parcourir. Mais le potentiel, oui, le potentiel était définitivement là.

— Était ?

— Oh, je... je ne voulais rien dire par là. Je dis « était » uniquement parce que... parce qu'elle n'est plus là pour l'instant, vous voyez. Comme si elle était en vacances ou avait pris un semestre de congé ou quelque chose comme ça, comme les étudiants le font si souvent de nos jours. Difficile de savoir s'ils partent ou arrivent ! ajouta-t-il, peut-être un peu trop chaleureusement.

— Pouvez-vous me dire quelque chose sur sa vie personnelle ?

Gallimard pinça les lèvres.

— Pas du tout. Elle semblait bien s'entendre avec ses camarades de classe. Ce n'était pas une fille à semer le trouble, vous comprenez. Calme. Pas intéressée à se faire passer pour une artiste, mais à en être une, si vous voyez ce que je veux dire. Maintenant, si vous n'avez pas d'autres questions ? J'ai des copies que je dois absolument corriger ce matin, sinon mes étudiants voudront me crucifier.

Dufort examina le visage de Gallimard. Il avait peut-être une cinquantaine d'années, et son visage trahissait une vie un peu dissolue : trop d'alcool, trop de cigarettes, un trop-plein de tout. Son ventre était rond et son cardigan, tenu par deux boutons, était tendu au point que Dufort pensa que les boutons ne tiendraient peut-être pas la journée.

— Je comprends, pardonnez-moi, répondit-il. Puis-je vous recontacter, si vous n'y voyez pas d'inconvénient, si quelque chose se présente et que je pense que vous pourriez nous aider ?

— Bien sûr, dit Gallimard en se dirigeant vers la porte.

Dufort sentait clairement qu'on le poussait vers la sortie.

— Je croyais qu'aujourd'hui la police n'enquêtait que sur les disparitions d'enfants ?

— C'est exact, dit Dufort. Je ne qualifierais pas cela d'enquête officielle. J'essaie simplement d'aider, quand un membre de notre communauté est en difficulté. Possiblement en difficulté, je veux dire.

— Oui, bien sûr. Je m'attends à ce qu'elle réapparaisse. Les jeunes, ils se mettent toutes sortes d'idées folles en tête, vous savez. J'ai eu un étudiant, l'année dernière, qui est parti en Alaska, de tous les endroits possibles. Il était obsédé par une sorte d'animal, je ne me souviens plus, peut-être une marmotte ? Et rien ne l'arrêta pour aller le voir en Alaska. Je crois qu'il en a tiré quelques sculptures plutôt bonnes !

Gallimard rit, et pour la première fois, Dufort put voir son charme, une sorte d'affabilité avisée qui vous attirait, qui vous faisait vous sentir aussi cultivé et urbain que lui, et qu'il vous appréciait vraiment beaucoup.

Le charme peut être assez problématique, pensait Dufort en retournant au village. Il berce les gens dans l'illusion que des choses sont vraies alors qu'elles pourraient ne pas l'être. C'est presque comme un sort, comme de la magie, n'est-ce pas ?

Molly ne pouvait le supporter ni une minute de plus. Elle enfila ses vêtements les plus sales, prit une tasse de café et se dirigea vers le jardin, envahie de plans illusoires pour se débarrasser des vignes sur la platebande avant le milieu de la matinée. C'était la matinée la plus fraiche jusqu'à présent, et elle dut retourner à l'intérieur pour prendre un pull, mais se réchauffa rapidement une fois qu'elle se mit au travail, creusant pour atteindre les racines puis jetant ce qu'elle pouvait arracher dans un tas derrière elle.

D'une certaine manière, elle aimait ce genre de jardinage le plus : c'était irréfléchi, c'était physiquement exigeant, et le travail de détail pour essayer d'enlever chaque dernier bout de racine était un détail qu'elle pouvait accomplir en pilote automatique. On pourrait penser que toutes sortes de pensées anxieuses viendraient encombrer l'espace vide, mais en réalité, ce n'était pas le cas. Pendant le désherbage des vignes, l'esprit de Molly restait délicieusement vide, sans aucune pensée pour les Bennett, ou pour les histoires que Lawrence lui avait racontées la veille au sujet des deux autres femmes de Castillac qui avaient disparu et n'avaient jamais été retrouvées. Rien d'autre n'occupait son esprit à part l'aspect de cette terre inconnue, la sensation des vignes coriaces qu'elle enroulait autour de ses mains pour les arracher, et peut-être le juron occasionnel au bout des lèvres, lorsqu'une racine se cassait, laissant un morceau plus profond qui repousserait si elle ne creusait pas pour l'atteindre.

À mesure que le soleil montait, la journée se réchauffait. Le chat roux apparut et se frotta contre la jambe de Molly, mais elle ne daigna pas le caresser.

— Tu crois que je suis si naïve ? dit-elle au chat.

— Mon doigt me fait encore mal depuis la dernière fois.

Le chat roux miaula et se frotta à nouveau contre sa jambe.

Tant de fantastiques variétés de roses françaises, pensait Molly. *J'adore les damas. Il me faut absolument La Ville de Bruxelles, ce rose profond me fait craquer à chaque fois. Et la Duchesse de Brabant avec son parfum incroyable. Et le Chapeau de Napoléon, je ne peux pas m'en passer, ni de De Meaux, et Fantin Latour. Je ferais mieux d'avoir des réservations constantes pour payer ma passion des roses,* pensa-t-elle en regardant autour d'elle, déconcertée par le contraste entre sa vision du jardin, abondant de choux en fleurs et de parfums célestes, et la réalité épineuse et envahie.

Il était presque l'heure du déjeuner. Molly jeta un coup d'œil vers le cottage, mais ne vit aucun signe de vie. Elle se demanda si les Bennett arrivaient à dormir, ou peut-être dormaient-ils tout le temps, avec l'aide de puissants tranquillisants ? *C'est probablement ce que je ferais à leur place*, pensa-t-elle. *Me droguer jusqu'à la stupeur et prier pour qu'en sortant de cet état, tout soit redevenu normal.* Comment gérer autrement l'impuissance et l'horreur grise rampante de ne même pas savoir ce qui s'est passé, et rien d'autre à faire qu'attendre et espérer ?

Ils ne doivent probablement pas manger non plus, pensa-t-elle. Elle hocha la tête et se leva d'un bond, laissa ses outils dans les herbes et retourna à l'intérieur avec l'idée de préparer un repas convenable pour les Bennett. Elle pouvait au moins faire ça, même si elle ne trouvait jamais les bons mots à dire.

Faire les courses était devenu l'une des principales occupations de Molly en France. Aux États-Unis, elle se trainait au supermarché une fois par semaine et, en été, elle se rendait dans quelques marchés fermiers, pas pratiques, mais avec de bons produits ; souvent considérant les courses comme une corvée à expédier. À Castillac, c'était un mélange d'occasions pour sociabiliser, de culture et d'art. Sans parler de la complexité logistique pour savoir quoi acheter où les trouver et à quelle saison : un fromager pour le fromage frais et un autre pour les fromages d'autres régions ; l'homme qui vendait des fruits biologiques et qui ne venait que le mardi ; le camion de fruits de mer installé sur la place le mercredi soir. Et ainsi de suite.

Au fil des jours et des conversations avec les villageois, Molly apprenait à les connaitre peu à peu et enrichissait ses connaissances sur les meilleurs endroits où se procurer tout ce dont elle avait besoin. Le résultat, du moins pour le moment, était que son garde-manger débordait d'une grande variété d'ingrédients délicieux. Surement qu'elle pourrait préparer quelque chose pour satisfaire et réconforter les Bennett avec une telle abondance à sa disposition.

Elle se tenait devant le réfrigérateur ouvert, regardant les paquets de viande et de fromage emballés, les laitues et une bouteille de crème. *Si j'étais face à une tragédie*, pensa-t-elle, *qu'est-ce que je voudrais le plus manger ?*

Au début, elle envisagea des plats sophistiqués et extravagants, mais décida ensuite qu'ils convenaient davantage pour affronter la guillotine que pour pleurer. Et bien que les Bennett puissent avoir l'impression d'être face à la guillotine, les truffes et le foie gras n'étaient peut-être pas la meilleure direction gustative à prendre. Quelque chose de plus réconfortant s'imposait.

Elle finit par préparer le plus simple des plats, une soupe

parmentier. Poireaux, pommes de terre et un filet de crème. Il devait y avoir de la ciboulette dans le potager, et pendant la demi-heure où elle fouilla dans les herbes folles à sa recherche, la soupe était prête. La ciboulette se trouvait finalement juste à côté de la porte de derrière, et une fois le pain tranché, le déjeuner était prêt. Sur un plateau, Molly disposa une épaisse tranche de pâté de campagne sur une assiette avec un petit couteau, les bols de soupe chaude, ainsi que des serviettes de table rustiques et une bouteille de Pécharmant du domaine Sallière situé en bas de la route. Puis elle coupa quelques rudbeckies et les mit dans un vieux flacon de médicament en verre qu'elle parvint également à caser sur le plateau.

Et maintenant, il fallait les affronter.

Elle se dirigea vers le cottage, le cœur battant trop vite. Posant le plateau par terre, elle prit une profonde inspiration et frappa fermement à la porte, puis reprit le plateau.

Silence.

— Il y a quelqu'un ? appela-t-elle.

— Je vous ai apporté le déjeuner !

Silence.

Le chat roux miaulait quelque part tout près, mais Molly n'entendait aucun autre signe de vie. Elle frappa une dernière fois, attendit, puis déposa le plateau à un endroit où la porte ne le heurterait pas en s'ouvrant, même si le chat allait certainement s'emparer du pâté dès qu'elle aurait le dos tourné.

Elle s'assit sur la terrasse à la table rouillée et mangea un bol de soupe, mais sans en sentir le gout ni même se rendre compte de ce qu'elle faisait.

Je ne sais pas pourquoi j'ai l'impression que c'est ma propre fille qui a disparu, pensa-t-elle. Enfin, ce n'est pas tout à fait ça. Mais je suis en quelque sorte beaucoup plus impliquée dans les problèmes des Bennett que je n'ai de raison, ou de droit, de l'être. Peut-être est-ce parce que j'ai été étudiante en France, quand j'avais l'âge d'Amy. J'en suis ridiculement nostalgique, et j'ai l'im-

pression que ça devrait être une période dorée pour elle, pas... pas ça.

Même si elle s'était aperçue s'ils avaient réussi à sortir, les Bennett étaient dans le cottage, à cinquante mètres de là, mais pour Molly, c'était comme si leurs émotions s'étaient installées dans son salon et que leurs sentiments ingérables se répandaient dans toute la maison de Molly, et aucun bol de soupe ne pourrait les tenir à distance.

15

1963
Anton Gallimard, âgé de sept ans, traversa en trombe le salon de sa vaste maison en agitant une feuille de papier au-dessus de sa tête.

— Ne cours pas dans cette maison ! cria son père.

— Retourne d'où tu viens !

Anton brandit son papier.

— Papa, je veux te montrer...

— *Retourne* d'où tu viens !

La tête du garçon s'affaissa. Il fit demi-tour et sortit de la pièce pour retourner dans le couloir, bordé de peintures et de gravures dans des cadres dorés, dont beaucoup de grande valeur. Il soupira et se retourna, jetant un nouveau coup d'œil à son dessin. C'*était* beau, non ? Il l'avait pensé, mais maintenant il n'en était plus sûr. Peut-être ne devrait-il pas le montrer à Papa après tout.

— Anton ! tonna la voix de son père.

Lentement, le garçon s'engagea dans le couloir, la feuille de papier battant contre ses jambes. Il ne voulait plus la montrer maintenant. Il savait que c'était affreux, et son père allait seulement lui crier dessus. La joie qu'il avait ressentie pendant que le crayon se déplaçait sur le papier s'était évaporée. Timidement, il s'approcha de son père et lui tendit le dessin.

Une courte pause. Anton sentait que quelque chose se passait dans son cerveau, un choc perturbant, et il mit ses mains sur ses oreilles avant même que son père n'ait parlé.

— Quel genre de gribouillage puéril m'as-tu donné ? railla son père.

Il déchira le papier en deux, roula les morceaux en boule et les jeta sur Anton.

— Qu'est-ce qui ne va pas chez toi ?

Le jeune Anton n'avait pas de réponse.

16

2005

— N'oubliez pas, dit Dufort à Perrault et Maron alors qu'ils se réunissaient dans son bureau avant la conférence de presse prévue. La presse peut nous être très utile. Je ne veux pas que vous vous préoccupiez du reste, ignorez simplement les critiques et les spéculations. Nous avons besoin d'eux pour faire passer le mot sur Amy, pour diffuser ses photos, et ensuite on croise les doigts pour que quelqu'un se manifeste avec des informations que nous pourrions utiliser.

— J'ai préparé un dossier de presse, dit Thérèse.

— Quelques photos et un bref résumé qu'ils pourront emporter.

— Bon travail, dit Dufort.

— Je parie qu'il y aura des blogueurs, ou des reporters citoyens, comme certains aiment s'appeler. Y a-t-il un moyen officiel de les faire taire ? demanda Maron avec un soupçon de mépris.

— Nous ne voulons faire taire personne, dit Dufort.

— Plus Amy aura de publicité, plus cela aidera notre enquête. Nous voulons que son visage soit reconnaissable. Nous voulons que les gens réfléchissent, se souviennent, tu sais comment ça peut être, parfois le petit détail, celui auquel personne ne pense au début, parfois c'est la chose qui démêle toute l'affaire.

— Donc si des villageois, des touristes ou des gens des villes voisines veulent écrire sur Amy en ligne, je suis tout à fait pour. Bon, sommes-nous prêts ?

Maron et Perrault acquiescèrent et l'ensemble de la force de gendarmerie de Castillac sortit sur le perron de la station. Il n'y avait pas vraiment de foule qui les attendait, seulement une femme du journal régional et une poignée de villageois.

— Vous avez bien contacté la chaine de télévision ? demanda Dufort à Maron.

— Oui. Ils ont dit qu'ils enverraient quelqu'un.

Il haussa les épaules.

— Merci d'être venue, dit Dufort à l'unique journaliste.

— Comme vous le savez sans doute, une étudiante de l'Institut Degas a disparu. Elle s'appelle Amy Bennett, et elle n'a pas été vue depuis mardi soir de la semaine dernière.

— A-t-elle été enlevée par la même personne qui a pris Valérie ? demanda la journaliste.

— Nous nous concentrons sur Amy pour le moment, répondit Dufort avec un soupir interne.

Il savait que le sujet de Valérie allait être abordé, c'était inévitable. Mais il ne s'attendait pas à ce que ce soit la toute première question, dès le départ.

C'était ridicule, tous les trois debout là, face à aucune caméra et aucun journaliste à l'exception d'une seule femme d'âge moyen. Pour que quelque chose comme ça fonctionne, il faut du monde. Des gens intéressés. Il faut du *buzz*. Les villageois étaient déjà partis, et Dufort décida d'écourter cette pathétique conférence de presse.

— Perrault, voudrais-tu donner... oui, voici un dossier avec toutes les informations que nous pouvons communiquer.

Perrault s'empressa d'en remettre un à la journaliste et lui sourit, essayant de rester optimiste. Puis les gendarmes hochèrent la tête, dirent au revoir et rentrèrent dans la station.

— Eh bien, c'était une perte de temps, dit Dufort à voix basse.

Il entra dans son bureau et ferma la porte, puis appela immédiatement la chaine de télévision pour dire ce qu'il pensait au responsable qu'il a eu au bout du fil.

Cela fait, il appela Maron et Perrault dans son bureau.

— Bon, alors, dit-il.

— Nous devons commencer à chercher le corps. Comme je vous l'ai déjà rappelé, ce ne peut pas être une enquête officielle, donc nous allons devoir le faire discrètement. Je m'y attèlerai le matin, avant de venir à la station. Je m'occuperai de tout ce qui est au nord de la rue Gervais. Perrault, vérifie le quartier de ta famille jusqu'à la rue Tartine. Maron, soit tu prends ton vélo, soit tu prends la voiture et tu cherches en périphérie : bâtiments de ferme, garages, tu connais la procédure. Si quelqu'un pose des questions, inventez quelque chose.

— Nous devons la trouver. Peu m'importe que vous cherchiez avant ou après le travail, mais consacrez-y du temps chaque jour. Nous continuons à chercher jusqu'à ce qu'on la trouve, c'est compris ?

Perrault et Maron acquiescèrent, l'air grave.

17

Dufort passa les dernières heures de sa journée de travail à arpenter le village. Il ne s'arrêta pas pour parler à qui que ce soit, mais saluait d'un signe de la main les personnes qu'il connaissait. Il se mit dans une sorte de transe, la même que celle dans laquelle il entrait lorsqu'il faisait son jogging, où le mouvement répétitif de son corps apaisait son esprit et lui permettait de réfléchir librement aux détails de l'affaire Amy Bennett et à tout ce qui s'y rapportait. Il ne jugeait pas les informations, n'essayait pas d'être objectif, mais plutôt le contraire : il cherchait à percevoir les émotions sous-jacentes aux faits.

Mais à ce stade, les faits étaient minimes. Une jeune femme avait disparu. La troisième de ce village. Aucun motif apparent de départ sans prévenir personne. Aucune relation amoureuse connue, et ce n'était pas une personne portée sur le dramatique ou l'impulsif.

Aucune trace d'elle. Son portefeuille, son téléphone et ses pièces d'identité manquaient, son sac à dos avait disparu.

Amy Bennett : portée disparue.

Dufort marchait dans une ruelle, sa démarche légèrement irrégulière à cause des pavés. Il jetait des coups d'œil dans les jardins des villageois, notant qui entretenait bien son jardin et qui ne le faisait pas.

En face de lui arriva un homme promenant un chien. C'était un homme grand et mince avec des pieds remarquablement longs. Des lunettes. Des cheveux tombant sur son col. Dufort n'en était pas sûr, mais il pensait que l'homme était un peintre qui enseignait à Degas. Était-ce enfin un moment de sérendipité, au cours d'une non-enquête qui jusqu'à présent n'avait été faite que de blocages et de silence ?

D'habitude, quand il croisait quelqu'un du village qu'il ne connaissait pas, il ne parlait pas, mais regardait ailleurs pour laisser à la personne son intimité. Mais dans ce cas, il devait parler, il devait voir si l'homme avait quoi que ce soit à lui dire.

— Bonjour, monsieur, dit Dufort, avec un hochement de tête.

Il ralentit puis s'arrêta lorsque l'homme et le chien arrivèrent à sa hauteur.

— Je suis désolé de vous déranger, je crois que nous ne nous sommes pas rencontrés. Je suis Benjamin Dufort, de la gendarmerie.

— Bonjour, commandant Dufort. Je suis Rex Ford. Bien sûr que je sais qui vous êtes, une sommité de notre village, dit l'homme avec déférence.

Son français était parfait avec seulement, un léger accent.

Dufort fit une rapide révérence, quelque peu ironique.

— Je crois que vous enseignez à Degas ?

— C'est exact. Depuis six ans maintenant.

Le chien, un teckel, tirait sur la laisse, voulant renifler le long de la clôture du jardin de quelqu'un. Ford fit quelques pas pour laisser le chien à son plaisir.

— Cela vous dérange-t-il si je vous pose quelques questions ? Je peux marcher avec vous, comme ça vous pouvez continuer la promenade de votre chien en même temps.

— C'est très aimable à vous. Bien sûr, allons-y. Je suppose que c'est à propos d'Amy ?

— Oui. C'est à propos d'Amy.

Dufort et Ford se dirigèrent vers la ville, s'arrêtant de temps en temps pour que le teckel puisse renifler et lever la patte sur toutes les touffes d'herbe qu'il trouvait. Dufort avait été si profondément dans sa transe qu'il peinait à trouver une ligne de questionnement pour le professeur.

— Alors, avez-vous eu Amy comme élève ?

— J'ai bien peur que non. Bien que l'école soit assez petite pour que nous, professeurs, connaissions la réputation de tous les étudiants. Elle a un sacré talent, je peux le dire sans hésitation. Et plus important encore, c'est une travailleuse. Persévérante. C'est vraiment ce qui fait le succès d'un artiste, vous savez, dit-il.

— Le talent, eh bien, il y a des tas de gens qui ont du talent. C'est le talent combiné à la persévérance... c'est ça qui fait qu'un artiste réussisse.

— Amy Bennett voulait-elle réussir ?

— Je dirais que oui, vraiment. Assez ambitieuse, en fait. Presque comme une femme d'affaires, avec des objectifs et des plans bien réfléchis. Ce n'est pas un tempérament qu'on voit souvent à Degas — la capacité ou l'intérêt pour la planification à long terme, ce genre de choses. Bien sûr, cela rend d'autant plus hors de caractère que...

Ford continua à marcher, mais s'arrêta de parler.

Dufort marchait, s'assurant que son corps restait détendu, mais il était certain que Ford était sur le point de dire quelque chose d'intéressant.

Il attendit, mais Ford ne dit rien de plus.

— Plus hors de caractère... ? incita doucement Dufort.

— Je n'aime pas vraiment le dire, dit Ford, mais Dufort avait le sentiment qu'il voulait en réalité beaucoup le dire.

Il attendit, et essaya de ne pas trahir son excitation grandissante.

Après quelques pas, Ford dit précipitamment :

— Oh, vous savez, des trucs typiques pour les jeunes filles.

Elles s'entichent, pensent que l'attention d'un homme plus âgé signifie quelque chose de plus que ce qu'elle est réellement. Un vieux récit, je suppose.

Dufort remarqua une pointe d'amertume dans la voix de l'homme.

— Pourriez-vous me dire... quel homme plus âgé lui accordait de l'attention ?

— Anton Gallimard, qui d'autre? dit Ford, et maintenant l'amertume était manifeste, et quand Dufort le regarda, il vit un homme qui semblait avoir mangé quelque chose d'avarié.

— Vous devez comprendre, cet homme ne quitte jamais le campus. Je ne crois même pas qu'il conduise. Il est toujours là, offrant une épaule oh-si-réconfortante sur laquelle ces jeunes étudiantes peuvent pleurer.

— C'est comme ça que ça commence, ajouta Ford, mais ensuite il serra ses minces lèvres et arrêta de parler.

— Je dois rentrer chez moi, j'ai cours cet après-midi. J'espère avoir été utile. Et plus que ça, bien sûr, j'espère que vous retrouverez Amy.

Il se retourna et tira le teckel avec lui. Dufort les regarda marcher pendant quelques minutes, le chien rebondissant de manière comique avec ses courtes pattes sur les pavés, miraculeusement capable de produire encore plus d'urine alors qu'il leva la patte quatre fois de plus pendant que Dufort resta là à l'observer.

Ford semblait s'éloigner à la hâte, et Dufort s'interrogeait à ce sujet. Il aurait pu parler par jalousie professionnelle, après tout, c'était Gallimard qui avait la réputation d'être un grand talent, même si ce potentiel ne s'était jamais pleinement réalisé. Personne n'avait entendu parler de Rex Ford, pour autant que Dufort le sache.

Ou, si ce que Ford disait était vrai et que Gallimard profitait de ses étudiantes, Ford pourrait également être jaloux de cela. Il pouvait imaginer qu'une nouvelle volée de jeunes femmes arrivant à l'école chaque année pourrait être un beau trophée pour lequel se battre, pour le genre d'homme qui recherchait cela.

Si Amy était si dévouée, si ambitieuse, aurait-elle risqué tant pour une aventure avec l'un de ses professeurs ? Une relation de ce genre pourrait facilement mal tourner et lui faire perdre le soutien d'un supporteur influent.

Ah, pensa Dufort, *je ne suis pas si vieux pour ne pas me souvenir comment c'était de tomber éperdument amoureux. Ou de désirer ardemment. L'un ou l'autre*, pensa-t-il, souriant intérieurement à un souvenir particulier, avant de se retourner proche de la ville.

C'ÉTAIT VRAIMENT merveilleux de sentir qu'elle faisait déjà partie du village, pensait Molly, en se promenant au crépuscule, dans une rue de derrière, serpentant son chemin vers Chez Papa. Elle était sure que quelqu'un serait là pour parler, même si ce n'était que Nico derrière le bar, quelqu'un qui lèverait les yeux à son entrée, la reconnaitrait, et peut-être lâcherait un petit morceau de potin.

Bien que ces jours-ci, avec les Bennett séjournant dans son gite à La Baraque, tout le monde se tournait vers *elle* pour les potins, et jusque-là, elle n'avait rien à raconter.

— À ma connaissance, ils n'ont même pas quitté le gite une seule fois, dit-elle à Lawrence Weebly, qui était installé sur son tabouret habituel, buvant son Negroni habituel.

— Eh bien, ça fait combien, deux jours ?

— Oui. Ils sont arrivés mardi. Si le brouillard de ton Negroni n'est pas trop épais, tu sais que nous sommes maintenant jeudi soir.

— Les Negronis me donnent de la clarté, ma chère, pas du brouillard, dit Weebly, levant le nez en l'air.

— C'est ce que tu dis, dit Molly en riant et en prenant une gorgée de son kir.

— Je comprends qu'ils ne veuillent pas se précipiter directement à la police. Mais ne t'attendrais-tu pas à ce qu'ils aillent au moins à l'école et qu'ils parlent à sa colocataire ou quelque chose comme ça ? Et qu'en est-il des *repas* ?

— Je trouve que les gens dans des situations très stressantes ne font souvent pas ce qu'on attendrait d'eux.

— Je suppose que tu as raison.

Les deux restèrent assis dans un silence amical pendant plusieurs minutes.

— Tout d'un coup, la cigarette me manque, dit Molly.

— Ah, quand as-tu arrêté ? Je n'ai pas fumé depuis des années. Sept ans, en fait. Sept ans, trois mois et dix-sept jours.

Molly éclata de rire.

— Je plaisante. Mais sincèrement, s'il y avait un moyen de fumer sans ruiner ton visage et tes poumons, ne recommencerais-tu pas immédiatement ?

— En une nanoseconde, dit Molly.

— Bien que, malgré ce que je viens de dire, je ne pense presque jamais aux cigarettes maintenant. C'est le fait d'être assise au bar, de se sentir un peu effrayée, un peu anxieuse, ce sont justement des éléments déclencheurs pour fumer. Je ne veux pas vraiment une cigarette, je me souviens juste à quel point c'était délicieux de fumer dans des moments comme celui-ci.

— Oui. Elles tirent une belle couverture douillette sur tes sentiments, n'est-ce pas ?

— Ça décrit parfaitement la chose.

— Tu te sens effrayée et anxieuse à cause d'Amy ?

— Oui.

— Compréhensible. Parfois, je ne sais pas comment vous, les femmes, vous vous en sortez.

— Ça n'aide pas.

— Désolé, dit Weebly, et lui tapota la jambe.

— Si jamais tu t'inquiètes d'être seule à La Baraque, appelle-moi simplement et je viendrai tout de suite.

— C'est très gentil, dit Molly, touchée par son offre.

Jusque-là, c'était une soirée calme Chez Papa. Seule une famille était venue diner, occupant la table du coin. Vincent trainait à sa place habituelle près de la porte, sirotant une bière. Cela n'annonçait pas une soirée folle et Molly en était reconnaissante. C'était très agréable d'être assise au bar, sans s'engager dans des frasques et d'apprendre à mieux connaitre son nouvel ami. C'était apaisant et sa nervosité concernant les Bennett, parents et fille, s'estompait lentement.

— Oh oh, attention, arrivée imminente, murmura Weebly.

Molly pivota sur son tabouret, essayant, de manière pas très subtile, de voir qui Weebly regardait par-dessus son épaule.

— Bonsoir, mes amis ! dit Lapin, faisant claquer la porte en entrant.

Il portait une sorte de botte qui faisait beaucoup de bruit sur le sol carrelé.

— Oh là là, dit Molly à voix basse.

Elle croisa les bras sur sa poitrine et essaya d'arranger son visage en quelque chose qui se rapprochait de la neutralité.

— Toujours ravi de te voir, La Bombe, dit Lapin, l'air un peu contrarié que les bras de Molly couvrent suffisamment sa poitrine pour gâcher la vue. Quoi, tu as froid ou quoi ? Nico, monte le chauffage, mon vieux ! Notre Molly va attraper un rhume !

Molly regarda Nico et le vit lancer un regard noir à Lapin. Elle croisa son regard et secoua la tête. Nico lui sourit et hocha la tête.

— Qu'est-ce que tu as fait de beau, Lapin ? demanda Weebly.

— Oh, pas grand-chose. Je ne peux pas me plaindre. Tu sais que Madame Louvier est morte le mois dernier, et je suis allé aider la famille.

— Lapin est brocanteur, dit Weebly à Molly.

— Brocanteur ? Vous m'offensez, Monsieur Weebly !

Il se tourna vers Molly, les yeux résolument fixés sur sa poitrine.

— Je vends divers objets d'antiquité de valeur, dit-il, que je trouve parfois dans un grenier ou un débarras. Nico, tu peux me servir un whisky ?

— Il dépouille les morts récents, dit Weebly d'un ton sec.

— Préfèreriez-vous que je les plume de leur vivant ? demanda Lapin, avec un rire gras.

— Madame Louvier avait de belles choses, même si elle ne laissait jamais personne entrer chez elle pour les voir. Une commode que j'irai peut-être vendre à Paris. Quelques belles bagues...

À son expression, Lapin semblait rêver à tout l'argent qu'il allait bientôt empocher, mais ses yeux ne quittaient jamais Molly.

Ses bras étaient fatigués. Elle savait que si elle les laissait tomber le long de son corps, Lapin la fixerait, ferait probablement une remarque ou deux... mais peut-être qu'ensuite il passerait à autre chose, devait-elle les laisser tomber ? Ça valait le coup d'essayer. Lentement, essayant de rendre le mouvement naturel pour ne pas attirer l'attention, elle laissa tomber un bras puis l'autre de sa poitrine. Elle attrapa son kir et en but une petite gorgée, retenant son souffle.

— Ah, dit Lapin, voilà !

Il souriait largement et, comme prévu, regardait avec de grands yeux la poitrine de Molly.

— Si heureux de revoir les filles. Et permettez-moi de vous dire encore, Madame Sutton, à quel point je suis ravi que vous ayez choisi Castillac comme nouveau foyer.

— Vous commencez à me faire regretter ce choix, marmonna Molly, en se tournant sur son tabouret pour faire face à Nico.

Elle se demandait pourquoi il avait lancé un regard mauvais à Lapin quand il était entré, mais elle se dit que les différentes formes d'antipathie du village prendraient des années à démêler.

— Alors que se passe-t-il en hiver ? demanda-t-elle à Nico.

— Les gens restent chez eux ou les affaires marchent bien toute l'année ?

— Oh, ça dépend, dit Nico d'un air distrait.

— On a les habitués, bien sûr, qui viennent tous les jours : Lapin, Weebly ici présent, généralement Vincent. Il y a une famille allemande qui vient diner tous les mardis, comme une horloge. Presque pas de touristes une fois qu'il fait froid. Parfois, on ne sert le diner que quelques jours par semaine, si l'activité baisse vraiment.

Molly eut soudain un pincement au cœur, se demandant si ce déménagement en France, à Castillac, n'avait pas été une erreur. Elle ne connaissait personne quand elle avait choisi ce village, tout tournait autour de la maison dont les photos l'avaient tant captivée. Bien sûr, elle avait compris qu'il y aurait des gens agaçants, il y en avait partout, après tout. Mais ce Lapin, il était agaçant *et* se tenait juste à côté d'elle, ses yeux parcourant son corps comme s'il voulait sortir un couteau et une fourchette pour la manger. Et il était *implacable*.

La perspective de passer un hiver à moins de cinquante kilomètres de Lapin semblait être un hiver très long et peu attrayant.

Weebly avait commandé des frites, extracroustillantes, ce qui agaçait le cuisinier qui soutenait que *toutes* ses frites étaient extracroustillantes. Molly les partageait, savourant chaque bouchée savoureuse, pensant que l'automne devait être arrivé, car maintenant un plat chaud était exactement ce qu'il fallait.

— Les Français ne grignotent pas vraiment au bar comme on en a l'habitude, dit Weebly.

— Même Nico pense que je suis un vrai philistin de commander seulement des frites sans le steak qui va avec. Mais parfois ma digestion n'est pas ce qu'elle devrait être, dit-il en se frottant le ventre d'une main.

— Je ne suis pas un suiveur de règles, annonça Lapin.

— Si vous voulez manger des frites sans repas, faites-le. Si vous voulez manger des frites au petit-déjeuner, faites-le. Pour ma part, je fais ce qui me plait. Et je me fiche royalement de ce que font les autres.

— C'est toute une déclaration, dit Weebly.

— Es-tu vraiment prêt à aller à l'encontre de toute la tradition française sur ce qu'il faut manger et quand ? Je n'avais aucune idée que tu étais un tel iconoclaste.

— Tu penses que je ne sais pas ce que signifie « iconoclaste », dit Lapin, l'air en colère, mais je le sais. Et j'en suis un. Alors, va te faire voir.

Molly n'était pas du tout d'humeur pour un conflit. Elle mangea une dernière frite, but le reste de son kir, et sauta de son tabouret.

— Je vais vous dire bonsoir, les gars, dit-elle.

— Bonsoir *à tous !*

— Oh, ne nous laisse pas te faire fuir, dit Weebly.

— Lapin et moi ne faisons que nous chamailler, pas vrai Lapin ?

— Bien sûr, dit Lapin, mais Molly ne le crut pas.

— Honnêtement, je suis prête à aller au lit. Je sens le froid qui entre par la porte, et mon livre et une couverture m'appellent.

— Bonne nuit alors, ma chère, dit Weebly.

Lapin hocha la tête, espérant toujours avoir un bon aperçu de la poitrine de Molly avant qu'elle ne parte pour la nuit.

— Il fait sombre, dit Vincent, se levant lourdement de sa table près de la porte.

— Je te ramène ?

Molly hésita. L'idée de se faire raccompagner lui semblait un luxe tentant à ce moment-là ; elle se sentait fatiguée et complètement épuisée de la journée. Elle ne pouvait pas vraiment se le permettre, mais....

— D'accord, dit-elle.

— Je n'ai pas vraiment envie de marcher maintenant.

Vincent acquiesça. Son taxi était juste dehors et il lui ouvrit la porte en souriant.

Il faut vraiment que je mette de l'argent de côté pour faire retirer ces fichus sacs de silicone, pensa-t-elle, et elle passa les quelques minutes du trajet à rêver du moment où elle pourrait commencer à restaurer le pigeonnier délabré, pour avoir un autre gite à louer, et peut-être doubler ses revenus d'un seul coup.

18

Le lendemain matin, Dufort passa une heure à chercher Amy avant d'aller au poste, mais ne vit rien d'anormal dans les ruelles et les bennes à ordures. Avant d'entrer, Dufort s'arrêta dans la ruelle et sortit sa petite bouteille en verre bleu. Il secoua quelques gouttes sous sa langue et ferma les yeux. Tournant son visage vers le soleil, il prit plusieurs respirations lentes et profondes.

Trouve la prochaine bonne marche à suivre, se dit-il. *Trouve la prochaine bonne marche à suivre.*

La situation avec Amy commençait à prendre le dessus, la pression pour résoudre le mystère de sa disparition pesant sur lui, menaçant de déclencher une anxiété si incontrôlable qu'il ne pourrait pas la maitriser.

— Bonjour, dit-il avec un optimisme forcé à Perrault et Maron, qui étaient déjà à leurs bureaux.

— Dans mon bureau, ajouta-t-il, et ils se levèrent d'un bond pour le suivre.

— Bien sûr, nous ne lâchons pas l'affaire Amy Bennett, dit-il, et nous ferons le point sur notre avancement dans un instant. Mais d'abord, je veux passer en revue tout le reste, m'assurer que nous sommes au top sur les autres affaires de Castillac. Il est toujours tentant avec des cas comme celui d'Amy de foncer tête baissée et d'oublier le reste de nos responsabilités, et je veux m'assurer que cela n'arrive pas. Maron, tu es allé chercher Monsieur Vargas, euh, c'était dimanche ? C'est réglé ?

— Oui, commandant, dit Maron.

— Il n'était pas à sa place habituelle, sur le banc du cimetière derrière l'église. J'ai fait le tour du village en le cherchant et en demandant si quelqu'un l'avait vu. Rien. Puis je me suis dit, d'accord, s'il va habituellement au cimetière, je devrais peut-être chercher dans les autres cimetières, et effectivement, il était dans ce petit cimetière à la limite de Salliac, assis sur la pierre tombale d'un certain Monsieur Pierre Duchamp, en train de manger une baguette au jambon, heureux comme tout.

— Il t'a suivi sans problème ?

— Aucun, commandant.

— Bon boulot, dit Dufort.

À ce moment-là, ils entendirent la porte du poste s'ouvrir, et Perrault alla voir qui c'était.

— Il est encore parti et je n'en *peux plus* ! s'écria une vieille dame, d'une voix forte et tremblante.

Dufort passa dans la pièce d'entrée et mit son bras autour de ses frêles épaules.

— Bonjour, Madame Bonnay, c'est un plaisir de vous voir. Yves a encore disparu, hein ? Parti courir après les demoiselles ?

Madame Bonnay laissa échapper un sanglot.

Maron et Perrault échangèrent des regards surpris, s'étonnant de la brusquerie de Dufort.

— Je vous le répète, si vous faites castrer ce gaillard, il ne s'enfuira plus autant, dit Dufort.

Les sourcils de Maron se haussèrent.

— Mais je ne peux pas le mutiler comme ça, s'écria la vieille dame.

— Ça me semble si cruel ! Oh, Yves, où es-tu parti ?

Et elle s'effondra contre Dufort avec une nouvelle salve de larmes.

Dufort fit un clin d'œil à Perrault.

— Yves appartenait à son mari Raimond, qui était un chasseur habile, expliqua-t-il.

— Il a des origines distinguées, n'est-ce pas Madame Bonnay ? Un reproducteur très recherché pour les chiots de chasse ?

— C'est un Grand Bleu de Gascogne, répondit-elle en se redressant.

— Il a été *très* populaire, dit-elle en s'essuyant le nez avec un mouchoir parfumé à la lavande.

— Et je détesterais le priver de ce plaisir, vous comprenez.

Les trois gendarmes rirent.

— Mais d'un autre côté, chaque fois qu'il sent une chienne en chaleur, il part comme une fusée. Ça pourrait être n'importe quel corniaud de ruelle, vous comprenez, il n'est pas sélectif. J'ai tellement peur qu'il se fasse renverser par une voiture, ou voler.

— Bien sûr, je comprends, dit Dufort.

— Nous allons sortir tous les trois dans quelques minutes, et nous le chercherons. Et il retrouve parfois son chemin tout seul, n'est-ce pas ?

— Parfois, dit Madame Bonnay, esquissant presque un sourire.

— C'est un si gentil garçon. Maintenant que Raimond n'est plus là, je pense qu'Yves n'a pas assez à faire. Eh bien, merci de le chercher. Je vous ferai savoir s'il réapparait. J'allais lui préparer du foie pour le diner, son plat préféré.

— Mon plat préféré aussi, dit Dufort en la raccompagnant à la porte.

— Je suis sûr que quand il sentira cette odeur, il rentrera en courant.

— Bien, dit Dufort à Perrault et Maron une fois qu'ils furent seuls.

— Perrault, va Chez Papa et récupère cette vidéo auprès de

Nico. Je ne sais pas pourquoi ils trainent des pieds, mais mets-y un terme.

— Oui, commandant, dit Perrault avec entrain, et elle partit.

— Tu as quelque chose ? demanda Dufort en se tournant vers Maron.

— Des suggestions ? Des idées ?

Maron ne voulait pas admettre qu'il n'en avait pas. Il retarda sa réponse, espérant que quelque chose lui viendrait rapidement à l'esprit, mais finit par secouer la tête.

— J'aimerais que tu sortes ce soir, en civil. Chez Papa, ou n'importe où ailleurs où tu vois des étudiants de Degas se rassembler. Évidemment, ce n'est pas exactement un travail d'infiltration, et je ne veux pas que tu prétendes ne pas être membre de la gendarmerie de Castillac — de toute façon, personne ne serait dupe —, mais j'espère que cette informalité pourra t'aider pour ce que je veux que tu fasses. C'est-à-dire, découvre ce que tu peux sur Anton Gallimard. Que pensent vraiment les étudiants de lui ? Quelle est sa réputation auprès des étudiantes ?

— Sois charmant, dit Dufort, avec un sourire quelque peu crispé, car il n'imaginait pas que Maron ait vraiment ce genre de magie dans son répertoire.

— Essaie de les mettre à l'aise pour qu'ils te racontent des histoires...

— Oui, monsieur, répondit Maron, et pour le reste de la journée, une mission particulière ?

— Fais un tour dans le village et vois si tu peux trouver Yves, dit Dufort.

— Robe tachetée noir et blanc, longues oreilles noires, un peu comme un Basset Hound.

Maron ne manifesta aucune expression, mais hocha la tête et dit doucement « Oui, monsieur » en quittant le poste.

Dufort se tenait près de son bureau, le regard perdu par la fenêtre. *Eh bien, elle pourrait peut-être aider à l'enquête*, justifia-t-il en sortant son portable et en composant le numéro de l'Institut Degas.

— Marie-Claire, dit-il, et sa voix avait un peu de ce charme qu'il méprisait chez les autres.

— C'est Ben. Je voulais te remercier de m'avoir aidé à retrouver Gallimard, je l'ai trouvé dans son bureau, exactement à l'heure que tu me l'avais dit.

— J'en suis ravie. Comptez sur moi.

— Et je me demandais aussi si vous vouliez déjeuner avec moi. Disons, après-demain, vendredi ? J'ai quelques questions à vous poser à propos d'Amy, il ajouta.

Il y eut une légère pause que Dufort commença à interpréter, mais s'arrêta.

— Ce serait parfait, dit Marie-Claire.

— Je passerai te prendre à midi, dit Dufort, et ils se dirent au revoir avant de raccrocher.

Il glissa son portable sur son bureau, toujours en regardant par la fenêtre, mais dans sa tête, il voyait Marie-Claire, avec ses hanches fines et ses yeux sombres intelligents.

C'est peut-être une erreur, pensa-t-il. Mais parfois, faire une erreur peut être la meilleure chose à faire.

DUFORT COURUT un trajet plus court que d'habitude ce vendredi matin. Il était pressé d'arriver au poste, espérant que la journée apporterait des nouvelles dans l'affaire Amy Bennett.

Il ne fut pas déçu.

Nico passa enfin avec l'enregistrement de la vidéosurveillance de la rue de Chez Papa. Il s'excusa, ça lui était sorti de l'esprit, il était occupé, il ne savait pas comment envoyer un enregistrement numérique, une flopée d'excuses dont aucune ne convainquit Maron, qui savait que Nico était tout sauf étourdi ou maladroit.

Nico expliqua qu'il avait finalement fait une copie du DVR

avec son téléphone, puis l'avait copiée sur un CD, car le fichier était trop volumineux pour être envoyé par mail. Il avait contacté l'entreprise de sécurité qui s'occupait de la caméra, mais selon lui, ils n'avaient pas été réactifs, à part pour lui dire de se débrouiller seul s'il voulait juste une copie et qu'il n'y avait pas d'effraction ou de preuve d'acte répréhensible.

— J'ai essayé de leur dire que c'est exactement ce que vous cherchiez, des preuves d'acte répréhensible, dit Nico en haussant les épaules.

— Mais bon, ils ne voulaient pas s'embêter. Le service client n'est plus ce qu'il était.

Maron se détendit les épaules et ne dit rien.

Quel poisson froid, pensa Nico.

— Bon, eh bien s'il n'y a rien d'autre que je puisse faire pour vous ?

— Pas pour le moment. Il se peut qu'on veuille vous interroger à un moment donné, dit Maron, bien qu'il n'en sût rien.

Il aimait déstabiliser les gens.

Nico hocha la tête.

— À plus tard alors, dit-il avant de quitter le poste.

Thérèse Perrault arriva juste au moment où Dufort et Maron glissaient le disque dans l'ordinateur de Dufort.

— Bonjour, Perrault, dit Dufort.

— Quoi que tu aies dit à Nico, ça a dû faire effet, il s'est enfin décidé à venir avec la vidéo. Bon travail. C'est la dernière, à ce qu'on sache, et les autres ont été inutiles, comme tu le sais. J'avoue que mes attentes sont faibles.

Perrault se faufila à côté de ses collègues et ils attendirent que l'image apparaisse. D'abord un son se fit entendre — le bruit d'une fête animée, avec quelqu'un qui chantait, de la musique pop qui jouait, des cris en arrière-plan, le tintement de la vaisselle et des verres — tout semblait joyeux, le son de gens qui se lâchent et s'amusent.

Ils n'eurent pas à attendre longtemps.

— La voilà ! dit Perrault, pointant un coin de l'écran.

De dos, on pouvait tout juste distinguer la tête et les épaules d'une jeune femme, debout dans un groupe près du bar.

— Tu es sure que c'est elle ? dit Maron.

— J'en suis sure, répondit Perrault.

— J'ai regardé les photos que sa colocataire a envoyées pratiquement chaque minute. J'ai l'impression de l'avoir presque mise au monde à ce stade.

Dufort lui lança un regard et Perrault reporta son attention sur l'écran.

Le bruit de la vidéo était fort, et il était impossible de ne distinguer aucune conversation, mais toutes les trente secondes environ, quelqu'un poussait un grand cri. Tout semblait très festif. Puis, les gens du groupe d'Amy applaudirent et quelqu'un entra dans le champ de vision et passa son bras autour d'elle.

— On dirait Lapin, dit Perrault.

— Il a toujours ses pattes sur quelqu'un.

Ils continuèrent à regarder. La bande durait vingt minutes ; ce n'était pas divertissant de regarder la lente progression d'une fête de cette manière, sans pouvoir entendre ce que disaient les gens et en ne voyant que l'ivresse floue de tout le monde s'installer au fur et à mesure qu'augmentait le nombre de verres commandés et bus.

— Je me demande ce qu'ils fêtaient, dit Perrault.

Les trois officiers étudiaient attentivement la vidéo, observant Amy, tout en scrutant le reste du cadre à la recherche du moindre détail qui pourrait être utile.

Environ sept minutes après le début, Amy se tourna vers la caméra. Ils pouvaient voir son visage de manière floue, et tous les trois furent frappés par l'étrangeté de la voir là, souriant, riant, alors qu'elle était certainement morte.

Après autant de jours, quelles autres possibilités étaient réellement envisageables ? On ne peut pas ignorer les probabilités, comme le disait toujours Dufort.

La caméra était juste au-dessus de la porte de Chez Papa, elle enregistrait donc le haut des têtes des gens qui entraient et sortaient. Environ dix-sept minutes après le début, les yeux des trois gendarmes s'écarquillèrent lorsqu'ils virent Amy Bennett enfiler un pull et se diriger d'un pas mal assuré vers la porte.

Ils virent le haut de sa tête disparaitre alors qu'elle quittait le restaurant, le bras de Lapin Broussard fermement enroulé autour de sa taille.

19

— Je ne connais pas vraiment Lapin, disait Maron à Dufort alors qu'ils se rendaient en voiture chez Lapin.

— C'était une surprise de le voir partir avec la fille ?

— Oui et non, répondit Dufort.

Son visage était sombre.

— Il est connu pour importuner les femmes. Il les touche sans invitation, il est grossier. Lascif. Mais en même temps, il fait partie du village, Maron. Les gens d'ici ont grandi avec lui, ils ont l'impression de le connaitre. C'est pour ça que Perrault avait l'air si stupéfaite quand on l'a vu partir avec son bras autour d'Amy.

— Pour être honnête, j'ai toujours pensé qu'il était plus dans la parole que dans l'action. Qu'il prenait son pied à harceler les femmes devant d'autres hommes, mais qu'il n'essayait pas vraiment de se retrouver seul avec l'une d'elles.

Dufort resta silencieux un moment. Il jeta un coup d'œil à droite, ne voulant pas manquer la maison de Lapin.

— Je pensais qu'il aimait regarder et parler, mais pas agir, dit-il doucement.

— Il y a plusieurs années, il y a eu un incident...

Maron attendit. Dufort n'élabora pas. Il voulait intervenir et insister auprès de Dufort, mais se retint. Maron serra les poings et compta intérieurement, tout en se demandant s'il serait un jour capable de tolérer la hiérarchie de la gendarmerie. Dufort pouvait être si taciturne, et un jour cela pourrait le pousser à bout.

Finalement, Maron dit :

— Alors... tu le considères comme un suspect ?

— Pas exactement. Je dirais plutôt qu'il est une personne d'intérêt, dit Dufort en passant une main sur sa coupe en brosse. Je veux qu'on lui parle tous les deux. Je le connais depuis des années, depuis toute ma vie, je suppose. Donc c'est à toi d'être le dur.

— Compris, dit Maron.

La maison de Lapin Broussard se trouvait juste à côté de la rue des Chênes, à environ deux kilomètres de la ville en sortant de Castillac, vers le sud. On avait l'impression d'être en pleine campagne même si c'était à distance de marche du village. Des champs de tournesols fanés bordaient les deux côtés de la route. Dufort remarqua la forêt qui s'étendait derrière la maison de Lapin, montant une colline et la dépassant.

Ils s'engagèrent dans l'allée de Lapin. Pas de voiture devant la maison.

Dufort et Maron sortirent, ressentant tous deux une excitation frémissante, essayant d'anticiper comment cela allait se passer. Lapin aurait-il une histoire crédible à leur raconter, peut-être comment il avait ramené la fille à l'école en toute sécurité ? Semblerait-il nerveux, comme s'il cachait quelque chose ?

Était-il même chez lui ?

— Lapin n'est pas connu pour être le premier lapin à sortir du terrier le matin, dit Dufort.

Maron ne sourit pas et Dufort regretta cette blague légère. Il aurait aimé être seul pour pouvoir prendre quelques gouttes de son herbe en privé.

Les deux hommes marchèrent jusqu'à la porte et frappèrent. Ils écoutèrent.

Aucun son, sauf les oiseaux et le bruit lointain d'un tracteur.

— Sa propriété est plus soignée que je ne l'aurais pensé, dit Maron.

— Il est important de ne pas confondre les qualités, dit Dufort.

— Ce n'est pas parce que l'homme est un goujat gênant qu'il est forcément désordonné.

Maron acquiesça brièvement.

Ils frappèrent à la vieille porte en bois, plus fort.

— Lapin ! cria Dufort.

Rien.

— Reste ici, au cas où il sortirait, dit Dufort.

— Je vais vérifier derrière.

Pour autant qu'il s'en souvienne, la maison avait été léguée à Lapin par son père, mort alors que Lapin était encore adolescent. La mère de Lapin était morte quand il était bébé, et il s'était débrouillé seul après la mort de son père. Lapin avait une dizaine d'années de plus que Dufort, donc ce que Dufort savait de sa vie venait principalement de bribes de conversations entendues quand il était jeune.

Il se souvenait que les femmes de sa famille avaient eu pitié de l'orphelin, et que les villageois s'étaient mobilisés pour l'aider au début, quand Lapin était encore adolescent et essayait de déterminer quel type de travail il pouvait faire. Et il croyait se souvenir avoir entendu que le père avait été une sorte de tyran, et que les gens pensaient que Lapin était probablement mieux sans lui.

La maison était petite, mais bien construite. Dans la lumière nuageuse du matin, la pierre calcaire dorée semblait presque luire, et le bâtiment paraissait infiniment robuste et solide. Il était ancien, probablement du XVIIe siècle. Dufort remarqua que les couvreurs avaient fait un travail minutieux ; il y avait au moins quatre couches de tuiles orange, et toute la maçonnerie semblait soignée et bien faite.

Dufort vit qu'il n'y avait pas de potager à l'arrière, pas même un pot d'herbes aromatiques, juste un carré d'herbe clairsemée et trop haute, et des broussailles qui empiétaient depuis la forêt.

Dufort monta la colline derrière la maison et regarda autour de lui. Il examina le toit, les fenêtres, le garage. Il se retourna et regarda la forêt derrière lui, sombre, même en plein jour.

Les gens sont capables de tout, se rappela-t-il — il sentait qu'il devait se le rappeler parce qu'il ne voulait pas y croire. Il n'avait pas de sentiment particulier pour Lapin Broussard, à part le fait que l'homme faisait partie de la vie du village, la seule vie que Dufort connaissait. Mais ce n'était pas rien, et cela l'attristait de penser que Lapin aurait pu faire quelque chose à cette fille.

Il fouilla dans sa poche pour sortir le flacon en verre bleu et secoua quelques gouttes sous sa langue, puis redescendit la colline.

Pour la forme, il frappa à la porte de derrière et regarda à l'intérieur, puis jeta un coup d'œil dans le garage, mais il était clair que Lapin n'était pas chez lui.

Que cela signifie qu'il avait pris la fuite, ils ne pouvaient pas encore le savoir. Mais tandis que Dufort contournait la maison et faisait signe à Maron de remonter en voiture, il dressa une liste d'autres endroits où ils pourraient aller le chercher. Il n'avait pas oublié son rendez-vous déjeuner avec Marie-Claire Levy, et il ne pouvait s'empêcher d'entendre une petite voix égocentrique en lui qui souhaitait pouvoir arriver au déjeuner avec de vraies nouvelles à lui annoncer.

Il savait que c'était probablement la mauvaise décision, mais Dufort voulait contrecarrer la vague de mélancolie qu'il ressentait en voyant l'enregistrement de Lapin partant avec Amy Bennett. Alors il réserva une table à La Métairie, le meilleur restaurant du village, pour son déjeuner avec Marie-Claire. Mauvaise décision, car ce devait être une sorte de déjeuner de travail, et de plus, aller dans le meilleur restaurant mettait trop de pression pour un premier rendez-vous (car c'est ce que c'était, peu importe à quel point il prétendait le contraire).

Il conduisit sa propre voiture, une Renault qui avait connu de meilleurs jours, jusqu'à l'Institut Degas et arriva juste quelques minutes après midi. Avant d'entrer dans le bâtiment administratif, il regarda autour du campus, essayant de percevoir l'ambiance qui y régnait. Il vit un groupe d'étudiants marchant du bâtiment moderne vers le dortoir, une jeune femme assise contre un arbre avec un carnet de croquis, un homme plus âgé ratissant des feuilles. La scène semblait normale, quotidienne. Il s'arrêta et ferma les yeux, écoutant, faisant travailler ses sens, mais ne sentit rien d'inhabituel, pas même une tension particulière.

Il supposait que, dans un campus si petit, il n'y avait pas besoin de rassemblements ou de beaucoup de remue-ménage public. Les professeurs et les étudiants étaient tous conscients qu'une camarade de classe avait disparu. Et vraisemblablement, tout le monde connaissait Amy personnellement, à des degrés d'intimité divers. Tout le monde connaissait tout le monde, sans exception, c'était l'un des grands avantages et inconvénients d'une école si petite et insulaire.

Amy Bennett était selon tous les témoignages une artiste sérieusement talentueuse. Dufort se demandait comment l'école gérait les problèmes de jalousie. Laissaient-ils les étudiants régler les choses entre eux ? Faisaient-ils des efforts pour que les étudiants essaient de se surpasser eux-mêmes, et non les uns aux autres ? Ou au contraire, alimentaient-ils les rivalités, les poussaient-ils, les incitaient-ils à la ferveur compétitive ?

Dufort se souvenait de la formation à la gendarmerie, de la cruauté de certains cadets, qui marchaient sur n'importe qui pour avancer et se frayer un chemin jusqu'au sommet. Il ne voyait aucune raison pour que ce soit différent avec les artistes. C'est la nature humaine, pensait-il, de vouloir se démarquer et être remarqué, de *gagner*. Et quand on ajoute le fossé financier entre un artiste très accompli et un qui ne l'est pas... il pouvait imaginer que le cadre bucolique de Degas puisse sembler plus serein en surface qu'il ne l'était peut-être pour les étudiants.

Il se demandait comment Lapin avait pu avoir du succès avec Amy. Une jeune femme sensée, organisée, ambitieuse et talentueuse, elle ne semblait pas être le genre de jeune femme qui répondrait aux attentions grossières de quelqu'un comme Lapin. Était-ce simplement une question d'avoir trop bu, et de s'être ainsi rendue vulnérable ? Amy ne semblait pas non plus être quelqu'un qui boirait trop.

Lapin était la dernière personne à avoir été vue avec elle, et elle avait maintenant disparu depuis huit jours. Pourtant, Dufort avait des sentiments mitigés à propos de cette avancée dans l'enquête. Il ne comprenait pas pourquoi Amy était partie avec lui, et de plus, il ne voyait pas Lapin comme quelqu'un capable de faire quelque chose d'aussi terrible.

Discrètement, Dufort attrapa son flacon en verre bleu. Il avait déjà utilisé la dose quotidienne, mais ignora cela et secoua quelques gouttes sous sa langue — un mélange de lavande, de mélisse et d'ashwagandha cette fois-ci — avant d'entrer dans le bâtiment administratif pour trouver Marie-Claire. Cela faisait des mois qu'il n'avait pas eu de rendez-vous et il ressentait une agitation non désagréable. Mais quand il vit Marie-Claire assise à son bureau, les sourcils froncés alors qu'elle tapait quelque chose et fixait son écran d'ordinateur, son malaise disparut.

Elle a l'air si intelligente, se dit-il. *Si intelligente, et aussi... sexy*.

— Salut, Ben, dit Marie-Claire.

— Donne-moi juste une demi-minute, dit-elle, regardant toujours l'écran et tapant furieusement.

Puis elle lui sourit, se leva et lissa sa jupe.

— Je ne sais pas pourquoi j'ai ce travail, dit-elle en secouant la tête.

— Je déteste absolument remplir des formulaires et faire de la paperasse. Et pourtant... c'est quatre-vingt-cinq pour cent de ce que je fais.

Elle contourna son bureau, puis elle et Dufort s'embrassèrent sur une joue puis sur l'autre.

— Et les quinze pour cent restants ? demanda Dufort, l'aidant avec son manteau.

— Écouter les gens se plaindre et geindre, dit-elle en riant.

— Je suis en quelque sorte la pseudothérapeute résidente, pour les professeurs comme pour les étudiants.

Ils sortirent ensemble et montèrent dans la voiture de Dufort.

— Je fais beaucoup de thé et j'écoute beaucoup, ajouta-t-elle.

— Et tu aimes cette partie ?

— Oui. Les étudiants ici et les professeurs aussi sont des gens intéressants, engagés, pour la plupart. La plupart d'entre eux sont très ambitieux. Pas nécessairement pour l'argent, pas ce genre de réussite. Mais pour l'art. Il y a une sorte de pureté là-dedans, tu sais ? Une innocence. Et j'aime être entourée de ça, en faire partie, aider à ma façon.

Quand Dufort tourna en direction de La Métairie, Marie-Claire s'exclama :

— Ben ! La Métairie, vraiment ? Mais son ton était celui d'une surprise heureuse.

— J'ai des nouvelles, je te dirai quand nous serons assis, dit-il.

— Je ne sais pas, quelque chose à ce sujet... ça m'a donné envie de manger quelque chose de très bon. Comme un talisman ? Je ne sais pas vraiment ce que je veux dire.

Marie-Claire regarda Dufort, son expression sérieuse. Elle ne lui demanda pas ce qu'il voulait dire, mais attendit qu'ils soient à l'intérieur et qu'ils aient passé leur commande au serveur.

Dufort hésita. Strictement parlant, il ne devrait pas révéler à quiconque en dehors des officiers chargés de l'affaire ce que la vidéo avait montré, mais il pensait que Marie-Claire pourrait peut-être éclairer les mouvements d'Amy cette nuit-là. Marie-Claire penserait-elle qu'il était possible qu'Amy soit partie volontairement avec Lapin ? Et pour quelles raisons ? Conscient que ce raisonnement était en partie une rationalisation, il décida quand même d'aller de l'avant.

— Je t'ai invitée à déjeuner pour parler d'Amy, dit Dufort, et j'aimerais le faire maintenant. Il y a eu une sorte d'avancée dans l'affaire.

Marie-Claire resta très immobile et attendit.

— Nous avons obtenu des images vidéos de tout le village, en espérant trouver quelque chose, un indice sur la personne avec qui elle était ou… n'importe quoi, nous ne savions pas ce que nous cherchions. *N'importe quoi.*

Marie-Claire hocha la tête.

— Et vidéo après vidéo, rien n'était utile. Pas d'Amy, rien d'intéressant du tout. Mais la dernière que nous avons regardée, juste ce matin, montrait Amy. Plusieurs minutes d'Amy, apparemment en train de fêter quelque chose avec ses amis et des gens du village. Amy est partie avec l'une de ces personnes. Elle semblait plutôt ivre, et il avait son bras autour d'elle quand ils ont quitté le restaurant.

Marie-Claire avait la main sur la bouche et les yeux écarquillés.

— Je suis surprise d'entendre qu'Amy était ivre, dit-elle.

— Elle… n'était pas comme ça. Pas du tout du genre fêtarde, j'aurais pensé. Cette fille, c'était que du sérieux.

Le serveur apporta un petit plateau avec de minuscules tasses alignées et expliqua en détail ce qu'elles contenaient, mais ni Marie-Claire ni Dufort n'y prêtèrent attention, bien qu'ils regardèrent le serveur pendant qu'il parlait et firent semblant d'écouter.

— Je peux au moins te dire ce qu'ils fêtaient, dit Marie-Claire.

— Amy venait de remporter un concours, le Prix Marfan. Ce n'est pas l'un des plus importants, mais n'importe quel prix apporte beaucoup de prestige à son âge. Et je crois qu'il y avait une récompense en espèces, plus qu'un simple geste symbolique. Il faudrait que je vérifie pour te dire combien exactement, mais je dirais environ 5 000 euros.

Dufort pencha la tête, puis prit l'une des minuscules tasses et en but le contenu.

— Mm, dit-il, je n'ai aucune idée de ce que je viens de manger, mais c'est extrêmement bon. Tu sais si elle avait reçu l'argent ?

— Aucune idée. J'en doute, parce que l'annonce de sa victoire venait juste d'être faite, et généralement pour ce genre de choses, le chèque met un peu de temps à arriver.

Dufort acquiesça.

— Alors, tu vas me le dire ? dit Marie-Claire en souriant.

Dufort aimait le sourire de Marie-Claire. Il était chaleureux, attirant, et une partie de lui voulait repousser le travail et apprendre à mieux la connaitre, au lieu de parler sans fin de boulot, tournant autour de quelque chose d'horrible que quelqu'un avait fait à quelqu'un d'autre. Avec effort, il se ramena au moment présent.

— Pardon, te dire quoi ?

— Avec qui est-elle partie ?

Dufort hocha la tête, mais ne parla pas. Il ne devrait vraiment pas lui dire. Mais il voulait savoir plusieurs choses : Lapin avait-il trainé autour de l'école ? Marie-Claire l'avait-elle peut-être vu dans les parages, que ce soit avant ou après la disparition d'Amy ?

Il prit une inspiration avant de parler.

— Un homme du village, connu de beaucoup, y compris de moi. Lapin. Son vrai nom n'est pas Lapin bien sûr, c'est Laurent. Laurent Broussard.

Marie-Claire secoua la tête.

— Toutes les femmes dans un rayon de cent kilomètres connaissent Lapin, dit-elle avant de prendre une gorgée d'eau.

Le serveur apporta du vin local et très bon, puis les entrées, les plats principaux, le café et une paire de crèmes brulées parfumées à la lavande des plus exquises. Mais malheureusement, l'ombre de la disparition d'Amy, possiblement aux mains d'un homme qu'ils connaissaient tous les deux, jeta un tel voile sur leur déjeuner qu'ils ne goutèrent presque rien. Leur conversation ne fut pas ce que l'un ou l'autre aurait espéré, mais plutôt morne et manquant d'humour.

C'est cette constante incertitude, pensa Dufort plus tard, en partant pour un second jogging ce soir-là. Tout le village attend depuis des années que ce ravisseur soit attrapé. Pourtant, apprendre que cela pourrait être quelqu'un que nous connaissons depuis toujours, cela n'apporte aucun réconfort non plus.

20

Lapin ? Lapin ?! *Non.*

Thérèse Perrault connaissait Lapin Broussard depuis qu'elle était bébé. Tout le monde à Castillac connaissait Lapin. Parce qu'il était sympathique, un mec qui aimait plus que tout socialiser, qui connaissait tous les derniers potins, car, au cours de sa collecte de bric-à-brac, il était au courant des affaires privées de tout le monde, et il prenait plaisir à transmettre ce qu'il voyait et entendait.

En réalité, si quelqu'un devait se faire tuer, Thérèse pensait qu'il était plus probable que ce *soit* Lapin, plutôt que par Lapin.

Bien sûr, elle n'approuvait pas la façon dont il pelotait les femmes qu'il rencontrait (*ou espérait rencontrer*, pensait-elle avec ironie). Bien sûr, elle l'avait vu se comporter comme un vrai salaud, sans aucun doute, et ce n'était pas un comportement rare non plus.

Mais cela ne faisait pas de lui un ravisseur. Un meurtrier potentiel.

Il avait l'habitude de faire ces tours idiots, comme faire pleuvoir des pièces de mon nez lors du diner du dimanche, pensa-t-elle, et ce souvenir la mit en colère.

Dufort et Maron étaient partis chercher Lapin, et Thérèse était restée à la gendarmerie sans rien d'autre à faire que de s'asseoir près d'un téléphone qui sonnait rarement.

Je vais aller à Degas, pensa-t-elle. *Si je devais désigner un coupable ici, ce serait ce vantard de professeur d'art, Gallimard. Voyons ce que les étudiants ont à dire à son sujet.*

Elle n'avait pas de véhicule de police à sa disposition, et, comme ce plan n'était de toute façon pas dirigé par Dufort, elle pensa qu'il valait mieux y aller à pied. Elle pourrait toujours dire qu'elle était sortie chercher le chien de Madame Bonnay, qui était toujours porté disparu.

En partant, Thérèse fit une liste mentale de questions sur l'affaire.

Pourquoi Nico a-t-il mis si longtemps à nous donner une copie de cette vidéo ? Protégeait-il Lapin ? Sait-il quelque chose ?

Pendant un instant, elle envisagea de s'arrêter Chez Papa pour l'interroger, mais pensa, à juste, titre qu'elle ne devrait pas franchir cette étape sans en parler d'abord à Dufort. Il voudrait peut-être interroger Nico lui-même.

Thérèse avait eu du mal à l'école et dans les emplois de bureau parce qu'elle avait de réelles difficultés à suivre les règles. La gendarmerie, bien sûr, avait encore plus de règles, de protocole, de procédure, mais le travail avait tellement de sens pour elle qu'elle avait réussi à rester dans les clous jusqu'à présent.

Et maintenant que la pression montait, elle était déterminée à ne pas se laisser emporter par ses propres idées et à s'en tenir à ce qu'elle était censée faire. Trainer à Degas n'était probablement pas l'idée que Dufort se faisait du respect des règles, mais elle ne pensait pas que ce serait suffisant pour lui attirer de réels ennuis. Bon sang, peut-être que Lapin pourrait dire quelque chose d'utile à Dufort, s'il avait été avec Amy si tard dans la soirée.

Amy était-elle vraiment partie avec lui *volontairement ?*

Eh bien, d'après la vidéo, il semblait que oui. Elle n'avait pas eu l'air de lutter ou de résister ou quoi que ce soit de ce genre.

Elle marchait juste calmement, bien qu'un peu chancelante, en sortant de la porte de Chez Papa, le bras de Lapin fermement autour de sa taille.

Thérèse aimait Lapin, en quelque sorte. Ou du moins, elle aimait le fait qu'il soit une institution du village, une présence à laquelle elle était habituée. Il avait été présent à beaucoup de ces diners de famille du dimanche depuis que sa mère avait pris pitié du « pauvre orphelin » et l'avait invité d'innombrables fois, même s'il était un homme adulte. Mais quand même, *partir* avec lui ? Une jeune femme de l'âge d'Amy ? Ça n'avait aucun sens.

Thérèse y réfléchit pendant une bonne partie de la marche vers Degas, et elle ne put se souvenir d'aucune femme partant avec Lapin. Parce que, soyons honnêtes, il est peut-être un personnage semi-adoré du village, mais c'est un rustre peu attirant quand il essaie de séduire quelqu'un.

S'il essaie même. Thérèse avait toujours eu l'impression que c'était un peu un spectacle, pas destiné à être pris au sérieux. Elle ne l'avait certainement pas fait.

Il était presque midi quand elle s'engagea dans l'allée de l'Institut Degas. Il faisait un peu frais, mais quelques étudiants étaient dehors avec leurs carnets de croquis. Elle se demanda s'il y avait un service de restauration sur le campus, ou s'ils devaient aller à Castillac pour tous leurs repas.

Décidant de commencer par entrer dans le bâtiment moderne qui ressemblait étrangement à une créature marine, elle s'engagea sur le chemin qui y menait, quand, du coin de l'œil, elle vit Dufort sortir du bâtiment plus ancien sur un côté adjacent de la place. Il marchait avec une femme que Thérèse ne connaissait pas. Elle n'était pas sure, mais quelque chose lui disait que Dufort n'était pas, à ce moment-là, en train de travailler.

Alors, Dufort et Maron avaient-ils trouvé Lapin ? Lapin était-il en garde à vue ?

Plus que tout, Thérèse voulait se précipiter et poser ces questions ainsi qu'une dizaine d'autres qui lui venaient à l'esprit, mais elle apprenait à se retenir, aussi difficile que ce soit.

Dufort ne la vit pas. Elle les regarda monter dans sa voiture, vit Dufort sourire d'une manière particulièrement chaleureuse qu'elle ne lui avait jamais vue auparavant, et cela répondait au moins à l'une des dix questions.

La porte du bâtiment-créature marine était fermée à clé, alors elle se dirigea vers un groupe d'étudiants en train de discuter sur la place, regrettant de ne pas porter son uniforme ringard de gendarme, et se frottant mentalement les mains à la perspective de déterrer des informations compromettantes sur Gallimard.

❧

Ce n'est pas vraiment grave, pensait Molly, assise sur la terrasse dans la fraicheur matinale, en buvant sa deuxième tasse de café. *D'accord, les Bennett ne veulent pas quitter le gite, c'est leur affaire. Si je ne peux pas y entrer pour faire le ménage, c'est aussi leur affaire. Je ne peux pas débarquer là-bas et leur dire quoi faire, ils ont payé et ne dérangent personne. Et franchement, un sol propre n'a pas beaucoup d'importance dans le grand ordre des choses. Ou même pas du tout.*

Ils doivent se demander... ce qui compte vraiment, quoi donc, face à la disparition de leur fille, précieuse comme le sont toutes les filles.

Bien sûr, je ne sais pas, n'ayant pas de fille moi-même. Mais ce n'est pas difficile à imaginer, n'est-ce pas, pensa-t-elle, en avalant la dernière gorgée de sa tasse et en ressentant une vague de détermination, venant tout juste d'avoir, ce qu'elle pensait être, une excellente idée.

Je vais engager quelqu'un pour nettoyer le gite pendant que les Bennett sont là. Je ne peux pas me le permettre à long terme, pas encore, mais au moins si quelqu'un d'autre le faisait maintenant, juste pendant qu'ils sont là, je peux me débarrasser de ce souci.

J'ai l'impression qu'il y a cette aura de peur autour d'eux, et j'ai des frissons quand je m'approche.

Je suis vraiment une personne horrible. Me plaindre de mes sentiments alors que ce n'est même pas ma tragédie.

Pensant que sa voisine pourrait peut-être connaitre quelqu'un qu'elle pourrait engager temporairement, Molly s'habilla et brossa ses cheveux rebelles, essayant même, sans succès, de nouer un foulard autour de son cou, à la française.

Il était neuf heures du matin, une heure où Molly voyait souvent Mme Sabourin dans son jardin, mais ce matin-là elle ne la vit pas, alors elle fit le tour par la route et descendit le chemin de pierre jusqu'à sa porte d'entrée et frappa fermement.

Faites que mon français soit passable, pria-t-elle aux dieux du langage. *Je ne demande pas la fluidité, juste de me faire comprendre et de ne pas me ridiculiser complètement. C'est tout ce que je demande.*

Sa voisine ouvrit la porte vêtue d'une robe de chambre poussiéreuse, ses cheveux couverts par un foulard.

— Bonjour, Madame Sabourin ! dit Molly, un peu trop chaleureusement.

— Excusez-moi de vous déranger, mais je cherche une fille qui fait le ménage ?

— Ah, dit Madame Sabourin.

— Entrez, Madame Sutton. Puis-je vous offrir un café ? Je suis en train de faire le ménage moi-même en ce moment, comme vous pouvez le voir.

Elle fit un geste d'abord vers ses vêtements, puis vers un seau et une serpillère appuyée contre le mur de l'entrée.

— Oui, dit Molly, souriant parce qu'elle avait compris.

— Merci, mais plus de café.

Elle regarda le visage bienveillant de sa voisine, pensant à quel point, elle était belle avec ses rides et ses yeux bruns brillants. Quelque chose de si chaleureux chez elle, si solide dans sa vie, avec ses tâches régulières et sans doute ses repas réguliers.

Molly fut soudain frappée par le désir de confesser ce qu'elle faisait.

— Vous connaissez les Bennett ? Les parents de la fille qui a disparu ? Ils sont ici, dans mon gite, commença-t-elle, et Mme Sabourin acquiesça de manière encourageante.

— Et je ne me comprends pas moi-même, mais... j'ai peur avec eux, vous comprenez ?

— Ils vous rendent nerveuse ? Parce qu'ils sont si profondément bouleversés ?

— Oui, c'est ça, dit Molly, soulagée.

— Et je serais plus à l'aise si une fille venait nettoyer le gite maintenant. Pas après les Bennett, mais pendant les Bennett.

— Je comprends, dit Mme Sabourin avec un petit sourire.

— J'essaie de réfléchir... mais j'ai peur que personne ne me vienne à l'esprit pour le moment. J'y réfléchirai cependant, et je vous ferai savoir si je pense à quelqu'un.

Molly hocha la tête.

— Merci, dit-elle, sentant la pression de dire plus, mais ne trouvant pas les mots.

— Merci, répéta-t-elle.

— Je vais y aller maintenant, ajouta-t-elle maladroitement, à plus tard !

Peut-être que Nico connaitra quelqu'un, pensa-t-elle, et elle descendit directement la rue des Chênes jusque Chez Papa, bien qu'elle n'ait aucune idée s'il était ouvert si tôt le matin.

Elle serra son pull en marchant, sentant le froid dans l'air et regrettant de ne pas avoir mis un manteau. Jetant un coup d'œil aux jardins sur le chemin, elle vit qu'il n'y avait pas eu de gel la nuit précédente, mais elle pariait que ça avait failli. Le village semblait à moitié endormi, comme si, avec l'air froid, tout le monde avait décidé de prendre quelques heures supplémentaires au lit où il faisait chaud et où on était en sécurité, avant de s'aventurer dehors pour commencer la journée.

Chez Papa était effectivement fermé et Molly ne vit personne à l'intérieur lorsqu'elle regarda par la fenêtre.

Et maintenant ?

Eh bien, elle pourrait aussi bien passer par la Pâtisserie Bujold puisqu'elle était pratiquement à côté de toute façon. Croissant aux amandes ? Oui, certainement. Et elle en prendrait aussi pour les Bennett pendant qu'elle y était. Bien sûr, c'était toujours une épreuve d'y aller, avec le propriétaire lubrique à affronter. Ça en valait la peine, pour la pâtisserie.

Mais en fait, presque tout en vaudrait la peine pour de la pâtisserie.

❧

MOLLY N'AVAIT PAS PU RÉSISTER aux cuisses de canard au marché, et elle en faisait braiser six pour le déjeuner. Après plusieurs heures dans un four à basse température, les carottes, les ognons, le cèleri et les tomates avaient produit la sauce la plus délicieuse et onctueuse imaginable, et la viande de canard se détachait de l'os.

Personne ne pourrait résister à ça, pensa-t-elle, en inhalant d'abord l'odeur du romarin et de l'ognon, puis en disposant deux cuisses par assiette avec une grande cuillérée de la sauce épaisse et un petit tas de riz sur le côté.

Timidement, elle se dirigea vers le gite avec le plateau.

Je suis probablement en train de devenir vraiment agaçante, à les harceler avec de la nourriture tout le temps. Ou peut-être qu'ils sont reconnaissants parce que même si je comprends que certaines personnes ne mangent pas quand elles sont bouleversées (étranges créatures, si vous voulez mon avis), on ne peut quand même pas continuer comme ça pendant des jours. On ne peut tout simplement pas.

Elle posa le plateau et frappa à la porte, se préparant à affronter le tumulte et la peur qu'elle sentait tourbillonner autour du gite, déterminé à continuer malgré tout.

— Bonjour ! cria-t-elle.

— Je suis désolée de vous déranger, mais, s'il vous plait, répondez !

Rapidement (l'avait-il vue approcher ?), M. Bennett ouvrit la porte.

— Sommes-nous en retard de paiement ? demanda-t-il.

Son visage était pâle et émacié, et ses yeux vitreux.

— Non, non, rien de tel, dit Molly.

Elle se baissa et ramassa le plateau.

— Ce n'est que le déjeuner que je vous apporte. Puis-je entrer ? Je ne resterai pas.

Marshall Bennett hésita, une pause trop longue et finit par ouvrir la porte en plus grand.

Sally Bennett était assise sur le canapé, perchée sur le bord comme un moineau sur une branche. Elle tourna la tête vers Molly, mais ne changea pas d'expression, qui — Molly ne savait pas comment la décrire — semblait s'être affaissée sur elle-même, comme si les os et le cartilage s'étaient ramollis ou fondus.

— Je suis désolée de faire intrusion, dit doucement Molly, mais je vais être honnête, je m'inquiète pour vous. Vous ne connaissez personne ici, vous n'avez aucun soutien, et... eh bien, vous avez besoin d'aide. C'est beaucoup, beaucoup trop d'essayer de gérer quelque chose comme ça tout seuls.

Bon, c'était plus qu'elle n'avait prévu de dire. Tant pis pour garder les choses légères.

Elle posa le plateau sur la table ronde.

— J'ai préparé du canard braisé. Je suis sure que manger n'est pas la première chose à laquelle vous pensez, mais je peux vous dire que quand j'ai traversé des moments difficiles, un bon repas copieux m'a souvent donné la force pour continuer.

D'accord, maintenant elle sonnait comme une pub télé ou la grand-mère trop zélée de quelqu'un.

— Je ne veux pas être insistante, ajouta-t-elle.

Les Bennett la regardaient simplement, clignant lentement des yeux. Molly eut la nette impression qu'ils étaient sous tranquillisants.

Qui pourrait les blâmer ? Molly avait pensé plusieurs fois après l'annonce concernant Amy qu'elle ne dirait pas non à une poignée de ces médicaments non plus.

— Eh bien, peut-être que je *veux* être insistante, ajouta-t-elle.

— Allez, asseyez-vous. Je vais chercher des serviettes et des fourchettes. Le canard est si tendre que je ne pense pas que vous aurez besoin de couteaux.

Elle faillit aller chercher une bouteille de vin, mais pensa ensuite que le mélanger avec des tranquillisants était une mauvaise idée, alors elle remplit deux verres d'eau et les plaça à côté des assiettes.

Les Bennett s'étaient installés à la table à manger et regardaient devant eux d'un air morne, les yeux dans le vide.

— Très bien, dit Molly, prenez vos fourchettes, piquez un morceau de viande, et en avant!

Ridicule de leur parler ainsi, mais les Bennett semblaient avoir besoin de ce niveau d'instruction. Furtivement, Molly se demanda s'ils prenaient autre chose que des tranquillisants et s'ils étaient en réalité des toxicomanes dans cet état, même avant la disparition de leur fille.

Non, ce n'est pas ça. Ça doit être le chagrin plus un peu de, légitime, automédication.

— Avez-vous eu des contacts avec la police? *Autant plonger complètement, maintenant que j'en suis arrivée là.*

Marshall secoua légèrement la tête. Sally prit une fourchette et la regarda comme si elle ne savait pas à quoi elle servait.

— Je peux comprendre que vous ne vouliez pas vous engager dans cette voie, je le comprends parfaitement. Mais j'ai rencontré Benjamin Dufort, le commandant de la gendarmerie. C'est un homme très gentil et intelligent, d'après ce que j'ai pu voir. Pas froid, ni rien de ce genre.

Marshall cligna des yeux vers elle. Sally sembla se réveiller un peu et mangea une toute petite fourchette de sauce avec un peu de riz.

Je n'aurais jamais dû les laisser seuls aussi longtemps, pensa Molly, essayant de retenir une vague écrasante de culpabilité.

— Allez, Marshall, l'encouragea-t-elle, mangez !

Les Bennett commencèrent à utiliser leurs fourchettes, portant la nourriture à leur bouche et la mâchant, mais ça ressemblait à une exposition d'automates des années 1910. Ils étaient si déconnectés du présent que c'était effrayant et solitaire d'être avec eux. Molly commença à ressentir à nouveau leur peur et ses genoux devinrent tremblants.

— Eh bien, je suis contente que vous ayez mangé quelque chose au moins, dit Molly, désignant un paquet de biscuits digestifs McVitie's et un autre de réglisse salée, à l'air horrible, sur la table.

— Oh non, dit Sally, sa voix semblant très lointaine, comme si elle était dans un sous-sol au lieu d'être à un mètre de distance, c'est pour Amy. Nous les avons apportés pour elle. Ses préférés.

La voix de Sally se brisa et elle couvrit son visage de ses mains.

— Que diriez-vous de ceci ? dit Molly, voulant changer de sujet.

— Je pourrais être une sorte d'intermédiaire, si vous voulez. Je peux comprendre que la logistique de tout cela, et parler à des étrangers, surtout dans une autre langue, est accablant. Donc je serais heureuse d'appeler Dufort et de prendre rendez-vous pour qu'il vous rencontre. Je suis sure qu'il *aimerait* vous voir.

Il y eut une autre longue pause, plus longue que ce que des gens dans des circonstances normales permettraient. Finalement, Marshall parla.

— D'accord, dit-il.

Il ne fit pas de contact visuel, mais regarda la porte fermée, comme s'il attendait quelqu'un.

Molly se demanda si les Bennett parlaient français, mais elle ne voulut pas demander. Les faire manger quelques bouchées était un progrès suffisant pour une visite.

— Très bien alors, dit-elle, se dirigeant avec gratitude vers la porte.

— J'appellerai Dufort. Et je vous enverrai simplement un SMS avec l'heure, si ça vous convient, pour ne pas avoir à vous déranger à nouveau. Et nous irons ensemble.

Les Bennett n'ont pas semblé l'entendre, mais elle est tout de même sortie en trébuchant, fermant fermement la porte derrière elle, et se sentant terriblement mal de vouloir tant s'éloigner d'eux.

21

Molly s'était levée tôt le lendemain matin, incapable de faire autre chose qu'attendre le rendez-vous des Bennett avec Dufort à neuf heures. Elle déambulait dans le jardin, observant comment le gel nocturne avait transformé l'apparence de tout : chaque feuille, chaque tige, chaque fleur fanée était brossée de blanc. Il n'était plus possible de s'accrocher à l'idée de l'été, plus maintenant.

Elle essayait de se convaincre que c'était beau. Elle savait, objectivement et subjectivement, que c'*était* beau, la façon dont le nombre presque infini de couleurs n'était que des variations de vert et de brun, et même la façon dont le gel fondait sur le passage du soleil.

Mais pour Molly, cela ressemblait simplement à la mort. Elle n'aimait pas l'automne.

Finalement, elle décida de marcher rapidement jusqu'au village et de revenir, afin de pouvoir offrir des croissants aux Bennett avant qu'il ne soit l'heure d'aller à la gendarmerie. Ils n'auraient probablement pas envie de manger quoi que ce soit, mais, au cas où ils auraient un peu d'appétit, elle pourrait leur proposer quelque chose de frais et de savoureux.

Et plus que cela, au moins ils sentiraient que quelqu'un veillait sur eux, ne serait-ce que pour le petit-déjeuner.

Molly descendit rapidement la rue des Chênes après avoir bu seulement une tasse de café. Il faisait froid et son souffle s'échappait en panaches, capturant le soleil. Elle prit une profonde inspiration avant d'entrer dans la Pâtisserie Bujold, qui ouvrait à six heures.

— Bonjour, monsieur, dit-elle.

— Votre accent, madame, il s'améliore de jour en jour, dit le propriétaire, fixant comme d'habitude sa poitrine.

Molly fit un bref signe de tête et demanda quatre croissants et trois croissants aux amandes.

Eh bien, elle avait un petit creux, avec tout ce bouleversement.

Sur le chemin du retour, son esprit oscillait entre l'empathie pour les Bennett et l'anxiété face au fait que la personne qui avait enlevé leur fille était toujours en liberté. Soudain, elle se demanda avec un pincement au cœur si elle devait même être dehors à marcher seule, alors qu'il était si tôt qu'il n'y avait presque personne aux alentours.

Comment était-il possible pour cet homme, car c'*était* certainement un homme, à moins que le monde ne se soit complètement à l'envers, de continuer à enlever des femmes dans ce petit village sans se faire prendre ? Elle avait hâte de savoir si Dufort avait fait des progrès dans l'enquête et elle espérait qu'il serait ouvert.

À 8 h 30, elle appela Vincent et lui demanda de venir chercher les Bennett et elle pour les conduire au village. C'était une courte promenade, même pas vingt minutes, mais Molly pensait qu'il serait beaucoup plus facile de les faire monter dans le taxi de Vincent que de les guider le long de la rue des Chênes. Elle imaginait qu'ils pourraient s'arrêter au milieu de la route et refuser inexplicablement d'avancer, ou errer dans les rues adjacentes. Les

Bennett, selon ses observations, n'étaient pas fermement attachés à la réalité, et qui pourrait les blâmer?

Après avoir passé l'appel, elle apporta un plateau au cottage avec du café et les croissants chauds. Elle fut surprise de trouver le couple habillé et prêt à partir.

— Il est grand temps d'en finir avec ça, dit Marshall en se versant une tasse de café.

— Peut-être qu'il a de bonnes nouvelles? dit Molly, avant d'avoir envie de se mordre la langue.

Ses paroles d'espoir sonnaient si faux pour tout le monde; les Bennett eurent la grâce de les ignorer.

Sally grignotait un croissant nature pendant que Molly en mangeait un nature et un aux amandes. Elle ferma les yeux tandis que ses dents brisaient les couches croustillantes extérieures pour atteindre la douceur sucrée et amandée à l'intérieur. Elle réussit à s'empêcher de gémir tellement c'était bon, le parfait contrepoint à l'amertume du café noir.

Tous les trois levèrent les yeux au bruit d'une voiture qui entrait dans l'allée.

— Ce doit être Vincent. J'ai pensé que ce serait plus facile, et il fait assez froid aussi...

Les Bennett prirent une dernière gorgée de leur café et mirent lentement leurs manteaux. Leurs mouvements, leurs expressions, tout dans leur comportement, suggérait qu'ils se préparaient à aller à la guillotine, comme si Vincent arrivait avec leur charrette.

— Bonjour à tous! dit Vincent aimablement, en ouvrant une des portières arrière de sa Peugeot quelque peu cabossée.

Les Bennett ne dirent rien, mais montèrent dans la voiture, et Vincent fit marche arrière avant de prendre la direction du village.

— Veuillez excuser le bordel, dit-il en se retournant pour les regarder, alarmant Molly qui aurait préféré qu'il garde les yeux sur la route.

Un long silence s'installa pendant que les trois anglophones essayaient de comprendre ce qu'il avait dit.

— Oh! dit Molly, il parle du désordre. « *Bordel* », ça veut dire maison close, mais aussi désordre, gros bazar. C'est bien ça, Vincent ?

Vincent se retourna à nouveau et sourit.

— Oui, madame, dit-il.

— Je suis content d'avoir l'occasion de parler anglais, et je vous en remercie.

— Pas de problème, dit Molly.

Elle poussa quelques emballages alimentaires sous le siège dans une vaine tentative de ranger pour les Bennett, bien qu'elle devinât qu'ils s'en souciaient à peine. Marshall et Sally regardaient par la fenêtre de la voiture, les yeux dans le vide, sans rien dire.

Maron arriva au Chez Papa bien après le déjeuner, espérant attraper Nico quand l'activité du bar serait calme. Le restaurant était vide et Nico était appuyé contre le bar, lisant un livre de poche usé.

— Bonjour, Nico, dit Maron en se glissant sur un tabouret.

Nico sursauta, mais tenta de faire comme si de rien n'était, à l'instar de quelqu'un qu'on réveille et qui prétend ne pas avoir dormi, bien que personne ne soit dupe.

— Bonjour, Gilles. Je crains que la cuisine ne soit fermée, dit Nico.

— Voulez-vous boire quelque chose ?

— Un petit café.

— Bien sûr.

Nico se tourna vers la machine à expresso et commença la préparation. Maron le vit prendre une profonde inspiration.

— Alors, dit Nico, d'une voix pas tout à fait naturelle, des nouvelles de cette fille, l'étudiante en art ?

— Nous ne l'avons pas retrouvée, dit lentement Maron, appréciant l'idée de jouer un peu avec Nico.

Nico était trop beau pour son propre bien, selon Maron, bien qu'il comprît qu'il n'y avait rien de spécialement criminel à cela.

— Mais j'imagine que vous avez regardé la vidéo avant nous ? Donc vous avez vu ce que nous avons vu, n'est-ce pas ?

Le visage de Nico rougit.

— Oui, admit-il, je l'ai vue.

— Avec Lapin.

— Oui.

Maron se demanda pourquoi Nico avait l'air si coupable. C'était presque comme si la vidéo l'avait montré partant avec Amy, et non Lapin.

— Écoute, Gilles... Je sais ce que ça a l'air d'être, je l'ai vue partir avec Lapin ce soir-là et je ne parle pas seulement de la vidéo. Mais je ne pense pas une seconde... Je veux dire, allons, on le connait depuis toujours, ici au village. Tu ne crois pas qu'on l'aurait su bien avant maintenant s'il était aussi tordu ?

— Pas nécessairement, dit Maron, pivotant légèrement sur son tabouret.

— Il y a eu de nombreux cas de personnes qui ont commis toutes sortes de crimes odieux pendant des années, sous le nez de leurs familles et de leurs voisins. Je ne vois pas pourquoi Lapin devrait être automatiquement exclu de ce groupe. Mais bien sûr, ajouta-t-il, je ne suis pas du village. Peut-être que je le vois un peu plus clairement que vous tous. Sans être biaisé par la nostalgie.

— Il tripote toutes les femmes, c'est sûr. Il est odieux. Mais il ne faisait même pas ça à Amy ce soir-là. Il s'est juste retrouvé dans ce grand groupe, tous en train de célébrer un prix qu'elle avait gagné. Tu sais comment ça peut être... une explosion d'excitation, c'est comme une allumette sur de l'essence ou quelque chose comme ça, et soudain tout le bar est en effervescence. Je ne pense vraiment pas une seconde qu'il lui ait fait quoi que ce soit.

Maron regarda Nico et pencha la tête, mais ne dit rien.

— Qu'en pense Dufort ? demanda Nico.

Maron ne répondit pas. Il trouvait que le silence déstabilisait les gens et était plus productif pour les amener à dire des choses qu'ils n'auraient peut-être pas dites autrement. La vérité était qu'il ne croyait pas avec certitude que Lapin avait quelque chose à voir directement avec la disparition d'Amy. Dans l'esprit de Maron, le champ des suspects était grand ouvert, bien que, jusqu'à présent, Lapin fût clairement en tête par défaut. Et il n'avait toujours pas réussi à en savoir plus sur ce que Dufort appelait « l'autre incident », quand Lapin avait fait *quelque chose*, mais apparemment sans être formellement arrêté.

— Dufort n'a pas oublié l'incident précédent, dit Maron, imaginant ses mots comme un morceau juteux de crevette frétillante sur un hameçon qu'il lançait à Nico.

Avec un splash satisfaisant, le poisson mordit à l'appât.

— Oh, ce n'était rien, pas vraiment, dit Nico.

— Lapin est comme un enfant à certains égards, tu comprends. Oui, il s'était acheté un appareil photo sophistiqué sur internet et essayait de prendre des clichés sous les jupes des femmes. Bien sûr, il s'est fait prendre tout de suite. Il faut un peu avoir pitié de lui, c'est comme ça que je le vois, tu sais ?

Maron haussa les épaules, contrarié que Dufort ne lui eût pas simplement raconté l'histoire quand ils ont vu la vidéo incriminante pour la première fois.

— C'est ce que tu ressentirais si c'était sous tes jupes qu'il regardait ?

Nico rougit et détourna le regard, secouant la tête.

— J'aimerais comprendre pourquoi tu as trainé des pieds pour nous apporter la vidéo, dit Maron, essayant sans succès d'avoir l'air décontracté.

Il savait que sa manière avait tendance à rendre les gens défensifs.

Nico avait l'air mal à l'aise, presque comme s'il allait pleurer.

— Tu protégeais vraiment seulement Lapin ? Ou quelqu'un d'autre ?

Nico secoua la tête.

— Non, ce n'est pas ça. C'est juste que... je me sens tellement coupable. Je lui ai servi trop de verres. Je savais qu'elle était soule, j'aurais dû l'arrêter. Et puis... peut-être qu'elle n'aurait pas...

Maron ne dit rien. Il ressentit une vague de déception soudaine, comme si Nico était un cheval sur lequel il avait parié et perdu son argent. Ce serait tellement satisfaisant de trainer ce beau visage en prison. Et tellement agaçant que Nico ait une raison compréhensible, voire morale, d'avoir été si lent avec la vidéo.

Nico finit de tripoter la machine et posa une tasse d'expresso devant Maron avant de reculer.

— Eh bien, si ça t'intéresse, dit-il doucement, il y a... il y a quelqu'un d'autre que j'examinerais, si j'étais toi.

Maron sirota son expresso et attendit.

— Tu connais Gallimard ? demanda Nico.

— Le professeur d'art ? Qu'est-ce qu'il a ?

— Eh bien, il ne vient pas ici, dit Nico, c'est trop bondé de gens qui pourraient le connaitre. Mais j'ai un ami qui travaille dans un bar à l'extérieur du village voisin, une sorte d'endroit isolé, tu comprends. Et il m'a dit que Gallimard y vient tout le temps, avec toutes sortes de femmes. Jeunes. Des étudiantes, la plupart du temps. Elles partent complètement bourrées.

Maron était intéressé, mais garda une expression impassible.

— Donc, vous insinuez... quoi ?

— Qu'il couche avec la moitié des étudiantes de Degas, dit Nico, sa voix à peine plus haute qu'un murmure.

— Vous ne pensez pas que... ?

Maron haussa les épaules.

— Je vais me renseigner, dit-il, agissant comme si le faire serait une tâche fastidieuse peu susceptible de changer quoi que ce soit.

— Mais je ne vois pas ce que quelques liaisons ont à voir avec la disparition d'une fille.

La voix de Nico s'éleva.

— Ah bon ? Vous ne voyez pas comment les jalousies, les

ambitions, l'alcool et le sexe peuvent se combiner pour créer une explosion ?

Maron haussa les épaules.

— Comme je l'ai dit, je vais me renseigner. La question serait alors de savoir à quel moment Amy a quitté Lapin pour se retrouver avec Gallimard. Parce que, jusqu'à présent, la dernière personne à avoir vu Amy vivante était Lapin Broussard. Juste après vous, d'ailleurs.

Nico recula, son visage rougissant à nouveau. Maron remarqua que cette rougeur le rendait plus séduisant, et il se força à sourire après avoir avalé son expresso et pris congé.

22

Les Bennett sont sortis du taxi de Vincent comme s'ils étaient sous l'eau, leurs membres sous pression. Ils bougeaient si lentement que l'impatience de Molly montait en flèche et elle se demanda si un jour ils arriveraient à sortir complètement de la voiture et à fermer la porte. Elle paya rapidement Vincent puis monta les marches du commissariat, ressentant toute l'anxiété que les Bennett avaient éloignée d'eux avec les tranquillisants, comme si cette anxiété avait été déviée d'eux et avait sauté sur elle.

Le commandant Dufort était juste à l'entrée de la porte.

— Monsieur et Madame Bennett ? Commandant Benjamin Dufort. Je suis ravi de faire votre connaissance, a-t-il dit en serrant la main molle de Marshall.

Il s'est tourné vers Molly :

— Et merci pour cette aide en amenant les parents d'Amy ici, a-t-il dit, puis a grimacé.

Se retournant vers les Bennett, il fit un geste vers son bureau, puis de nouveau vers Molly.

— Par hasard, auriez-vous quelques minutes supplémentaires ? Mon anglais..., il a haussé les épaules et secoué la tête.

— Vous voulez que *je* vous aide à traduire ? dit Molly, stupéfaite que quelqu'un puisse penser que ses compétences linguistiques rudimentaires étaient utiles.

— Commandant, j'aimerais aider, mais vraiment, mon français est absolument pire que votre anglais, croyez-moi.

Mais il la regarda d'un air si implorant, et il était plutôt beau garçon, impossible de le nier.

— D'accord, s'est-elle entendue dire.

— Je vais essayer.

Et ainsi, Molly se retrouva, de façon inattendue, dans le bureau de Dufort pour la première rencontre du commandant avec les parents de la jeune fille disparue.

— Merci de nous recevoir, dit Marshall.

Il semblait au moins être éveillé, même s'il était un peu tremblant. Sally Bennett avait l'air de pouvoir s'endormir à tout moment. Molly ajouta la peur d'une overdose à sa longue liste de préoccupations concernant les Bennett.

— Je vous remercie beaucoup d'être venus, a dit Dufort.

— J'aurais sincèrement souhaité que les circonstances de notre rencontre soient plus faciles.

Il continua avec diverses paroles rassurantes, et à sa surprise, Molly constata qu'elle comprenait Dufort assez bien, et elle réussit à transmettre ce qu'il disait aux Bennett, même si c'était plutôt maladroit et imprécis.

Il y avait peu de nouvelles. À plusieurs reprises, le commandant Dufort leur dit que la police de Castillac faisait tout son possible pour retrouver leur fille, et il détailla certaines des choses qu'ils faisaient pour y parvenir — les appels téléphoniques aux aéroports, ce genre de choses —, mais il se garda bien de leur faire comprendre qu'ils cherchaient, à ce stade, un corps, même si en réalité, c'était une partie cruciale de l'enquête. C'était le travail de la police de couvrir toutes les pistes et c'est donc ce qu'ils faisaient, avec rigueur et attention, quelles que soient les anxiétés que cela pourrait provoquer, mais Dufort ne voyait aucune nécessité d'alarmer davantage les Bennett, alors que leur détresse prouvait qu'ils soupçonnaient déjà le pire.

Une fois que Molly surmonta sa panique à l'idée de devoir traduire, ce qui s'avéra plus facile qu'elle ne l'aurait jamais imaginé, elle était excitée d'être là, au cœur de tout, puis déçue que Dufort soit complètement dans l'impasse sur l'affaire, ou qu'il ne révélât aucun détail.

Les beaux hommes sont si souvent lents d'esprit, pensa-t-elle, *mais je ne pense pas que ce soit le cas du commandant. Il a l'air intelligent, mais agité. Un peu nerveux. Est-ce parce qu'il en sait plus qu'il n'en dit ? Ou parce que c'est simplement sa façon d'être ?*

— Oui, elle a eu des petits amis, mais aucun de sérieux, disait Marshall.

— L'art était tout pour elle, vous comprenez. Elle n'allait pas laisser un garçon faire obstacle à sa réussite.

— Cela m'inquiétait, dit Sally, sa voix à peine plus audible qu'un murmure.

— Comment ça ? demanda Dufort.

— Eh bien, dit Sally, mais ensuite elle s'arrêta, et la pause se prolongea encore et encore.

Molly se tenait sur la pointe des pieds comme si elle jouait au tennis, attendant les prochains mots de Sally pour pouvoir les renvoyer doucement par-dessus le filet à Dufort s'il lui donnait le signal dont elle avait besoin pour traduire. Mais Sally ne continua pas.

— C'est que... Sally a toujours pensé que la poursuite acharnée d'Amy d'une carrière dans l'art pourrait finir par la rendre malheureuse, expliqua Marshall.

— Seule, ajouta Sally.

— Ce n'est pas comme si un tableau allait vous aimer en retour, même si c'est un chef-d'œuvre.

Tout le monde dans la pièce réfléchit à cette déclaration. Et puis Sally poussa un gémissement déchirant, car l'image claire de sa fille passant ses derniers moments avec quelqu'un qui ne l'aimait pas était si douloureuse que sa fragile maitrise de soi s'évapora. Elle chancela et Marshall passa son bras autour d'elle pour la soutenir.

— Je comprends, dit Dufort, ressentant intensément l'agonie des parents.

Molly se demanda s'il était marié et avait des enfants. Bien que cela ne fasse probablement aucune différence, ce n'était pas comme s'il fallait faire un grand effort d'imagination pour comprendre la douleur des Bennett. Elle supposait que n'importe qui dans cette pièce la ressentait profondément dans son corps, comme elle, luttant contre les larmes et les jambes pas très stables. Elle jeta un coup d'œil à Dufort et vit que son beau visage était pâle et que ses lèvres étaient fermement pressées l'une contre l'autre.

— Molly, pouvez-vous vous assurer que les Bennett rentrent bien chez vous ? demanda-t-il.

Elle hocha la tête, la gorge encore serrée.

— S'il vous plait, dit Sally, tendant une main vers Dufort.

— Nous faisons tout ce que nous pouvons, dit-il, la voix se brisant.

— ... tout.

❧

La voisine de Molly, Mme Sabourin, lui avait trouvé une femme de ménage, bien qu'elle n'ait pas garanti ses compétences. La jeune fille était la fille de l'homme qui réparait les meubles dans une petite boutique dans une ruelle du village, et Mme Sabourin avait longuement parlé de l'armoire qu'il avait réparée pour elle : il n'avait pas demandé trop cher et son travail avait été plus que satisfaisant, surtout sur un point délicat où la laque était usée.

Ainsi, après une conversation téléphonique profondément gênante au cours de laquelle Molly avait eu du mal à prononcer ne serait-ce que quelques mots de français compréhensible (elle trouvait ridiculement difficile de parler français au téléphone et tous ses progrès semblaient s'évaporer sur-le-champ), Constance avait accepté de venir le jour même. Molly n'était pas difficile ; tout ce qu'elle voulait, c'était quelqu'un. N'importe qui peut passer l'aspirateur, non ?

Avec une certaine appréhension, elle frappa à la porte du gite pour avertir les Bennett que la femme de ménage arriverait cet après-midi-là. Peut-être ne verraient-ils pas d'inconvénient à s'asseoir dans le jardin ou à aller se promener pendant que leur logement se faisait nettoyer ? Et voudraient-ils quelque chose du village ? Molly allait attraper la fin du marché du samedi.

Les Bennett étaient d'accord, comme toujours, détachés de toute réalité au-delà de leur fille disparue. Molly n'était pas tout à fait sure qu'ils aient compris pour la femme de ménage, ils semblaient encore plus drogués qu'avant, même Marshall, mais elle les crut sur parole, leur fit un signe de la main et se dirigea vers le village avec son panier de marché sous le bras. Elle espérait trouver des tomates, mais n'en vit aucune qui lui plaisait et souhaitait rentrer chez elle avec autre chose que du savon à la lavande. Et des croissants aux amandes.

La première personne qu'elle vit en arrivant sur la place était Manette, régnant sur sa récolte magnifiquement disposée, comme une reine des légumes.

— Bonjour, Manette, dit Molly, un peu timidement, ne sachant pas, si Manette se souviendrait d'elle.

— Hello, Molly ! s'écria Manette, son accent anglais si mauvais que Molly éclata de rire.

— Dites-moi, poursuivit-elle en français, avez-vous découvert où Amy est partie ?

— Moi ? dit Molly.

— Oh non. Je ne... ce n'est pas mon domaine, je ne pense pas. Parce que... elle pencha la tête et regarda vers le ciel. Comment peut-on deviner ce que les gens vont faire, lorsque nous sommes tous capables de tout ?

Manette hocha solennellement la tête. Molly ne savait pas ce qu'il y avait en elle qui provoquait ces accès de philosophie.

— C'est vrai, dit Manette, que les gens mentent. Sur tout ! Et à eux-mêmes surtout. Maintenant regardez, dit-elle en montrant un tas d'artichauts, ils sont importés, je ne vous mentirai pas, elle fit un clin d'œil, mais voyez comme ils sont beaux ? Un peu de sauce au beurre, juste un filet de citron ?

— J'en prends cinq, dit Molly, et attendit que Manette les pèse.

— Avez-vous des enfants, Manette ? Je suis désolée si c'est une question trop personnelle.

Manette balaya ses excuses d'un geste.

— Non, non. Oui, j'en ai quatre ! Je suis au centre du chaos ! L'œil du cyclone !

Molly sourit. Il était si facile d'imaginer Manette, les joues roses, riant dans sa cuisine avec des enfants partout. Elle ressentit une pointe de jalousie et se força à continuer de sourire malgré tout.

Ensuite, elle alla trouver ce séduisant agriculteur bio, Rémy, espérant trouver des tomates. Il n'en avait pas, mais elle discuta avec lui pendant environ quinze minutes du temps qu'il faisait, puis de Lapin Broussard. Son anglais était très bon et elle se détendit en parlant également anglais.

— Je ne suis pas sure d'accorder du crédit à l'intuition, dit-elle, mais honnêtement, Lapin est incroyablement agaçant, et j'ai envisagé de déménager dans un autre village pour lui échapper, mais un *tueur* ? Ou du moins, un kidnappeur ? Je n'ai pas cette impression de lui.

— Ma femme l'a giflé une fois, Chez Papa. En plein visage. Il a arrêté de l'embêter après ça, rit Rémy.

Molly prit une rapide inspiration. Elle avait un peu flirté avec Rémy — il avait un certain charme de fermier hippie, avec ses larges épaules et son air capable, et une trace de terre sur le menton — et se sentait maintenant gênée d'apprendre qu'il était marié.

— Mon ex-femme, devrais-je dire, dit Rémy avec un sourire, comme s'il lisait dans ses pensées.

Molly lui rendit son sourire. Et bien que dans l'ensemble elle en avait fini avec ce chapitre de sa vie, et qu'elle était plus adaptée à une vie de célibataire, elle l'était vraiment... sa pensée suivante fut de se dire que son sourire était charmant, ainsi que sa bouche et que si à un moment donné dans le futur il voulait l'embrasser, elle ne dirait pas non.

Et puis il dit quelque chose qu'elle n'entendit pas du tout à cause de sa rêverie de baiser.

Quoi, j'ai quinze ans ?

— Donc malheureusement vous devrez attendre jusqu'en juillet prochain pour de vraies tomates, disait Rémy.

Et puis une foule de dernière minute de clients surgit derrière elle et il était temps de rentrer à La Baraque.

Elle alla directement au gite pour voir ce que Constance avait déjà fait, certaine que les Bennett seraient impatients de rentrer dès que possible.

— Constance ! s'écria-t-elle en apercevant un seau rempli d'eau sale et un balai appuyé contre le mur.

Molly entra dans la minuscule cuisine et vit un tas de chiffons à poussière sur le comptoir.

— Il y a quelqu'un ? Constance ?

Mais Constance était partie. Le gite n'était pas particulièrement propre, et les ustensiles de nettoyage étaient éparpillés à l'étage comme au rez-de-chaussée, si bien que Molly dépensa ses dernières onces d'énergie à ranger après sa femme de ménage pour que les Bennett puissent quitter le jardin et retourner dans leur isoloir.

23

C'était une terrible idée, pensait Dufort en essayant de ranger son salon le dimanche soir. Il avait invité Marie-Claire pour un apéro, oubliant que l'affaire Bennett avait perturbé ses habitudes et que son petit appartement à la gendarmerie n'était pas vraiment assez ordonné pour recevoir, surtout pour recevoir quelqu'un qu'il espérait impressionner. Rapidement, il avala dix gouttes de teinture et se précipita dans le salon, rangeant et redressant, fourrant des choses sous le canapé et dans les tiroirs.

Marie-Claire arriva dans son ancienne deux-chevaux. Dufort la regarda vérifier son maquillage dans le rétroviseur, ce qui le fit sourire. Il alla à la cuisine et sortit une bouteille de pineau, puis sortit pour l'accueillir.

— Bonsoir ! dit-il, très heureux de la voir.

Elle portait un pantalon, ce que Dufort regrettait, car il aimait regarder ses jambes. Mais le pantalon était moulant et mettait en valeur son corps athlétique, et il sourit comme un écolier tandis qu'elle s'avançait vers lui.

— Bonsoir, Ben, dit-elle en lui rendant son sourire.

Ils s'embrassèrent sur les joues, Ben remarquant son agréable parfum, puis ils entrèrent.

— Je n'ai jamais été à l'intérieur de la gendarmerie auparavant, dit Marie-Claire, regardant autour d'elle.

— Ce n'est pas mal, n'est-ce pas ? Ça ne te dérange pas d'être déplacé d'un endroit à l'autre ?

— Si je pouvais choisir, je resterais à Castillac indéfiniment. Je serai probablement envoyé vers un nouveau poste début janvier. Ce n'est pas que je n'aime pas les nouveaux endroits... c'est plutôt que je suis attaché à celui-ci. Quand je suis loin de la pierre dorée trop longtemps... Il leva soudainement les yeux et sourit. Tu veux boire quelque chose ? Un kir ? Du pineau ?

Marie-Claire acquiesça.

— Un kir serait parfait.

Elle regarda autour d'elle, essayant de voir ce qu'elle pouvait apprendre sur Ben à partir de son appartement. C'était assez rangé. Une pile de livres était sur une table d'appoint et une autre pile à côté du canapé. Elle tenta de jeter un coup d'œil dans la cuisine sans être flagrante.

— Peut-être une question tout à fait prévisible, mais tu sais que nous, les détectives, avons besoin de contexte, dit Dufort en tendant son verre à Marie-Claire.

— Je ne pense pas que tu m'aies dit où tu as grandi et comment tu as fini par arriver à Castillac.

Marie-Claire sourit et but une gorgée.

— Une question prévisible avec une réponse prévisible, dit-elle.

— Et je te poserai la même question : tu es né et as grandi à Castillac, je suppose ?

Dufort acquiesça.

— Ça semble être le cas pour la plupart des gens du village. Je suis ici depuis près de deux ans maintenant, et je ne regrette pas du tout d'être venue, dit Marie-Claire.

Dufort remarqua, bien sûr, qu'elle n'avait répondu à aucune de ses questions.

— Alors Ben, pardonne-moi, je ne devrais pas te poser de questions sur ton travail. C'est le comble de l'impolitesse, et normalement...

Dufort soupira intérieurement.

— Amy.

— Oui. Amy.

Elle le regarda avec espoir.

— Des nouvelles ? Bien sûr, je comprends s'il y a des choses que tu ne peux pas me dire, mais j'ai juste... j'ai juste besoin de quelque chose...

Dufort ouvrit un paquet de noix et les versa dans un bol en verre.

— Nous continuons à rassembler des preuves.

Intérieurement, il grimaça à ce petit mensonge, car il y avait eu très peu de preuves, en fait, zéro, à rassembler.

— Et Lapin ? L'as-tu interrogé, si c'est comme ça que tu l'appelles ?

— Non. Nous ne savons pas où il est. Et nous ne nous sommes pas concentrés uniquement sur lui, en tout cas. C'est juste quelqu'un à qui nous voulons parler.

— Est-ce difficile d'être objectif, puisque c'est ton ami ?

Dufort avala une gorgée de son verre. Marie-Claire le mettait mal à l'aise ; il avait presque l'impression qu'elle avait accepté de venir boire un verre uniquement pour obtenir les derniers potins. Ou était-il trop cynique ?

— Je ne dirais pas ami, pas exactement, dit Dufort.

— Je le connais depuis toujours, comme beaucoup de gens ici. C'est... disons qu'il fait partie du paysage du village. Une plaie, parfois, surtout pour les femmes...

Marie-Claire hocha la tête.

— Apparemment, je ne suis pas son type, je pense qu'il m'a jamais regardée à deux fois.

— Difficile à croire, dit Dufort avec un soupçon de sourire, que Marie-Claire trouva très charmant.

— En tout cas, qu'il fasse partie du paysage ou non, nous devons examiner les preuves, évidemment. Le fait que nous n'ayons pas pu trouver Lapin pour l'interroger est en réalité plus inquiétant que la vidéo elle-même.

— S'il avait une bonne explication, pourquoi ne pas se présenter au poste et la donner?

— Exactement.

Dufort hocha la tête.

— Mais tout le monde n'est pas capable de ce genre de franchise logique, d'agir d'une manière qui semblerait évidente pour toi ou moi.

— Mais je pense... excuse-moi si je vais trop loin. J'ai l'impression que tu ne crois pas que Lapin ait enlevé cette fille. Que tu vas suivre la procédure et poser les questions, etc., et, etc. Mais ton intuition te dit que non.

Dufort haussa les épaules, souriant à nouveau. Il aimait bien cette femme. Il aimait qu'elle dise ce qu'elle avait en tête et qu'elle ait manifestement une bonne intuition elle-même. Quand elle tendit la main vers son verre, il laissa ses yeux la parcourir un instant, et, quand elle reposa son verre, il lui caressa la joue du dos de la main, puis remit une mèche de cheveux derrière son oreille. Le geste lui parut incroyablement intime et il prit une profonde inspiration avant de se lever.

— Il fait si froid, je pensais allumer un feu, dit-il, fouillant dans un tiroir pour trouver des allumettes.

Il était reconnaissant que le vieux bâtiment avait encore des cheminées dans la plupart des pièces.

Marie-Claire se serra dans ses bras et frissonna.

— Il fait plutôt humide, dit-elle, en le regardant avec une expression animée.

Le feu qu'il avait allumé plus tôt avait bien pris, et le couple s'assit sur le canapé l'un à côté de l'autre, contemplant les flammes. Ils prirent un autre verre, mangèrent quelques noix, et bientôt ils étaient assis assez près pour se toucher, puis assez près pour s'embrasser, et pendant au moins quelques précieuses heures, Benjamin Dufort ne pensa pas une seule fois à Amy Bennett.

❧

CETTE NUIT-LÀ, Molly ne sortit pas. L'entretien avec le commandant Dufort et les Bennett avait été absolument éprouvant, et par-dessus tout, le fiasco de sa nouvelle femme de ménage. Alors elle travailla dans le jardin avec des écouteurs aux oreilles, puis but la moitié d'une bouteille de Médoc et se coucha tôt. Le lendemain matin, elle décida de faire une longue promenade en utilisant l'une des cartes des sentiers qu'elle avait trouvées à la Presse. C'était une chose de plus à aimer en France, la façon dont, apparemment, les propriétaires, grands et petits, non seulement permettaient à de parfaits inconnus de traverser leur propriété, mais les encourageaient à le faire en autorisant que les sentiers soient indiqués sur des cartes très détaillées, disponibles dans n'importe quelle presse.

Elle choisit un itinéraire qui la ferait passer par la forêt, puis traverser plusieurs pâturages, et revenir en boucle vers la rue des Chênes et enfin à la maison. Ça va prendre des heures, pensa-t-elle, et je rentrerai tellement épuisée que je n'aurai plus d'énergie pour m'inquiéter.

Il lui vint à l'esprit qu'être seule dans des endroits isolés pourrait ne pas être totalement sûr avec un ravisseur en liberté, alors elle emporta une bombe de gaz lacrymogène qu'elle avait réussi à passer à la sécurité de l'aéroport, un vestige de son ancien quartier. Cela lui avait donné un vrai sentiment de sécurité à l'époque, même si elle n'avait jamais vraiment appuyé sur la gâchette. *Mais de toute façon, surement que celui qui a enlevé Amy et les autres,* pensa-t-elle en frissonnant, *ne rôdait pas dans la forêt.*

Probablement pas l'endroit où l'on irait pour traquer de jeunes femmes.

Une partie de son cerveau savait qu'elle rationalisait, ce qui est probablement une erreur quand on essaie de deviner ce qu'un meurtrier pourrait ou ne pourrait pas faire. Mais l'autre partie piétina toutes ces objections et elle partit quand même. *Et il y a toujours l'espoir qu'il n'y ait pas eu de meurtre*, murmura la partie qui rationalisait.

La première partie de la promenade descendait la rue des Chênes, s'éloignant du village, mais elle avait déjà marché par là et cela n'offrait pas assez de distraction pour l'empêcher d'être obsédée par les Bennett et par Amy.

Je me demande si les Bennett savent, se demanda-t-elle. *Y a-t-il un sixième sens particulier que les parents ont, de sorte que si leur enfant est mort, ils peuvent le sentir ?*

Je parie qu'il y en a un. Et c'est pour ça que Sally est si bouleversée.

Molly consulta la carte et trouva sans difficulté le sentier qui partait de la route sur la gauche. Il était assez large pour une voiture, et, en quelques minutes, elle eut l'impression d'être à des kilomètres et des kilomètres de la civilisation. À l'exception du sentier, il n'y avait aucune trace d'humanité dans aucune direction et elle était assez loin du village pour qu'il n'y ait aucun son humain non plus, rien que le jacassement des oiseaux et le bruissement des branches dans la légère brise.

Ce n'est qu'à la première sensation de faim qu'elle réalisa qu'elle avait oublié son déjeuner. Un déjeuner soigneusement emballé qui comprenait un très bon fromage et une bouteille d'eau remplie de glaçons, posé sur la table de la cuisine. Elle envisagea de faire demi-tour, mais pensa qu'elle perdrait tout sentiment d'accomplissement, même si elle savait que c'était idiot. Mais cela faisait du bien de se dépenser et d'être dehors, loin des gendarmes et des Bennett et du ménage mal fait. Aucun devoir si ce n'est que de mettre un pied devant l'autre.

Le chemin tourna et contourna une petite colline, puis

déboucha dans un petit pâturage. Molly était de plus en plus consciente du bruit de ses pas et de sa respiration, un peu laborieuse, car la dernière partie avait été de la montée. C'était solitaire là où elle se trouvait, les arbres en train de perdre leurs feuilles brunes, le ciel bas et gris.

Si quelqu'un voulait un endroit caché pour faire quelque chose de mal, ça conviendrait plutôt bien, pensa-t-elle, s'arrêtant pour reprendre son souffle. Aucune maison en vue, aucune route. *Il n'y a même pas de bétail pour observer ce que vous faites... juste des bois et des pâturages, vides de tout, sauf, peut-être, d'un campagnol ou deux.*

Soudain, elle ressentit une sorte de frisson. Un frisson émotionnel, comme si son corps percevait quelque chose de mal qu'elle ne pouvait pas voir avec ses yeux. Elle se retourna pour regarder derrière elle, se demandant si quelqu'un arrivait.

Il n'y avait personne.

Elle était seule à la lisière des bois, et, qu'elle sache, il n'y avait personne sur des kilomètres, ou presque. Néanmoins, elle se sentait en danger d'une certaine manière, comme s'il y avait quelque chose qui rôdait dans ces bois, quelque chose qu'elle ne pouvait pas voir, mais qu'elle pouvait sentir, et sa présence était grande et sombre et ne reculerait pas juste à cause d'une petite bombe lacrymogène sur son porteclé.

Sa peur était absurde et elle se sentait idiote. Molly retourna en courant par le chemin qu'elle avait emprunté, fuyant tous ces sentiments, tout le long du sentier jusqu'à ce qu'il débouche sur la rue des Chênes, essayant de se concentrer sur le déjeuner qui l'attendait, et de ne pas céder à l'envie de regarder derrière elle, dans les bois sombres.

24

C'est Gilles Maron qui l'a trouvé. En plus de vérifier plusieurs fois par jour, Maron passait devant la maison des Broussard au moins une ou deux fois chaque nuit depuis qu'il avait vu la vidéo compromettante. Finalement, lundi soir, onze jours après la disparition d'Amy Bennett, il aperçut une petite lumière dans la cuisine, à peine visible depuis la route.

Lapin ne pas fuit quand Maron entra par la porte de derrière. Et il ne protesta pas quand Maron le fit monter dans sa voiture, puis enfermer dans la petite cellule du poste, bien qu'il n'y eût pas assez de preuves pour justifier cela.

— Nous allons avoir besoin d'un échantillon d'ADN, dit Maron d'un ton bourru en tendant à Lapin une couverture qui ne sentait pas le frais.

Lapin hocha simplement la tête. Sa tête pendait comme si quelque chose n'allait pas dans son cou. Ses yeux étaient vitreux.

— Alors, qu'avez-vous fait d'elle ? demanda Maron.

Il avait prévenu Dufort, mais espérait tirer quelque chose de Broussard avant l'arrivée du commandant.

Broussard ne répondit pas. Il secoua juste la tête, tira la

couverture sur ses genoux et appuya son grand corps contre le mur, les yeux fixés au sol.

❧

— EH BIEN, d'après ce que j'ai entendu, il leur a donné un échantillon d'ADN. Il n'a même pas d'avocat, dit Molly en sirotant son kir et en posant ses coudes sur le comptoir de Chez Papa, parlant à voix basse malgré le bruit du bar.

— C'est un peu décevant, non ? L'ADN a enlevé tout le plaisir du travail de détective.

— Lawrence !

— Oh, tu sais que je plaisante. De toute façon, à ce stade, à quoi va servir un échantillon d'ADN ? Avec quoi vont-ils le comparer ?

— Je suis désolée de le dire, mais personne d'autre ne le dit : ils doivent trouver le corps.

Lawrence a hoché la tête.

— Tu as manifestement regardé beaucoup trop de *New York, unité spéciale*, mais... j'ai bien peur que tu aies raison. Sans aucun doute, Dufort cherche. Il ne m'a jamais semblé être un homme qui recule devant... ce qui doit être fait.

— Mais qu'en est-il des autres affaires ? Tu ne penses pas... je veux dire, *deux* autres femmes ont disparu, non ? Des affaires non résolues ? Oui, Dufort semble être un bon gars quand on lui parle. Mais il n'a pas vraiment un palmarès impressionnant.

— Non, dit Lawrence en prenant une longue gorgée de son Negroni, il n'en a pas. Bien que je ne sois pas sûr qu'on puisse voir la situation comme une saison de baseball ou quelque chose du genre. Peut-être que cette personne à laquelle il est confronté est plus rusée et plus intelligente que nous tous, Dufort inclus. Peut-être plus maléfique que ce que nous pouvons comprendre.

— Ou chanceuse.

— Ça pourrait être ça aussi.

— Ou peut-être… peut-être que les trois affaires ne sont pas liées. Il se pourrait qu'une des femmes vive incognito au Mexique, qu'une autre soit joyeusement mariée à Gdansk et que seule la pauvre Amy soit vraiment perdue…

— Je me demande si un détective doit avoir un côté assez sombre pour être bon. Je veux dire, pour comprendre les pourquoi et les comment.

Molly y réfléchit. Elle n'avait pas passé beaucoup de temps avec Dufort, ne l'avait vu en action qu'une seule fois au poste avec les Bennett.

— Mon opinion principale sur Dufort est qu'il est vraiment un homme très correct. Un peu nerveux, peut-être ? Je ne peux pas vraiment dire parce que, honnêtement, être autour des Bennett me donne envie de prendre mes jambes à mon cou, donc je ne suis pas le meilleur juge.

— Ils sont toujours terrés dans ton gite ?

— Ils ne sont jamais sortis, sauf une fois. Mais vraiment, qu'auraient-ils à dire ? Que peuvent-ils faire ?

Molly se frotta la nuque.

— C'est tellement déchirant. Ils ont apporté un sac de choses pour elle, tu sais. Ses biscuits préférés de la maison. Comme s'ils lui rendaient visite dans un camp de vacances.

Lawrence secoua simplement la tête.

— Et comment vas-*tu* ? Ça ne te rend pas nerveuse de vivre seule dans cette grande maison ?

Molly réfléchit.

— Je ne reste pas éveillée la nuit, mais j'avoue que je ne me sens pas totalement à l'aise non plus. Je suis allée me promener cet après-midi, et je… je ne sais pas. J'ai eu la chair de poule en étant seule dans les bois. Ce serait peut-être bien d'avoir un grand gaillard costaud vivant avec moi à La Baraque.

— Je ne savais pas que tes gouts allaient dans cette direction, dit Lawrence, taquin.

— Je vais probablement prendre un chien, dit Molly.

— Es-tu au moins soulagée que Lapin soit en détention ?

— Je le serais, si plus de gens pensaient qu'il était coupable. Mais jusqu'à présent, je n'ai trouvé personne qui dise : « Oh oui, maintenant que j'y pense, ce Lapin Broussard a vraiment pu enlever cette fille. J'ai toujours su qu'il avait un côté sombre. » Ce que je trouve, c'est un village d'apologistes et de défenseurs.

Lawrence rit sèchement.

— Qui ?

— Rémy, pour commencer. Manette. Toi.

— Oh, dit Lawrence, ses sourcils se levant brusquement.

— Tu as rencontré Rémy, n'est-ce pas ? Bel homme, ajouta-t-il, faisant semblant d'inspecter un bout de peluche inexistant sur sa manche.

— Oh, arrête, dit Molly, se souvenant de la bouche de Rémy et pensant que l'idée d'être sous la protection de quelqu'un était vraiment très attirante.

Juste laisser ces bras forts et ce dos s'occuper de tout, pensa-t-elle, rêveuse.

— ... encore jeune, disait Lawrence.

— Qui est encore jeune ?

— Toi, ma chère ! Bien qu'apparemment un peu sourde.

— Pff. Je suis sur le déclin, mais j'ai fait la paix avec ça, dit-elle en jetant un coup d'œil vers Nico au bout du bar.

— Menteuse. Et laisse-moi te dire sans équivoque, que tu n'as pas perdu ton, *je ne sais quoi*, Molly. Je suis sûr que les hommes du village ont remarqué ton arrivée avec enthousiasme et intérêt, et je ne parle pas seulement des abrutis qui reluquent tes faux nichons.

Molly se tourna vers Lawrence avec un doux sourire.

— C'est gentil à toi de dire ça, dit-elle, avant de détourner la conversation.

Elle n'avait pas complètement renoncé à l'amour, c'était vrai. Bien qu'elle croyait fermement qu'elle serait plus heureuse si elle le faisait.

25

Thérèse Perrault était la première à la gendarmerie ce lundi matin là. Elle se rendit directement au sous-sol pour voir Lapin dans sa cellule solitaire, mais il était allongé sur le lit, le visage tourné vers le mur, la couverture moisie remontée jusqu'au cou. Quand elle lui chuchota quelque chose, il ne répondit pas.

Elle n'arrivait pas à croire qu'une parodie pareille se déroulait ici même à Castillac. Lapin Broussard était aussi incapable de kidnapper et de blesser une jeune fille que de voler jusqu'à la lune. *C'est la faute de cet imbécile de Maron*, pensa-t-elle sombrement. Toujours à essayer de faire n'importe quoi pour s'attirer les bonnes grâces de Dufort. Eh bien, elle ne pensait pas que l'incarcération de Lapin sans preuve allait beaucoup aider sa carrière.

Elle espérait que le commandant aurait quelque chose de productif à lui faire faire aujourd'hui. Une piste à suivre qui sortirait Lapin de prison et mettrait le vrai coupable derrière les barreaux. C'était si difficile pour elle d'être patiente, d'attendre ses ordres, alors que, ce qu'elle voulait le plus, c'était retourner à l'Institut Degas et coincer cet abruti de professeur. S'il y avait quelqu'un dans le village capable de faire du mal à Amy, c'était bien lui. Et cet égarement ridicule avec Lapin ne ferait que ralentir leurs progrès pour l'attraper.

Quand Dufort arriva avec Maron sur ses talons, Thérèse avait plus ou moins maitrisé son impatience, ou du moins, l'avait dissimulée. Les trois se dirent bonjour et entrèrent dans le bureau de Dufort avant de fermer la porte.

—Je ne dirai pas maintenant si vous avez bien fait de l'embarquer ou non, dit Dufort, pas pour le moment. Et, dit-il en lançant un regard à Perrault, nous ne savons pas encore si c'était une bonne décision. Lapin pourrait nous dire quelque chose, ou pas.

— Mais il y a une chose à laquelle je veux que vous réfléchissiez tous les deux. Quelque chose comme ça..., je parle de meurtre, soyons francs même si c'est seulement entre nous... quelque chose comme ça ne sort pas de nulle part. Les gens ne mènent pas des vies ordinaires pour ensuite, boum, sortir et tuer quelqu'un. Il y a un contexte dans lequel l'action a un sens. Et c'est notre travail de regarder sous la surface de ce qui se passe, de regarder dans le passé ce qui s'est produit, pour que nous comprenions ce contexte. Nous avons la chance de vivre dans un village assez petit pour que nous ayons une certaine connaissance des détails.

— Vous suivez ce que je dis ?

Perrault et Maron hochèrent la tête. Dufort plissa les yeux en les regardant.

— Ne hochez pas la tête juste parce que vous pensez que c'est ce que je veux que vous fassiez. Je vous demande si vous comprenez vraiment ce que je dis, ce que je vous demande de faire. Vous ne pouvez pas regarder Lapin Broussard et penser : « eh bien, il était la dernière personne vue avec la fille et il embête les femmes tout le temps, en plus il y a eu cet incident de voyeurisme il y a quelques années. Et donc tout cela équivaut à coupable d'avoir fait disparaitre Amy Bennett et nous allons consacrer notre énergie à le prouver parce que dans notre esprit l'affaire est close. »

— Mais Lapin… dit Maron.

— Je ne dis pas que ça ne peut pas être Lapin, l'interrompit Dufort.

— Je dis : analysons le contexte. Il a grandi sans mère. Son père était, selon tous les témoignages, brutal avec lui. Physiquement, je crois, ainsi qu'émotionnellement. Rabaissant, poussant très fort, bien au-delà de ce qu'un enfant peut supporter, ce genre de choses. Est-ce que cela crée un meurtrier ?

— Ça pourrait, dit Thérèse, mais je ne pense toujours pas…

— Thérèse, dit doucement Dufort, tu dois apprendre à séparer ton moi d'enfant de ton moi de détective. Cela ne veut pas dire ignorer tout ce que tu sais, toute ton expérience de vie, ces choses sont précieuses, surtout dans un village comme le nôtre. Mais tu dois trouver une certaine *objectivité*.

Thérèse hocha la tête. Le commandant avait raison. C'était comme si avoir Lapin en cellule l'avait ramenée à ses huit ans, avec toute l'indignation aveugle face à l'injustice qui vient à cet âge. Lapin avait passé de nombreux dimanches chez elle, tout au long de son enfance, et elle devrait passer au crible ces souvenirs au lieu de s'en prendre puérilement à Maron.

— Oui, commandant, dit-elle, mais puis-je demander, est-ce que nous enquêtons toujours sur quelqu'un d'autre ?

— Nous ne considérons pas du tout cette affaire comme close, dit Dufort.

— D'abord, je vais parler à Lapin. Maron, j'aimerais que tu sois là aussi. Perrault, reste au bureau et occupe-toi de ce qui pourrait arriver. Si je ne me trompe pas, c'est bientôt l'heure pour Monsieur Vargas de partir, n'est-ce pas ?

Thérèse rit bien qu'elle ne trouvât pas du tout amusant de devoir rester au bureau. Si elle devait aller s'occuper de M. Vargas aujourd'hui au lieu de participer à l'affaire la plus importante de sa carrière, elle pourrait bien perdre la tête.

Dufort sortit de la gendarmerie avant de descendre voir Lapin. Il se faufila dans la ruelle et versa quelques gouttes de teinture à base de plantes sous sa langue. Cela l'aidait dernièrement plus que d'habitude et il se fit une note mentale d'aller voir son herboriste pour la remercier. Le stress d'une affaire comme celle-ci pouvait ronger une personne de l'intérieur et il était reconnaissant de ce soutien.

Ensuite, laissant une Perrault mécontente près du téléphone, lui et Maron descendirent le court escalier menant à la cellule du sous-sol de la gendarmerie. La cellule était rarement utilisée, et ils trouvaient tous deux inhabituel de mener un interrogatoire dans cette pièce humide aux murs de pierre où ils allaient si peu souvent.

Lapin était toujours allongé, le visage tourné vers le mur. Pendant un instant effrayant, Dufort pensa qu'il était peut-être mort, mais après des bonjours répétés et de plus en plus forts, Lapin se retourna, serrant la couverture contre lui.

— Un homme ne peut pas avoir une bonne nuit de sommeil ? dit-il avec un petit sourire narquois.

— Tu n'es pas en position de plaisanter, dit Maron durement.

— Allez, dit Dufort. Nous avons quelques questions, voyons si nous pouvons éclaircir cette affaire. J'espère que tu pourras nous dire quelque chose d'utile.

Lapin s'assit et se frotta les yeux.

— Et un café ?

— Ce n'est pas un hôtel, gronda Maron.

Dufort sortit son portable et envoya un message à Perrault, lui demandant d'apporter une tasse de café. Maron le fusilla du regard.

Dufort prit la parole.

— Comme Maron vous l'a dit, vous êtes ici parce que la vidéosurveillance de Chez Papa montre que vous êtes parti avec Amy Bennett dans la nuit du 22, et personne ne l'a vue ni n'a eu de ses nouvelles depuis. Je suis sûr qu'il y a une explication et c'est ce que j'aimerais entendre ce matin. Avez-vous quoi que ce soit à nous dire sur l'endroit où elle pourrait être, n'importe quoi ?

Maron comprenait que l'amabilité du commandant était en partie une tactique, mais cela l'agaçait quand même. Il plissa les yeux en regardant Lapin.

Lapin se gratta l'aisselle.

— Si j'avais quelque chose à vous dire, je serais venu dès que j'ai appris sa disparition, dit Lapin.

Maron leva les yeux au ciel.

— Tout ce que je sais, c'est qu'il y avait un grand groupe qui fêtait quelque chose Chez Papa, un prix ou une récompense que la fille avait gagnée. Elle avait trop bu, alors je l'ai aidée à sortir pour prendre l'air. C'est tout.

— Prendre l'air, répéta Maron d'un ton sarcastique.

— Donc vous êtes sorti avec elle et ensuite ? demanda Dufort.

— Ensuite rien. Elle a dit qu'elle allait bien et je suis rentré chez moi. Lapin leva les yeux vers le coin du plafond, puis baissa le regard vers ses genoux.

Il ment peut-être ou peut-être pas, pensa Dufort, *mais il cache certainement quelque chose.*

— Vous dites qu'elle avait trop bu. Si vous vouliez l'aider, pourquoi ne pas la raccompagner chez elle ? Étiez-vous trop ivre pour conduire ?

— Non, je... je n'étais pas ivre, Maron. Écoutez, elle m'a dit qu'elle allait bien. Ce sont ses mots exacts. Je ne suis pas du genre à m'imposer là où on ne veut pas de moi, vous savez ?

Lapin fit un clin d'œil aux policiers.

— Lapin, dit Dufort, vous savez que je suis de votre côté. Mais vous ne vous aidez pas en prenant ça à la légère.

— Je ne prends rien à la légère, protesta Lapin, et je jure devant Dieu que je vous dirais s'il y avait quoi que ce soit à dire. Tout ce que je sais, je l'ai déjà dit : elle était un peu éméchée, je suis sorti avec elle, elle m'a dit qu'elle allait bien, je suis rentré chez moi. Fin de l'histoire.

Certaines personnes sont de terribles menteurs et heureusement pour la gendarmerie de Castillac, Lapin Broussard en faisait partie.

— Avez-vous conduit pour rentrer chez vous? demanda Maron.

— Oui.

Ils entendirent Perrault descendre les escaliers avec une tasse de café.

— Salut, Lapin, dit-elle, d'un ton parfaitement professionnel, ni amical ni froid.

Elle lui tendit le café, fit un signe de tête au chef, et remonta à l'étage.

— Peut-être avez-vous raccompagné Amy chez elle aussi? Degas est juste sur le chemin entre Chez Papa et votre maison.

— Non, je n'ai pas reconduit Amy. Elle a dit qu'elle allait bien, et je suis rentré chez moi.

Dufort prit une longue et profonde inspiration. Il observa Lapin, se demandant ce qu'il savait et qu'il ne voulait pas dire.

— Et avez-vous vu, en partant pour rentrer seul chez vous... quelqu'un d'autre s'arrêter pour parler à Amy? Y avait-il quelqu'un d'autre dans la rue?

Lapin fit une pause. *La réponse est là, dans cette pause*, pensa Dufort. L'histoire de ce qui était arrivé à Amy, presque physiquement palpable.

— Non, dit Lapin. Je suis rentré chez moi, je n'ai rien vu. Fin de l'histoire.

Dufort se leva. Il recula sa chaise contre le mur et fit signe à Maron de quitter la cellule.

— Très bien, dit Dufort. Continuez à réfléchir, essayez de vous souvenir. Le moindre détail pourrait nous aider à résoudre cette affaire, alors s'il vous plait, continuez d'essayer. Nous reviendrons.

C'est étrange, pensèrent Dufort et Maron, *que Lapin ne demande pas à être libéré*. Ils n'avaient aucune justification pour le garder et Lapin devait surement le savoir.

— Il ment, dit Maron, une fois qu'ils furent à l'étage.

— Je sais, dit Dufort.

26

Lundi matin. Molly fut réveillée par des coups frappés à sa porte d'entrée. Encore engourdie de sommeil, elle enfila une robe de chambre et alla voir que c'était.

— Bonjour, Sally? dit-elle en ouvrant la porte en plus grand, une fois qu'elle vit qui c'était.

— Il y a un problème?

— J'ai besoin que tu viennes avec moi! dit Sally, le visage enflammé par l'émotion.

— Je dois parler à Dufort immédiatement et j'ai peur de me perdre dans ces rues étroites et folles. Tu peux m'emmener? Maintenant?

Ses bras étaient raides le long de son corps, ses mains se serraient et se desserraient convulsivement.

Molly cligna des yeux, encore à moitié endormie.

— Bien sûr, dit-elle.

— Juste..., laisse-moi une minute pour m'habiller.

— Entre, ajouta-t-elle.

— Non, merci, dit Sally, je vais attendre ici.

Molly réussit à trouver des vêtements propres et à les enfiler, puis à se brosser rapidement les cheveux et les dents. Elle jeta un regard d'envie à la cafetière en se dirigeant vers la porte d'entrée pour rejoindre Sally.

— Il s'est passé quelque chose ? demanda-t-elle, alors qu'elles marchaient rapidement à travers la cour et sortaient dans la rue des Chênes.

— Marshall est allé en ville hier soir, tout seul, dit Sally, la voix tremblante.

— Je... je ne suis pas sure de pouvoir en parler, dit-elle en s'arrêtant, puis en se penchant et en posant ses mains sur ses cuisses comme si elle était à bout de souffle.

Molly posa sa main sur le dos de Sally. Elle ne pouvait imaginer ce qui avait pu arriver à Marshall pour mettre sa femme dans un tel état.

— Marshall va bien ? demanda-t-elle.

— Dis-moi comment je peux t'aider !

Sally se redressa. Elle n'avait plus l'air droguée, mais bien vivante, et pour Molly c'était presque comme si elle la rencontrait pour la première fois.

— Tu savais que ce Broussard a déjà eu des ennuis ? Des ennuis *sexuels* ?

Les lèvres de Sally tremblaient en parlant, de rage et non de chagrin.

— Je... non. Que veux-tu dire par « ennuis » ?

Sally recommença à marcher vers le village.

— Je veux dire qu'il a été surpris en train d'essayer de prendre des photos sous les jupes des filles ! Un voyeur, voilà ce qu'il est !

Molly fut légèrement surprise.

— Hmm, dit-elle.

— Je n'aurais pas deviné ça. Il est connu pour... elle chercha ses mots, essayant de dire la vérité sans faire sentir Sally encore plus mal.

— Il peut être un peu agressif avec les femmes, dit-elle doucement.

— Il ne m'a jamais touchée ni rien de ce genre, s'empressa-t-elle d'ajouter, mais il reluque. Il fait beaucoup de commentaires, ce genre de choses. C'est agaçant.

— *Agressif?* Merveilleux, dit Sally d'un ton acide.

— Eh bien, s'il y a un homme connu dans le village pour être sexuellement agressif et qu'il a déjà eu des ennuis, et qu'ensuite une jeune femme disparait, pourquoi n'a-t-il pas été interpelé il y a une semaine ? Même si ce n'était que pour l'interroger ? C'est ce que je veux demander au commandant Dufort. Bien que la réponse soit assez claire, non ? Le village protège les siens. Je ne sais pas pourquoi j'ai eu le moindre espoir que la police d'ici ferait vraiment quelque chose. Ils ne vont pas livrer un villageois pour obtenir justice pour une Anglaise qui n'est ici qu'en tant qu'étudiante, qui n'a aucun lien avec personne en dehors de l'école.

— Je... je ne pas, Sally, dit Molly essoufflée, se sentant sur la défensive à propos de son nouveau foyer et aspirant en même temps à une tasse de café fumant avec de la crème.

— En tous cas, je n'ai jamais eu l'impression que les gens ici se comporteraient de cette façon. Bien sûr, c'est un endroit très soudé et les liens sont profonds et parfois peut-être un peu emmêlés. Mais c'est énorme de dire qu'ils couvriraient un *m*, elle avait failli dire « meurtre », mais ferma sa bouche juste à temps.

— *Meurtre !* cria Sally.

— Tu crois que je n'y ai pas pensé ? Tu crois qu'en ne disant pas le mot, l'idée ne sera pas là, dans l'air, m'étouffant ?

Molly ne répondit pas parce qu'elle comprenait qu'il n'y avait rien à dire. Aucun moyen de réconforter cette femme, aucun moyen de l'apaiser. Pas à moins que sa fille ne revienne, vivante et indemne.

— Dufort va devoir m'expliquer pourquoi ce Broussard n'a pas été amené dès le début. Et pourquoi nous, les parents, avons dû apprendre qu'il était en garde à vue par des étrangers dans un bar !

Elles étaient à un pâté de maisons du poste. Molly pensa qu'elle aurait peut-être besoin de traduire alors elle continua et les deux femmes entrèrent dans le poste juste au moment où Maron et Dufort remontaient de leur entretien avec Lapin.

— Commandant ! dit Sally en attrapant sa manche.

Elle commença à parler si vite que Dufort fut instantanément perdu et se tourna vers Molly pour obtenir de l'aide. Molly ouvrit la bouche et la referma. Désormais, Sally criait et pleurait. Maron avait l'air profondément mal à l'aise et Perrault sortit du bureau. Elle prit la main de Sally et l'entraina dans la pièce, lui donnant un verre d'eau.

— Elle a entendu parler de Lapin avec l'appareil photo, dit Molly à Dufort, et elle veut savoir pourquoi ça a pris si longtemps pour l'interroger.

Maintenant qu'elle le disait, Sally semblait avoir raison. Molly elle-même avait momentanément rêvé de déménager dans un autre village une fois que Lapin avait commencé à la harceler, c'était si terrible. Elle avait l'impression de ne pouvoir aller nulle part sans avoir à le repousser et écouter ses insinuations grondantes. Mais maintenant, il était impossible de dire si elle avait tant voulu s'éloigner de lui parce qu'il était agaçant, ou parce qu'elle avait senti quelque chose d'autre.

Quelque chose de bien, bien pire.

— Et vous *savez* que celui qui l'a enlevée l'a violée ! criait Sally.

— C'est toujours ce qui se passe et vous le savez parfaitement !

Molly vit Thérèse Perrault blêmir. Dufort resta calme, et il prit les mains de Sally dans les siennes. Puis il parla en anglais hésitant.

— Je vous assure, Madame Bennett : nous cherchons et nous découvrirons ce qui s'est passé. Nous ne nous arrêterons pas avant cela.

Sally s'assit et mit sa tête dans ses mains, mais elle était enfin silencieuse. Molly vit la douleur dans les yeux de Dufort et l'apprécia beaucoup pour cela. Puis elle toucha l'épaule de Sally et elles quittèrent le poste, toutes deux se sentant épuisées.

— Je dois faire un arrêt avant qu'on rentre, dit Molly, se dirigeant vers la Pâtisserie Bujold.

Elle ne pouvait rien faire pour arranger les choses qui allaient si terriblement mal, mais au moins elle pouvait acheter une boite de choux à la crème.

Ce qui n'était pas rien.

Molly supposait qu'il valait mieux simplement y aller, même si ses sentiments étaient mitigés et qu'elle ne pouvait pas imaginer comment les Bennett allaient gérer la situation. L'Institut Degas organisait un gala annuel fin octobre et l'école maintenait l'évènement malgré la disparition de leur élève vedette depuis près de deux semaines. Lawrence avait insisté pour qu'elle l'accompagne, *tout le monde du village y sera*, lui avait-il dit, *absolument tout le monde*, mais elle prit son temps pour se préparer, les incertitudes habituelles sur la tenue à porter se transformant en une indécision presque frénétique, tout à fait inhabituelle pour Molly.

C'est ma première fête au village, pensait-elle, *et je n'ai aucune idée s'il faut s'habiller chic ou décontracté. Ou très chic.*

Ou… peut-être qu'elle ne devrait pas y aller. En fait, elle était presque sure de sentir un mal de tête arriver.

Vraiment, tu vas rater la première fête dans ton nouveau village parce que tu n'as pas mal à la tête, mais que tu penses que ça pourrait arriver à un moment donné ? Pourrais-tu être plus nulle ?

Et avec cette petite gifle mentale, elle se ressaisit et réfléchit au problème. L'un des rares conseils que sa mère lui avait laissés était : toujours pécher par excès d'élégance. Alors elle opta pour une robe de cocktail noire, parce que vraiment, quand est-ce que cela pourrait être de trop ? Et une belle paire de talons, plus de cinq minutes consacrées aux cheveux et au maquillage.

Elle avait été tellement prise par le déménagement, le choc culturel et la préparation de La Baraque pour les invités qu'elle avait en quelque sorte oublié son apparence. Elle sortit un fer à friser, trouva un adaptateur et dompta sa rebelle chevelure rousse. Il lui fallut une demi-heure pour réussir l'eyeliner, mais elle avait commencé tout le processus tôt et était donc prête quand Lawrence passa la chercher.

— Qui *es*-tu ? dit-il en riant.

— Je me demandais s'il y avait une beauté glamour cachée quelque part sous tous ces cheveux emmêlés. Je suis heureux de voir que c'est le cas.

— Euh, merci ?

Molly lissa son rouge à lèvres en se regardant dans le miroir près de la porte d'entrée.

— Mince, dit-elle, ayant dépassé le contour de ses lèvres.

Elle utilisa son pouce pour corriger l'erreur.

— Alors la question brulante... dit Lawrence, s'appuyant contre l'encadrement de la porte pendant qu'elle mettait des choses dans son sac et les ressortait.

— Est-ce que celui qui a enlevé Amy sera là ?

Molly leva brusquement les yeux.

— Tu as l'air positivement ravi à cette idée.

— Non. Enfin, si. Tout le monde a un fantasme de Sherlock Holmes enfoui au fond de soi, non ? Je veux dire, allez, Molly. N'aimerais-tu pas être au milieu de la foule et soudainement pointer du doigt... quelqu'un... et dire : « c'est lui. C'est l'homme qui a enlevé Amy. »

— Tu es sûr que c'est un homme ?

— Bien sûr que j'en suis sûr. Tu n'es pas d'accord ?

— Non. Je le suis. Je demandais juste.

En marchant vers la voiture de Lawrence, Molly jeta un regard tendre à La Baraque. La maison semblait si belle au clair de lune, si mystérieuse, et pourtant accueillante, avec une seule lumière allumée dans la cuisine et les imperfections les plus grossières cachées par l'obscurité. Elle ressentit soudain une forte envie de se détourner de la voiture, de retourner à l'intérieur, de se mettre au lit et de lire un livre.

Elle resta debout, la main sur la poignée de la portière, sans l'ouvrir.

— Tu ne m'as jamais paru être du genre timide, dit Lawrence, mais son ton était doux.

— Je ne suis vraiment pas timide, dit Molly, mais je... je ne sais pas... je me sens...

Elle secoua rapidement la tête et monta dans la voiture.

— C'est de l'appréhension, dit-elle doucement alors qu'ils roulaient vers le village.

— C'est ça. Et ce n'est pas à propos de la fête. C'est que... quelque chose va se passer, et quoiqu'il arrive... c'est mauvais. C'est mauvais, Lawrence.

Il retira sa main du levier de vitesse et lui frotta le bras.

— Je ne veux pas te dire d'ignorer ce que tu ressens, dit-il, mais je pense vraiment que d'avoir les Bennett, si près de toi et dépendant de toi, pourrait avoir... un effet. Je ne suis pas du tout convaincu que quelque chose de terrible soit arrivé. Il n'y a aucune preuve. Aucune preuve du tout, à part son absence.

— Je ne prétends pas être voyante ou quoi que ce soit. Mais je... et peut-être... oh, je ne sais pas.

— Écoute, généralement, c'est la meilleure fête de l'année. La nourriture sera incroyable, et comme je l'ai dit, tout le monde sera là. Alors, chère Molly, essaie de mettre les Bennett hors de tes pensées, juste pour ce soir. Ils seront encore là demain matin, après tout.

— Rémy sera là, ajouta-t-il, avec une lueur dans les yeux si brillante que Molly pouvait la voir dans l'obscurité.

Elle s'était doutée qu'il y serait. Non pas que cela l'intéressait le moins du monde dans un sens ou dans l'autre.

27

1990

Benjamin était dans sa chambre, finissant sa tarte aux pommes tout en faisant semblant de faire ses devoirs.

Il entendit sa mère crier et ce cri lui parut différent de ses cris habituels à cause de ses habitudes alimentaires ou des fourmis dans la cuisine. Cette fois, on aurait dit que quelque chose n'allait vraiment pas. Il dévala les escaliers pour lui venir en aide.

Dans le salon, sa mère était allongée sur le canapé, un bras sur les yeux et son père s'agenouilla à côté d'elle, une main sur son épaule.

— Tout va bien, n'est-ce pas, Marine ? Tout va s'arranger.

Ben s'arrêta net, sentant qu'il s'immisçait dans quelque chose d'intime. Il vit sa mère retirer son bras de son visage et lancer un regard satisfait à son père. Dans un éclair de compréhension, il réalisa que sa mère avait simulé cette crise pour attirer l'attention de son père. Et maintenant qu'elle l'avait obtenue, tout allait bien.

Il remonta discrètement dans sa chambre et mangea la dernière bouchée de tarte. Il se demandait pourquoi son père était si prévenant alors qu'il était manifestement manipulé. *Et si maman voulait son attention, pourquoi ne pas simplement lui demander de sortir quelque part avec elle ou de faire une partie de cartes ?*

Il voulait comprendre pourquoi les gens agissaient comme ils le faisaient. Mais à cet instant, les actions de ses parents lui semblaient si obscures qu'il n'était pas sûr de pouvoir un jour les comprendre.

28

2005

Lawrence se gara sur la route, au bout d'une longue file de voitures.

— Je dirais que notre timing est parfait. On ne veut jamais être parmi les premiers.

— Non, acquiesça Molly.

Elle prit le bras de Lawrence pour se stabiliser, ses talons menaçant de lui tordre les chevilles sur le bord inégal de la route.

— Penses-tu vraiment qu'il sera là ? dit-elle à voix basse.

— Rémy ? Presque certainement.

— Non non, je veux dire... la personne qui a enlevé Amy.

Lawrence serra les lèvres et haussa les épaules.

— Je plaisantais tout à l'heure, dit-il.

— Je fais de l'humour parce que je ne sais pas quoi faire d'autre. Bien sûr, il est très peu probable que nous ayons une sorte de Grande Révélation du Meurtrier, comme si nous vivions au milieu d'Agatha Christie-ville. Mais quand même... je dirais, sans plaisanter, qu'il est probable que quelqu'un ici sache quelque chose. C'est moins troublant pour toi ?

Molly hocha la tête. Cette pensée lui donnait la chair de poule, mais elle était d'accord avec lui. Elle se demanda si Dufort serait là et s'il pensait la même chose. Elle regrettait de ne pas avoir remis la bombe lacrymogène sur son porteclé, même si elle n'était pas seule et certainement pas en danger. C'était juste que l'idée était rassurante.

La fête se déroulait dans le grand bâtiment moderne qui ressemblait à une méduse, dans une grande salle qui s'avançait vers la route. Des tables rondes habillées de nappes blanches bordaient une piste de danse et des serveurs s'affairaient avec des plateaux de boissons. Un petit groupe jouait sur une scène à une extrémité. Pour Molly, il semblait que la moitié de Castillac était là. Elle aperçut cette jolie gendarme, Thérèse, lui semblait-elle, et vit Alphonse de Chez Papa se déchainer sur la piste de danse avec une femme qu'elle reconnaissait, mais n'avait pas rencontrée. Elle aperçut sa voisine, Mme Sabourin, qui parlait de manière animée à un homme qui se tenait les bras croisés sur la poitrine, hochant la tête à tout ce qu'elle disait. Le groupe termina la chanson et la foule applaudit.

C'était son village. Sa vie maintenant. Il était temps de se lancer et d'en profiter.

Lawrence fut rapidement englouti par la foule et Molly se dirigea vers le bar, appréciant l'énergie débordante de la salle. Pascal, le beau serveur du Café de la Place, était au bar, et elle se sentit ragaillardie par son jeune sourire éblouissant.

— Merci, dit-elle en prenant son kir et en s'éloignant.

La musique avait un bon rythme insistant. Elle entendit des rires stridents venant d'un bout de la salle, quelqu'un à proximité parlant très fort et avec insistance de politique, et le bourdonnement d'une fête qui prenait de l'ampleur. Elle se mit sur la pointe des pieds et parcourut la foule du regard, cherchant quelqu'un qu'elle connaissait.

— Bonsoir, Molly, dit une voix derrière elle.

Elle se retourna pour voir Dufort lui sourire.

— Bonsoir, Ben !

Maladroitement, ils s'embrassèrent sur les joues, Molly se tournant d'abord du mauvais côté. Dufort continua de sourire et Molly pensa à nouveau qu'elle aimait bien cet homme. Il semblait tellement gentil.

— Je suis contente de vous voir ici.

Il hocha la tête.

— Voudriez-vous danser avec moi ? demanda-t-il, la surprenant.

— Bien sûr !

Il prit sa main et la conduisit sur la piste de danse. À ce moment-là, le groupe changea de tempo et commença à jouer, parmi la large panoplie qui existait, du disco. Molly et Ben rirent et bougèrent leurs hanches au rythme de la musique et Molly sirota son kir et se sentit plus jeune et plus heureuse qu'elle ne se soit sentit depuis son divorce. À la fin de la chanson, Ben fit une petite révérence et s'excusa, puis disparut dans la foule.

Eh bien, c'était un peu abrupt, pensa-t-elle. *Je me demande...*

Puis elle vit Rémy. Elle se sentit rougir à sa vue ; sans s'en apercevoir, elle s'était attendue à le voir, comme toujours, en jean et chemise striée de boue, parfois avec un chapeau usé. Mais bien sûr, il s'était habillé pour l'occasion, comme tout le monde.

Et mon Dieu, qu'il était élégant.

Molly alla droit vers lui et dit bonjour. Ils s'embrassèrent sur les joues, sans maladresse, et Molly sentit une bouffée de son parfum masculin.

— Tu es magnifique, dit Rémy, la regardant dans les yeux.

Le visage de Molly rougit davantage.

— Tu n'es pas mal non plus, répondit-elle.

Lawrence tituba hors de la piste de danse et les rejoignit.

— Comment suis-je censé rester en forme s'il n'y a qu'une fête comme celle-ci par an ? demanda-t-il, s'essuyant le front avec un mouchoir monogramme. Je crois que je n'ai pas dansé depuis le gala de l'année dernière.

— Je n'avais aucune idée que Castillac était un tel haut lieu du disco, rit Molly, élevant la voix pour se faire entendre.

Tous les trois allèrent s'assoir à une table. Molly retira ses pieds des talons torturants et observa la scène. Trois femmes plus âgées dansaient ensemble, faisant une version crédible du hustle. Un groupe d'hommes à la table voisine étaient regroupés, parlant avec des expressions sérieuses.

Lawrence se pencha vers Molly et dit :

— Le gars en chemise rose, c'est Jack Draper, le directeur de l'école. Américain. Personne ne l'aime vraiment.

Molly hocha la tête.

— On dirait qu'ils n'ont pas une conversation très festive.

Rémy rapprocha sa chaise de celle de Molly.

— D'accord, mettez-moi dans la confidence. Quel juteux potin racontes-tu à Molly, Lawrence ?

— Ha, j'aimerais avoir un juteux potin, dit Lawrence.

— Je parie que si nous pouvions entendre ce dont ils parlent, il hocha la tête en direction de Draper, Rex Ford et Gallimard, ce serait... intéressant.

— Allez, Larry, donne-nous les détails croustillants !

— Dis le fermier, rit Lawrence, je ne sais pas pourquoi tu penses que je sais quoi que ce soit. Draper est correct, à ma connaissance du moins, bien qu'il ait une très haute opinion de lui-même. N'est-ce pas le cas de nous tous, au fond ? dit-il en haussant les épaules.

— Gallimard, celui à côté de Draper, avec le gros ventre, c'est un cas un peu triste, à mon avis. Une de ces personnes qui ont atteint leur apogée trop tôt et qui se sont senti en échec la plupart de leur vie. Il fit une pause pour réfléchir.

— Alors, qu'en penses-tu ? reprit-il.

— Qu'est-ce qui est pire : montrer un potentiel énorme puis dégringoler, ou n'avoir jamais eu aucune gloire ni promesse dès le départ ?

— Dégringoler est pire, dit Molly, parce que ton échec est

constamment dans l'esprit de tout le monde. Je veux dire, regarde-nous. Nous ne le connaissons même pas, du moins Rémy et moi, et pourtant nous sommes là à le juger et à penser à comment il avait quelque chose de grand et l'a ensuite perdu. À plaindre ce pauvre homme pour son échec. Mais quand quelqu'un me regarde, il ne pense pas à un potentiel gâché, mais juste… il me prend comme je suis. Quoi que cela puisse être, dit-elle en haussant les épaules.

Rémy hocha la tête.

— Je dois être d'accord avec l'Américaine, dit-il avec un petit sourire.

— Je suppose que Gallimard a trouvé de quoi compenser, dit Lawrence d'un air pensif.

— D'après ce qu'on dit, c'est pratiquement lui qui dirige l'école. Draper est plus une figure de proue et un promoteur qu'autre chose. C'est Gallimard qui décide qui est dedans et qui est dehors.

— Le professeur d'Amy Bennett, je suppose ? dit Molly.

Lawrence acquiesça.

Sur la piste de danse, Dufort apparut, dansant avec Marie-Claire Levy. C'était une chanson lente et Dufort la tenait serrée contre lui. Molly les observa, incapable de réprimer un pincement au cœur en se rappelant à quel point il était agréable d'être tenue ainsi par un homme. Elle secoua la tête comme pour chasser ces pensées.

— Lawrence, allez ! dit-elle, en le trainant sur la piste de danse alors que le groupe commençait la chanson suivante, et elle se déhancha comme si on était en 1975.

❧

De l'autre côté de la salle, Thérèse Perrault semblait faire la fête avec un groupe de ses plus vieilles amies, mais en réalité, elle travaillait. Elle riait aux blagues de ses amies, elle dansait, elle mangeait et buvait, et à chaque minute elle pensait à Amy Bennett et scrutait la foule en se disant que quelqu'un là-bas savait quelque chose, et comment diable allait-elle découvrir qui.

Il doit être ici, pensait-elle. *Il se moque probablement de nous, sachant que nous sommes perdus. Peut-être même en train de repérer sa prochaine victime.*

Elle essayait de suivre une danse en ligne tout en scrutant la salle à la recherche de suspects. Bien qu'elle ait été bien formée au travail de police, elle ne pouvait s'empêcher de garder un espoir qu'un élément moins rationnel, moins conventionnel, puisse la mettre sur la bonne voie. Comme si, par hasard, elle regardait l'homme dans les yeux, elle *saurait*. Elle pourrait voir jusqu'au fond de son âme pourrie, voir ce dont il était capable et ce qu'il s'était permis de faire. Après cela, la justice pour Amy ne tiendrait plus qu'à faire le cheminement inverse et de collecter des preuves en chemin.

— Allez, Thérèse, tu n'écoutes pas un mot de ce que je dis, dit Pascal, en posant sa main chaude sur sa joue.

Il était si charmant qu'il parvenait même à rendre un reproche séduisant.

— Elle est dans les nuages, dit son amie Simone, en donnant un coup de hanche à Thérèse.

— Non, j'écoute, dit-elle, en attrapant la main de Pascal et en la serrant, tout en regardant par-dessus son épaule le groupe d'hommes qui dirigeaient Degas, regroupés comme s'ils partageaient le meilleur potin de tous les temps.

Mais Pascal voyait qu'elle n'écoutait pas, pas lui du moins, alors il abandonna et s'éloigna, voulant passer ses quelques minutes de pause avec quelqu'un qui s'intéressait à sa compagnie. *Si elle veut travailler comme infiltrée*, pensait-il, *être barman ferait très bien l'affaire*. Il était toujours étonné des choses que les gens disaient en attendant leurs boissons, comme s'il n'était pas une vraie personne avec des oreilles se tenant à seulement quelques pas.

29

Rémy dansait avec sa sœur et Lawrence avait disparu on ne sait où. Molly s'en fichait. Elle adorait être dans le tourbillon de la fête, officiellement intégrée à son village, parlant à quiconque se trouvant à côté d'elle. Elle se souvenait de toutes les grandes soirées auxquelles elle avait assisté lorsque son travail consistait à collecter des fonds et à quel point elles avaient été mornes à cause de cela. Elle était libre maintenant et sa nouvelle vie en France se déroulait très bien en effet.

Ou peut-être que ses sentiments d'optimisme décuplés résultaient de ses trois kirs, après une soif puissante que Molly avait développée avec toute cette danse disco. En tout cas, elle s'amusait bien, avec quelques moments de pensées pour les Bennett, mais dans une sorte de perspective gérable. Toujours là, mais ne prenant pas toute la place pour le moment.

À son coude, un homme apparut, si grand que Molly dut lever les yeux pour rencontrer son regard.

— Je voulais me présenter, Madame Sutton. Je suis un autre Américain vivant à Castillac.

Il tendit une main aux doigts extraordinairement longs et ils se serrèrent la main au lieu de s'embrasser sur les joues.

— Je m'appelle Rex Ford.

— Bonjour, Rex, ravie de vous rencontrer, dit-elle, désormais presque habituée à ce que des inconnus sachent qui elle était.

— Je vais vous poser la question que tout le monde me pose toujours : comment avez-vous atterri à Castillac ?

— Ah, oui. J'enseigne à Degas. La peinture. J'y suis depuis de nombreuses années maintenant.

Molly fronça les sourcils et hocha la tête.

— Avez-vous...

Ford lui sourit, mais ses yeux restèrent froids.

— Vous demandez à propos d'Amy ? Tout le monde pose des questions sur Amy. Non, je n'ai pas été son professeur. Voyez-vous, comme je l'ai dit, j'enseigne là-bas depuis de nombreuses années, mais je me concentre sur l'art et sur mon enseignement, pas sur les jeux politiques, vous comprenez ? Donc quand les autres professeurs se battent pour les étudiants, essayant d'obtenir les meilleurs pour eux-mêmes, je ne me permets pas de m'impliquer dans ce genre de choses.

— Quoi qu'il en soit, non, j'ai bien peur que *Gallimard* n'ait été le professeur de peinture d'Amy. Anton Gallimard. Vous avez entendu parler de lui ?

— J'ai entendu son nom. Il est ici, je suppose ?

Rex Ford leva les sourcils et avança le menton pour le désigner. Gallimard était sur la piste de danse, le visage rougeaud et le ventre tremblant, faisant le « Bump » avec une jolie étudiante, tous deux riant.

— Ah, dit Molly, hochant la tête et regardant à nouveau Ford.

Elle vit de la haine dans ses yeux alors qu'il regardait Gallimard. En fait, elle vit la manière dont il n'arrivait pas à détacher son regard de lui.

— Alors, parlez-moi de l'enseignement à Degas. Vous y êtes depuis longtemps, vous devez donc aimer y être ?

Ford hocha la tête.

— Eh bien, j'aime certains aspects. J'aime vivre en France.

Molly acquiesça avec enthousiasme.

— Et l'art... l'art est ma vie, continua-t-il.

— Quand j'ai atteint le point dans ma propre carrière où je pouvais voir que je ne progresserais plus, l'enseignement était la seule possibilité qui faisait du sens.

— Je comprends, dit Molly.

— Ça a dû être un moment difficile.

Ford regardait par-dessus la tête de Molly, pas vers la foule, mais toujours vers Gallimard.

— Oui, dit-il.

Molly commença à réfléchir à une façon élégante de s'éloigner de Ford. Elle bougea ses hanches, impatiente d'être sur la piste de danse, puis s'arrêta parce qu'elle ne voulait pas se retrouver coincée à danser avec Rex.

— Il n'est jamais facile d'avoir des désirs qui ne peuvent être satisfaits, déclara Ford, puis il baissa les yeux vers Molly avec une expression d'émotion si complexe qu'elle recula d'un pas.

— Prenez Gallimard, par exemple. Il était censé être le prochain Pollock, le prochain Chagall. Et finalement, il n'est personne. Qu'est-ce que vous pensez que cela pourrait pousser une personne à faire ? demanda Ford, en baissant la tête et en respirant dans le visage de Molly.

— Vous avez trop bu ? dit-elle d'une petite voix.

— Je ne sais pas. Qui n'a pas à faire face à l'échec dans la quarantaine ? Presque personne ne finit par être ce qu'il imaginait devenir.

Rex pencha la tête et tourna son attention vers elle.

— Peut-être. Peut-être. Mais vous le voyez là-bas, en ce moment même, pensez-vous que c'est un accident qu'il danse avec la plus belle fille de l'école ? Vous comprenez ? Il est comme un parasite, voulant absorber la jeunesse de son corps pubère.

Ford se lécha les lèvres. Molly vit une goutte de salive au coin de sa bouche et décida que c'était peut-être Rex Ford lui-même, qui voulait absorber des corps pubères. Son intensité la mettait plus qu'un peu mal à l'aise.

— Ils ont mis ce brocanteur en prison, Ford se pencha et chuchota à l'oreille de Molly, mais c'est une erreur. Ils ont le mauvais gars.

Le fait que Molly soit d'accord avec lui ne rendait pas la conversation moins gênante. Où Lawrence avait-il disparu ?

Et Rémy ? Pas qu'elle s'en soucie.

Vraiment pas.

❧

C'ÉTAIT DÉGOUTANT, pensait Maribeth Donnelly. La façon dont la vie suit son cours, comme si rien ne s'était passé. Amy avait disparu et c'est comme si elle avait été jetée par dessus bord, sans faire la moindre vague. Maribeth eut une rapide image d'un tableau — l'océan, abstrait et sombre, une petite silhouette perdue — puis se sentit un peu malade d'avoir transformé Amy en art, comme ça, sans le vouloir.

Maribeth ne blâmait pas la police, qui au moins semblait faire quelques efforts pour la retrouver. Au moins, ils avaient quelqu'un en garde à vue, d'après ce qu'elle avait entendu. Mais l'Institut Degas, c'était une tout autre histoire. Une bande de vieux hommes blancs cherchant à remplir leurs poches et leurs lits, c'était sa constatation. Elle avait déjà pris des dispositions avec sa famille pour rentrer chez elle après la fin du semestre, ce qui n'était pas une mince affaire puisqu'elle avait supplié pour aller à l'école et avait dû admettre qu'elle s'était trompée dans son choix.

Mais en même temps, de façon déroutante, son travail s'*était* amélioré. Plus profond, techniquement plus réussi. Elle avait beaucoup appris de Gallimard et des autres étudiants aussi. Mais ce... ce gala, à peine deux semaines après l'enlèvement d'Amy... c'était plus qu'elle ne pouvait supporter. Elle regarda autour d'elle en espérant voir l'officier Perrault, pour la remercier. Mais si elle voyait ce type, Maron, elle l'éviterait. Elle n'aimait pas du tout son aura.

❧

Elle se sentait si bien dans ses bras et cela rendait Dufort heureux de sentir son rire vibrer à travers son corps alors qu'il la tenait. Il voulait se concentrer sur Marie-Claire, et sur Marie-Claire uniquement, et laisser derrière lui tout le désordre de L'Institut Degas et d'Amy Bennett. Ne serait-ce que pour quelques heures ?

Mais après une danse, Marie-Claire lui lança un regard sérieux et l'entraina vers la porte.

— Il y a quelque chose que je dois te dire, lui murmura-t-elle mystérieusement à l'oreille.

Ils se frayèrent un chemin à travers la foule, Ben saluant diverses personnes au passage, jusqu'à ce qu'ils atteignissent une porte latérale de la grande salle et sortent.

La nuit était froide et leur souffle formait deux panaches, illuminés par la lumière de la fête. Dufort se redressa et respira profondément, l'air chatouilla l'intérieur de son nez et sentait le pin.

— Pourquoi tiens-tu tant à me faire mourir de froid? demanda-t-il à Marie-Claire en souriant.

Ni l'un ni l'autre ne portait de manteau et ils frissonnaient dans le froid.

— Je dois m'assurer que personne n'entende ce que je vais dire, répondit-elle.

Elle ne souriait pas. Ben observa la façon dont quelques mèches de ses cheveux s'étaient échappées de son chignon et encadraient sa tête comme un halo.

— C'est à propos de l'école. Quelque chose que j'ai découvert. Ça n'a probablement rien à voir avec ton affaire et je serais renvoyée si Draper apprenait que je te le disais...

Ben lui prit les mains. Il attendit.

— Le truc, c'est que je fouinais là où je n'aurais pas dû. Je gère une grande partie de la correspondance de l'école, les e-mails aux parents et ce genre de choses, mais quelques évènements ont éveillé ma curiosité... bref, pour aller droit au but : Degas est dans de sérieuses difficultés financières. Je suis presque sure que Draper a détourné des fonds pour son usage personnel. Peut-être Gallimard aussi.

Ben regarda son visage et pensa à quel point elle était sérieuse et charmante. Il posa le dos de sa main sur sa joue et elle sursauta, ses doigts étaient glacés.

— Et quel lien penses-tu que cela pourrait avoir avec Amy ?

— Je ne sais pas. Comme je l'ai dit, probablement aucun. Mais je suppose que je pensais, eh bien, voici des gens qui prétendent être une chose — des citoyens respectables, dirigeants d'une école prestigieuse — alors qu'en réalité, ils ne sont rien de plus que des escrocs. Rien de plus que des voleurs. Et n'est-ce pas vrai pour celui qui a enlevé Amy ? Si c'est quelqu'un que nous connaissons, quelqu'un du village ? C'est un menteur ? Un imposteur ?

— Comment as-tu découvert cela ?

Marie-Claire ne répondit pas. Elle avait réussi à deviner le mot de passe de Draper (les gens sont tellement plus prévisibles qu'ils ne le pensent) et lu ses e-mails privés. Mais ce qui semblait être une bonne idée sur le moment était, avec le recul, une violation flagrante. Elle avait même, elle ne s'en rendit compte qu'à cet instant-là, enfreint la loi elle-même.

— Maintenant que je l'ai dit à voix haute, je vois que j'étais ridicule, dit-elle en baissant les yeux vers ses pieds dans ses ballerines noires préférées.

— Ce n'est pas parce que quelqu'un est un voleur qu'il est forcément un meurtrier.

— Non, en effet, dit Dufort, mais tu as bien fait de me le dire. Nous ne savons toujours pas si ce qui est arrivé à Amy a quelque chose à voir avec l'école. Nous ne savons pas si c'était aléatoire ou si cela avait un rapport avec qui elle était, ses relations et ainsi de suite. Mais sans toutes les informations possibles d'obtenir, quel espoir avons-nous de le découvrir ?

Quand Marie-Claire réalisa qu'il n'allait pas insister pour savoir comment elle avait découvert la vérité sur Draper, elle se détendit un peu.

— Ça sent l'hiver, dit-elle en levant son visage vers la lune.

Dufort se pencha et l'embrassa dans le cou, puis sur les lèvres. Il voulait simplement être dehors dans l'obscurité avec Marie-Claire, l'embrassant. C'était tout.

Tout le reste pouvait attendre, du moins, pour l'instant.

30

Simone Guyanet, vingt-deux ans, rentrait seule du gala, légèrement éméchée et prête à aller se coucher. Cette semaine-là, elle avait enfin quitté la maison de ses parents pour s'installer dans son propre appartement près du centre-ville. Alors qu'elle passait devant la *Presse*, quelque chose brilla sur le côté, un mouvement rapide, une forme furtive dans sa vision périphérique.

Elle hésita.

Puis elle accéléra le pas, impatiente d'arriver à l'appartement qui était tout à elle et de se glisser dans son lit fraichement fait. De l'espace entre deux bâtiments, un homme sortit juste après son passage. Silencieusement, il la suivit, et en quelques enjambées, la rattrapa, mit sa main sur sa bouche, et essaya de l'entrainer dans l'obscurité, dans la ruelle à côté d'une boutique de vêtements.

Simone tordit violemment son corps sur le côté et se libéra de l'emprise. Elle s'enfuit. Elle avait toujours été la coureuse la plus rapide de sa classe et elle était en bonne forme malgré son travail de bureau et son agresseur se retrouva vite à plusieurs pâtés de maisons derrière, les mains vides.

❧

— EH BIEN, j'ai passé un bon moment, oui. Mais maintenant, je ne sais pas, je me sens un peu déçue, maintenant que c'est fini, dit Molly, en s'assurant qu'elle avait son sac à main tandis que Lawrence se garait dans l'allée de La Baraque.

— Je vois que les Bennett dorment, en tous cas leurs lumières sont éteintes.

— Je me demande si quelqu'un les a invités. Pas qu'ils auraient voulu y aller, mais ce serait bizarre de ne pas les inviter, tu ne crois pas ?

— Je suppose. Je ne les ai pas vus avant de partir. Où est le manuel de protocole pour gérer des parents dont la fille a disparu ?

Ils restèrent assis dans la voiture chaude, pensant aux Bennett. Finalement, Molly parla.

— Tu veux un dernier verre ?

— Oh, c'est gentil. Mais peut-être que pour une fois je vais être sage et rentrer me coucher. J'espère que ton sentiment de déception ne va pas durer trop longtemps.

— Ça ira. C'est juste que... j'avais ce pressentiment pendant que je me préparais, que quelque chose allait arriver ce soir, tu vois ? Ce petit frisson qu'on ressent avant que quelque chose de vraiment dramatique se produise ?

— Hmm, petits frissons, dit Lawrence.

Il semblait sur le point de dire quelque chose de taquin, mais changea d'avis. Les amis s'embrassèrent sur les joues et se dirent bonne nuit. Molly descendit le chemin dallé jusqu'à la porte d'entrée, serrant son manteau autour d'elle contre le froid. Elle se retourna pour faire un signe à Lawrence alors qu'il reculait et s'en allait.

Et alors qu'elle allait tirer le loquet de sa porte d'entrée, elle sentit la peur monter en elle, lente et suffocante, comme une avalanche. La peur que quelqu'un, quelqu'un de *mauvais*, était entré d'une manière ou d'une autre et qu'il l'attendait dedans. La peur que celui qui enlevait les jeunes femmes ne s'arrête pas. La peur qu'elle se soit accrochée à l'idée qu'elle était en sécurité, mais qu'elle se soit terriblement, horriblement trompée.

J'ai besoin d'un chien. Tout de suite.

Molly enleva ses chaussures et les laissa juste après la porte d'entrée. Elle n'alluma pas la lumière, en partie parce qu'elle avait peur de ce qu'elle pourrait voir. Marchant aussi silencieusement que possible, elle se dirigea vers la table d'appoint dans le salon avec son unique tiroir, où elle avait mis la bombe lacrymogène.

Elle écouta attentivement, mais ce qu'elle entendait était le flux de son propre sang dans ses oreilles.

C'est peut-être un peu narcissique de penser que le tueur viendrait après moi, non ? Je ne suis pas si jeune, pour commencer. Et...

Au moment où elle atteint la table d'appoint, Molly avait élaboré trois explications et travaillait sur la quatrième. Elle fit glisser le tiroir et saisit la bombe lacrymogène. *Beaucoup mieux maintenant.* Sans se soucier du bruit, elle alluma la lampe de table et les formes sombres et effrayantes se transformèrent instantanément en mobilier familier. Elle laissa échapper un long soupir.

Un fracas derrière elle.

Molly fit volteface, son bras droit tendu, le pouce et l'index sur la gâchette de la bombe lacrymogène. Le chat roux fila par-dessus le dossier du canapé et sortit par les portes-fenêtres vers la terrasse. Molly secoua la tête, essayant de se forcer à rire d'elle-même, mais elle n'y parvint pas tout à fait. Elle posa la bombe lacrymogène sur le comptoir de la cuisine et se versa un grand verre de Perrier qu'elle but d'un trait. Puis elle remit la lampe sur la table d'appoint, verrouilla les portes-fenêtres et la porte d'entrée ainsi que la petite porte du garde-manger qu'elle n'utilisait jamais, et fut dans la salle de bain pour se laver le visage avant d'aller se coucher.

Castillac s'était peut-être avéré être un choix terrible, pensa-t-elle en s'essuyant le visage encore et encore avec un gant de toilette chaud. *Mais je ne suis pas prête à le dire encore.*

Pas encore.

31

Simone continuait de courir bien qu'elle n'entendît aucun bruit de pas derrière elle. Elle essayait de rejoindre un endroit moins isolé, un lieu avec assez de monde qu'elle serait en sécurité et pourrait alors appeler la police. Mais le soir du gala, à L'Institut Degas, tout était fermé. Absolument tout. Elle passa en courant devant Chez Papa, plongé dans l'obscurité. Il en était de même pour les autres bars et restaurants de la place. Il était près de minuit et elle ne voyait absolument aucun endroit où aller, hormis retourner au gala.

Elle s'arrêta brusquement et regarda derrière elle. La rue et les trottoirs étaient vides. La rue était sombre, le pavé humide d'une brève averse. Les silhouettes des bâtiments lui étaient profondément familières, ayant vécu à Castillac toute sa vie.

Elle attendit d'avoir repris son souffle. Toujours personne.

Et puis, ne sachant que faire d'autre et l'idée de rentrer seule dans son nouvel appartement étant devenue cent fois moins attrayante qu'elle ne l'était dix minutes plus tôt, elle se remit à courir dans la rue des Chênes, retournant vers Degas aussi vite qu'elle le pouvait.

❧

LES GENDARMES de Castillac étaient à la station tôt mercredi matin.

— J'ai gardé l'œil et l'oreille aux aguets hier soir, disait Thérèse à Dufort et Maron.

— Je pensais que la plupart du village était au gala. Donc les chances que notre criminel y soit étaient plutôt bonnes.

Elle baissa la tête.

— Mais au lieu de cela, il rôdait dans les rues et a failli avoir Simone.

— J'aurais dû te faire patrouiller puisque tu n'allais pas être au gala, dit Dufort à Maron.

Maron haussa les épaules.

— On ne peut pas être partout à la fois. Ton amie a-t-elle donné une description ? demanda-t-il à Perrault.

— Malheureusement non, répondit Dufort.

— Il faisait sombre, il l'a attrapée par derrière. Tout ce qu'elle a pu dire, c'est qu'elle était presque certaine que c'était un homme, et qu'il était plutôt corpulent.

— Que signifie « plutôt corpulent » ?

Dufort eut un sourire crispé.

— J'ai posé cette même question. Mlle Guyanet a simplement dit que la personne était massive, pas mince. Elle n'a pas voulu s'aventurer à estimer son poids.

Maron hocha la tête. Les trois officiers restèrent silencieux, chacun essayant d'avoir l'idée lumineuse, l'inspiration qui mènerait enfin à quelques progrès.

— On pourrait dire que Gallimard est « plutôt corpulent », dit Perrault.

— Dommage qu'il ait été au gala, entouré d'une centaine de témoins.

— Le professeur Ford m'a encore parlé de lui, dit Dufort.

— Il a définitivement une rancune personnelle contre Gallimard. Mais peut-être y a-t-il quelque chose de vrai dans ce qu'il dit.

— Peut-être, s'il n'avait pas d'alibi, dit Perrault.

Maron lui lança un regard noir.

— Il aurait pu s'éclipser et revenir en dix minutes. On ne peut pas prouver que chaque minute a été comptabilisée.

— Je vais reparler à Ford, dit Dufort.

Perrault jeta un coup d'œil à Maron et lui accorda, à contrecœur, le mérite de garder son regard fixé sur le sol et de ne pas lui lancer un regard de victoire.

L'ambiance dans la pièce n'était pas à l'optimisme ni à l'énergie. Ils voulaient une piste, un indice, un corps. Et en l'absence de ces trois éléments, ils avaient l'impression de faire semblant d'enquêter. De piétiner sur place, sans jamais avancer.

Lapin avait été relâché, faute de motif légal pour le retenir et des trois gendarmes, seul Maron pensait qu'il y avait une chance qu'il ait quelque chose à voir avec la disparition d'Amy. Perrault et Dufort avaient essayé de lui parler à nouveau, mais ni l'un ni l'autre n'avait réussi à en tirer quoi que ce soit de nouveau. Ce qu'il avait retenu, il le retenait toujours.

Ils étaient revenus à la case départ. Exactement deux semaines depuis la disparition d'Amy.

Dufort se leva et s'approcha de la fenêtre. Il abaissa une latte du store vénitien et regarda dehors.

— Quelqu'un dans ce village sait quelque chose, dit-il.

Il sentait un vide grandissant au creux de son estomac et savait qu'il était temps de prendre une dose de sa teinture. Il ferma les yeux et essaya de se remémorer la soirée de la veille, de danser avec Marie-Claire, mais le stress avait pris le dessus et il n'en tira aucun soulagement.

— Maron, j'aimerais que tu fasses des recherches sur la situation financière de Degas. Découvre quel type de dotation ils ont, s'ils en ont une. Vérifie si les frais de scolarité couvrent les dépenses. Découvre... tout ce que tu peux.

Maron acquiesça et se tourna vers son ordinateur. Perrault regarda Dufort avec espoir.

— Thérèse, dit-il doucement, toi et moi allons chercher le corps d'Amy et nous ne ferons aucun effort pour dissimuler ce que nous faisons. Tu prends le côté nord du village, je prendrai le sud. Regarde dans chaque jardin. Chaque hangar, chaque grange, chaque potager. Commence au centre-ville et élargis progressivement ton champ de recherche.

— Oui, monsieur, dit Thérèse. Dommage qu'on n'ait pas de chien pisteur.

Dufort hocha la tête.

— Écoute. La clé de toute cette affaire se trouve dans le village, dans notre histoire, dit-il.

— Je sens que c'est juste devant nous et qu'on n'a simplement pas été capable de le voir.

Thérèse attendit pour voir si Dufort avait autre chose à dire, mais comme il restait silencieux, elle hocha la tête et partit pour commencer ses recherches, éprouvant pour la première fois, les émotions profondément mitigées qui accompagnent le désir désespéré de trouver un corps pour que l'enquête puisse avancer, tout en ne voulant jamais abandonner l'espoir qu'Amy soit vivante, quelque part, d'une manière ou d'une autre.

32

Le lendemain matin du gala, Molly appela Constance et lui demanda de revenir terminer le nettoyage du cottage. Non, elle n'était pas renvoyée. Oui, elle devait passer la serpillère après avoir aspiré. Oui, ce serait mieux si elle venait ce matin-là. Ensuite, Molly alla demander aux Bennett s'ils accepteraient de quitter les lieux pendant quelques heures, mais quand elle frappa, personne ne répondit.

Dormaient-ils encore ? Étaient-ils sortis avant que Molly ne se lève ? Elle fit le tour et jeta un coup d'œil par la fenêtre, mais ne put pas voir grand-chose. Elle retourna chercher l'aspirateur et la serpillère, puis frappa fort à la porte. Silence.

Molly posa sa main sur la poignée et la tourna lentement. Elle voulait que le cottage soit propre, vraiment propre, même si elle savait qu'au final, cela ne changeait rien. C'était la seule chose sur laquelle elle pouvait agir.

— Il y a quelqu'un ? lança-t-elle en entrant dans le cottage.

— Bonjour ? Sally ? Marshall ?

Pas de réponse.

Puis un cliquetis et des cris de joie retentirent alors que

Constance descendait l'allée à vélo. Elle passa la tête par la porte, essoufflée et les joues rosies.

— Je suis en retard ? J'espère que je ne suis pas en retard. Thomas devait m'emmener, mais il est complètement inutile, il promet toujours et la moitié du temps il ne vient pas. Tu as déjà eu un petit ami comme ça, Molly ? Je devrais le larguer.

Molly rit.

— Tu n'es pas en retard. Voici ce dont tu as besoin et cette fois, s'il te plait, passe l'aspirateur dans tout le cottage, y compris sous les lits. Et ensuite, la serpillère. Partout. Ces murs en pierre sont le problème, c'est comme s'ils pleuraient de la poussière en permanence. Donc nous devons passer la serpillère au moins deux fois par semaine.

Constance hochait la tête, mais Molly avait la nette impression qu'elle n'écoutait pas.

— Tout est clair ? demanda Molly, des questions ?

Constance secoua la tête et se jeta sur l'aspirateur pour le brancher, et Molly battit en retraite vers sa maison, où le café l'attendait. Il faisait un peu trop frais pour s'assoir sur la terrasse, alors elle décida de s'offrir le luxe de retourner au lit avec un roman. Le café était fort et chaud, les couvertures douillettes et chaudes, et le livre captivant. Avant qu'elle ne s'en rende compte, près de deux heures s'étaient écoulées. Je ferais mieux d'aller voir Constance, pensa-t-elle. Et où diable sont passés les Bennett ?

Alors qu'elle empruntait le chemin menant de La Baraque au cottage, Molly entendit des gloussements. Intriguée, elle accéléra le pas, ouvrit la porte et trouva Constance sur le canapé, sa chemise à moitié déboutonnée, et un jeune homme qui l'enlaçait en l'embrassant dans le cou.

— Excusez-moi ? dit Molly, les yeux écarquillés.

Le couple se sépara. Le jeune homme se leva d'un bond et lissa sa chemise de ses mains.

— Bonjour, madame, dit-il, ayant la décence de paraitre gêné.

— Molly! s'exclama Constance, qui arborait quant à elle l'expression sereine d'un ange.

— Regarde qui est finalement venu! C'est Thomas. Thomas, voici Molly, la véritable propriétaire de La Baraque!

Elle fit les présentations avec un tel geste grandiose que Molly dut réprimer un sourire.

— As-tu fini de nettoyer? Aucun signe des Bennett?

— Non, je ne les ai pas vus, dit Constance, allongeant ses jambes et s'installant plus confortablement sur le canapé.

— J'ai presque fini, il ne me reste que la salle de bain à faire. Je déteste les salles de bain, dit-elle à Thomas, qui hocha la tête, toujours l'air embarrassé.

— Je ne sais pas, peut-être que ce qui est arrivé à Simone a perturbé les Bennett, ajouta-t-elle en se tournant vers Molly.

— Simone? demanda Molly, un frisson la parcourut.

— On était à l'école ensemble, tu sais. C'est un peu une je-sais-tout, si tu veux savoir la vérité. Elle pensait qu'elle était meilleure que tout le monde juste parce qu'elle avait de bonnes notes.

— Tu étais juste jalouse, dit Thomas en lui lançant un sourire narquois.

— Attendez, qu'est-il arrivé à Simone? demanda Molly.

— Tu n'as pas entendu? Elle a été attaquée hier soir. Elle marchait toute seule, juste sur la place.

— Quoi? Est-ce qu'elle va bien? A-t-elle appelé la police? Des détails, Constance!

— D'accord, d'accord. Tout ce que j'ai entendu, c'est qu'elle rentrait à pied de ce truc à l'école et qu'elle était seule. Et quelqu'un a essayé de l'attraper, mais elle s'est enfuie. C'est une vraie coureuse, cette Simone. Je lui accorde ça. Elle gagnait toujours toutes les courses pendant la récré.

L'expression de Constance s'assombrit et Thomas passa son bras autour d'elle et la serra contre lui.

Molly resta bouche bée. Une autre attaque. Une autre attaque dans ce charmant et beau village où elle avait emménagé, à la recherche de sécurité et de calme.

— Tu penses que c'est quelqu'un du village ? demanda-t-elle à voix basse.

— Oh oui, ça doit l'être, dit Constance avec désinvolture.

— Je veux dire, ça continue à arriver ici à Castillac. Ça n'a pas de sens que quelqu'un d'ailleurs vienne ici un an sur deux juste pour... pour enlever quelqu'un et disparaitre avec.

— En fait, ça semble être une façon intelligente d'éviter de se faire prendre, dit Thomas.

— Oh d'accord, maintenant on voit comment fonctionne l'esprit criminel, dit Constance, lui donnant un coup de coude dans les côtes et lui souriant.

— Hé, j'ai entendu dire que ce prof à l'école est un peu... comment dire... enfin, un peu con quoi. J'ai une amie qui fait le ménage chez lui. Elle dit qu'il a des filles tout le temps là-bas, c'est un vrai téléfilm, tu vois ?

— Quelles filles ? Tu veux dire chez lui ?

— Oui, chez lui. Et je ne sais pas exactement. Des étudiantes, je suppose. C'est comme s'il avait pratiquement un harem, si on croit mon amie.

— Ses amies ? dit Thomas, regardant Molly et faisant tourner son doigt autour de sa tempe pour faire le signe de la folie.

Molly prit une profonde inspiration. Sa tête était tellement remplie de questions qu'elle croyait qu'elle allait exploser. Elle paya Constance en espèces sans se souvenir de faire le tour du cottage pour vérifier son travail, puis se jeta dans l'arrachage des vignes du jardin avec une telle intensité que ses bras et ses jambes se retrouvèrent tout égratignés. Elle découvrit toutes sortes de mauvaises herbes toxiques qui lui étaient inconnues et pensa à quel point elle avait été sotte de croire que déménager en France résoudrait tous ses problèmes. Elle avait eu cette image idyllique de parterres d'herbes aromatiques et de fleurs dans sa cour avant, et de liberté face aux contrariétés et à la violence.

Et ce qu'elle avait trouvé, maintenant qu'elle était installée, c'étaient de mauvaises herbes tout aussi tenaces que le lierre terrestre de chez elle et des femmes qui disparaissaient et se faisaient agresser. Juste-là sur la place, à laquelle elle s'était déjà tellement attachée que l'idée que quelque chose de mal s'y produise lui faisait monter les larmes aux yeux.

Je ne sais pas comment j'ai pu être aussi stupide, pensa-t-elle. *Bien sûr qu'il y a des meurtriers partout, peu importe le pays ou le village où l'on se trouve. Le monde en est apparemment infesté.*

❧

DUFORT ÉTAIT CONTENT de sortir dans la rue. Sa tête lui semblait prise dans un étau quand il était à l'intérieur, le mouvement et l'air frais apportaient un certain soulagement, bien que loin d'être suffisant.

Il était certain qu'Amy Bennett était morte. Ce n'étaient pas les statistiques et les probabilités qui le lui disaient ; c'était son cœur. Et tout ce qu'il pouvait faire, c'était essayer de la retrouver, même s'il était trop tard pour la sauver. Il quitta le poste et s'engagea sur la rue principale, puis tourna à gauche dans la première rue latérale, se dirigeant vers le sud. Il aurait aimé avoir un chien. Il aurait aimé avoir une équipe de quinze personnes qu'il aurait pu mettre au travail avec des cartes quadrillées, ne laissant aucune pierre, aucune poubelle, aucun tas de feuilles non retourné.

Mais il ne disposait que de Maron, Perrault et lui-même, et ils devraient se contenter d'eux-mêmes, du moins, jusqu'à ce qu'ils trouvent un corps.

S'ils en trouvaient un.

La rue était inhabituellement calme. C'était mercredi, le jour où les enfants n'avaient pas école. À cette heure-ci, normalement, ils affluaient dans les rues, en route vers l'épicerie pour acheter des bonbons, ou vers le but de football dans un carré poussiéreux d'une rue de derrière. Peut-être que les mères les gardent à l'intérieur, après ce qui est arrivé à Simone, pensa-t-il.

Ils doivent penser que je suis incompétent dans mon travail. Et je serais enclin à être d'accord avec eux.

Dufort entra par une porte latérale dans un vieux garage en pierre. Il était rempli de bric-à-brac et la poussière était épaisse ; personne n'y était entré depuis au moins un an. Il promena sa lampe de poche pour s'assurer que la poussière était intacte partout, puis continua. Il pénétra dans des jardins et regarda sous les voiles d'hivernage, où des choux-fleurs poussaient vigoureusement dans l'air froid. Il regarda sous les porches, derrière les tas de compost, dans la benne d'un vieux camion sur des blocs de béton. Il regarda dans des remises, dans des buissons, dans des bennes à ordures.

Mais nulle part il n'y avait de trace d'Amy Bennett ni de quoi que ce soit d'autre que la vie quotidienne, ordinaire et banale.

Finalement, il se retrouva rue des Chênes, et parcourut rapidement le kilomètre jusqu'à Degas et le bureau d'Anton Gallimard.

— Bonjour, Professeur, j'espère que je ne vous dérange pas, dit-il, lorsque Gallimard répondit à son coup.

— Non, non, pas du tout, dit Gallimard, agitant son bras avec grandiloquence comme s'il invitait Dufort dans le salon d'un château.

— Dites-moi ce que je peux faire pour vous ?

Dufort sentit l'odeur d'alcool et vit un verre dans le coin du bureau, contenant environ un centimètre de liquide clair. Il jeta un coup d'œil à sa montre et vit qu'il était 10 h 30 du matin.

— Oh, je fais simplement ma ronde, dit Dufort, affichant une expression d'idiotie.

— Je demande si aux gens s'ils savent quelque chose à propos de Simone Guyanet qui s'est fait agresser hier soir.

Les sourcils de Gallimard se levèrent d'un coup.

— Simone Guyanet ? Que s'est-il passé ?

— Elle rentrait chez elle, vers onze heures, je crois —

merveilleuse soirée de gala, d'ailleurs, je me suis énormément amusé — et quelqu'un est arrivé par derrière et a essayé de l'attraper.

— Est-ce qu'elle va bien ? A-t-elle donné une description ?

Dufort s'était demandé combien de temps il faudrait à Gallimard pour poser cette question.

— Simone va bien. C'est une flèche, vous savez, elle s'est échappée et l'a semé comme ça, dit Dufort en claquant des doigts.

— Maintenant, je voulais vous demander... vous êtes resté au gala jusqu'à quelle heure, exactement ?

Gallimard se détourna et s'effondra dans son fauteuil.

— Oh, voyons voir.

Il tambourina des doigts sur son bureau, puis redressa une pile de papiers.

— J'adore le gala, vous savez, nous récoltons pas mal d'argent chaque année. C'est très important pour l'école. Et nous sommes si reconnaissants d'avoir le soutien du village, ajouta-t-il en souriant à Dufort.

— Et donc, vous êtes parti quand ?

Dufort ferma un œil puis l'essuya d'un air distrait.

— J'avoue que je ne porte pas de montre, donc je ne peux pas être aussi précis que vous le souhaiteriez, dit Gallimard.

— Mais je suis resté assez tard... disons, vers de minuit ?

— Et y êtes-vous allé seul ?

Gallimard rit.

— Commandant Dufort, je commence à croire que vous m'interrogez !

Dufort sourit.

— Je pose les mêmes questions dans toute la ville. Je vais être honnête, dit-il en se penchant en avant comme s'il confiait un secret à Gallimard.

— Je n'ai pas la moindre idée de ce qu'il faut faire dans cette affaire. Je suis complètement déconcerté !

Gallimard plissa légèrement les yeux en regardant Dufort.

Surement que le gendarme du village n'était pas le bouffon qu'il prétendait être.

Ou peut-être l'était-il.

— J'espère que vous pourrez m'en dire plus sur Amy, dit Dufort en clignant des yeux et en s'essuyant à nouveau l'œil.

Gallimard hocha la tête.

— Certainement. Tout ce que vous voulez, comme je l'ai dit. Je suis heureux d'aider.

Les deux hommes restèrent silencieux pendant quelques instants. Le bâtiment émit une sorte de soupir et le radiateur sous la fenêtre siffla. Dufort avait la patience d'une tortue, il était imbattable.

Finalement Gallimard se leva et prit une bouteille de pineau sur une étagère.

— Vous avez soif? demanda-t-il à Dufort, en versant une rasade, puis une autre, dans son verre.

Dufort secoua la tête. Ce qui l'intéressait, c'était que Gallimard semblait boire depuis assez tôt ce matin-là, et avoir bu copieusement la veille au soir, lors du gala. Mais sans l'odeur et le verre pour le trahir, Dufort n'aurait pas deviné que le professeur était sous l'influence de l'alcool. Dufort avait la nette impression que Gallimard ne buvait pas pour se souler, il buvait juste pour rester d'aplomb. Il buvait parce que *ne pas* boire n'était plus une option, physiquement.

Finalement, Gallimard parla.

— Comme je vous l'ai dit il y a quelques jours, Amy est très talentueuse. Et travailleuse, ce qui est le plus important, en réalité. Les jeunes pensent que tout est une question de talent.

Il secoua lentement sa grosse tête.

— Mais c'est faux, complètement faux. J'en suis la preuve parfaite, Dufort. J'avais tout le talent du monde, voyez-vous. Et ça n'a pas suffi.

Avec effort, Dufort s'empêcha d'écarquiller les yeux de

surprise, car il n'avait pas imaginé que Gallimard se livrerait ainsi. Peut-être était-il plus ivre qu'il ne paraissait.

— Ça doit être difficile, dit Dufort d'un ton doux, d'avoir des étudiants qui pourraient devenir de grands succès. Avec toute l'attention que cela apporte. Et l'argent.

Gallimard versa un autre fond de pineau dans son verre et but une longue gorgée.

Dufort poursuivit :

— Non seulement les voir réussir, mais aussi, grâce à votre enseignement, être en partie responsable de leur succès. Je ne suis pas sûr que je pourrais le supporter.

Il observa attentivement Gallimard. Ses cheveux grisonnants balayés en arrière depuis ses tempes de façon dramatique, ses yeux fatigués et rouges. De profonds cernes sombres en dessous.

Dufort attendit.

Gallimard prit une autre gorgée de son verre. Il serra les lèvres. Puis il parla, d'une voix basse et rocailleuse.

— Je ne suis que ravi lorsque mes étudiants réussissent, dit-il.

Puis il ouvrit un tiroir de son bureau et en sortit un paquet de cigarettes, des Gauloises Bleues.

Lentement, il en fit tomber une.

— Je ne vais pas vous demander si ça vous dérange, dit-il.

Sa bouche avait la forme d'un sourire, mais il n'y avait rien de chaleureux ou d'amical.

— C'est mon bureau et j'y fais ce que je veux.

Il craqua une allumette et alluma sa cigarette, tirant fort dessus puis soufflant un nuage de fumée au-dessus de la tête de Dufort.

Intérieurement, Dufort souriait. Il s'assura de garder un visage aussi stupide que possible sans aller trop loin. *Quand un homme charmant cesse d'être charmant*, pensa-t-il, *c'est là que les choses deviennent intéressantes.*

33

D'après les observations de Molly, les Bennett avaient disparu. Elle se rappelait constamment qu'ils n'avaient certainement pas à la tenir au courant de leurs projets, ils avaient payé et étaient libres d'aller et venir à leur guise. Pourtant, cela semblait étrange. *Ils* étaient étranges. Ou plutôt, c'était simplement que Molly n'avait aucune expérience avec des gens traversant une telle épreuve. Qui sait ce que chacun d'entre nous ferait ?

Elle décida de diner Chez Papa, espérant se distraire. Lawrence y serait probablement, et, Dieu merci, Lapin semblait se faire discret. Elle n'était pas d'humeur à supporter son expression baveuse et ses yeux baladeurs, pas ce soir.

Alors qu'elle marchait vers le village, elle eut un de ces moments où elle ne s'inquiétait de rien, ne faisait pas de projets, ne repensait pas à ce qui s'était passé. Elle marchait simplement sur la route, observant ce qui se trouvait devant elle. L'air était frisquet et les pierres des bâtiments ne paraissaient plus chaleureuses, mais plutôt menaçantes. Le soleil avait fait fondre le givre, mais tout semblait froid : les arbres nus, les toits de tuiles, les piles de bois de chauffage bien rangées dans les arrière-cours.

Elle descendit la ruelle et regarda si la propriétaire de La Perla avait étendu son linge, mais la corde avait été enlevée. Molly supposait qu'elle pourrait se renseigner pour savoir qui habitait dans la maison, mais elle appréciait le mystère de ne pas savoir. Lors du gala de la veille, elle s'était surprise, en rencontrant les femmes du village, à se demander « êtes-vous la femme de La Perla ? »

Elle se tenait près du portail arrière, essayant de comprendre pourquoi les sous-vêtements de cette inconnue occupaient plus qu'un instant ses pensées. C'est que... nous avons tous ce visage que nous montrons au monde, mais il y a tant de choses que nous ne montrons pas, tant de notre identité qui est cachée. La femme La Perla semblerait chaste, sobre et modérée dans ses comportements, mais en dessous, elle est extravagante et sensuelle. Peut-être montre-t-elle ce côté à ses intimes ; bien sûr, Molly n'avait pas moyen de savoir.

L'homme qui a enlevé Amy est très probablement quelqu'un que Castillac connait. Nous voyons son masque public et ne soupçonnons pas ce qui est en dessous : son besoin de blesser, de contrôler.

Molly marcha plus vite, impatiente de retrouver l'odeur particulière de Chez Papa, ce mélange enivrant de café, de tabac et de gens.

— Lawrence ! J'espérais que tu serais là ! s'écria-t-elle, en voyant son ami sur son tabouret habituel, Negroni en main.

— Bonjour, ma chère, dit-il.

— J'espère que ta déception a été brève ?

Molly se glissa sur le tabouret à côté de lui et fit un signe à Nico à l'autre bout du bar.

— Eh bien, non, en fait, je suis encore sous son emprise. Un Kir, s'il te plait, dit-elle à Nico.

— Ce n'est pas la fête, poursuivit-elle, je suis officiellement entièrement perturbée par la situation d'Amy. Ça va être quelqu'un que vous connaissez tous, Lawrence, quelqu'un parmi nous. Je viens de penser à la façon dont nous nous faisons des amis, nous allons au travail, nous socialisons, mais à quel point nous connaissons-nous réellement les uns les autres ? Ne gardons-nous pas tous des choses pour nous, peut-être même les plus importantes ?

Lawrence sourit.

— Alors, toi d'abord, Mollster. Que caches-*tu* ?

— Je suis sérieuse, Lawrence. Mais d'accord. Voici le... la face cachée dont je ne parle à personne. J'ai trente-huit ans. J'ai toujours pensé que j'aurais des enfants. Je ne veux pas dire juste parce que c'est ce qu'on attend, je veux dire, je *voulais* des enfants. Et me voilà, à court de temps, enfin, même pas ça, ça n'arrivera pas maintenant que je n'ai personne avec qui avoir ces enfants.

Lawrence posa sa main sur l'épaule de Molly.

— Tu n'es *pas* trop vieille, dit-il.

— Peut-être pas à cet instant précis. Mais je suis une célibataire sans perspectives. Donc en tenant compte de ça, c'est fini pour moi. Et j'y pense tout le temps, ou ce ne sont même pas vraiment des pensées, c'est plutôt comme si la connaissance de cela était tissée dans ma conscience 24 heures sur 24, 7 jours sur 7, même si je m'y suis plus ou moins résignée parce que quel autre choix ai-je ?

— Mais cette histoire avec Amy et avoir les Bennett avec moi, ça a rendu les choses dix fois pires. Ça a ranimé l'envie, la déception et le désir de trouver un moyen de faire en sorte que ça marche alors que je sais que ce n'est pas possible.

Lawrence écoutait. Il ne se précipita pas pour donner des conseils ou des instructions, mais serra simplement son épaule et écouta Molly épancher son cœur. Elle parla des enfants de ses amis et à quel point elle aimait jouer avec eux, à quel point ils pouvaient être agaçants et exigeants. À quel point elle souhaitait profondément avoir cela dans sa vie, y compris les parties agaçantes et exigeantes.

— Je n'en parle pas parce qu'on dirait que je m'apitoie sur mon sort. Peut-être que je suis une de ces personnes qui n'est jamais satisfaite, dit-elle.

— Je veux dire, regarde, j'ai déménagé en France, bon sang.

Mon rêve. Et j'aime être ici encore plus que je ne pouvais l'imaginer. Je devrais être heureuse. Alors pourquoi dois-je revenir à cette vieille croute de ne pas avoir d'enfants et continuer à la gratter ?

Lawrence haussa les épaules.

— C'est ce que nous faisons, dit-il.

Ils restèrent assis un moment à boire leurs verres sans parler, perdus dans leurs propres pensées.

— Tu sais que je suis gay, lâcha soudainement Lawrence, et Molly éclata de rire.

— Eh bien, je ne m'attendais pas à ce que ce soit une chute, ajouta-t-il sèchement.

— Non, c'est juste... bien sûr que je le sais, dit-elle.

— Tu penses vraiment que je suis si naïve ?

Lawrence pencha la tête et réfléchit.

— Hmm, pas d'habitude.

Il sirota son Negroni.

— Et pour revenir à ton point de départ, c'est vrai que je ne me promène pas avec ma sexualité annoncée sur un panneau publicitaire, mais je ne pense pas que cela signifie que personne ne me connait ou que j'ai un sombre moi intérieur capable de commettre des actes maléfiques pendant que je prétends être Monsieur Rogers.

— Et le fait que tu ne rabâches pas tes regrets personnels, cela signifie simplement que tu es polie, Molly. Pas fausse. Pas une potentielle meurtrière à la hache.

— Un autre ? dit Molly à Nico, en montrant son verre vide.

— Mais penses-tu vraiment *connaitre* les gens du village, ceux que tu vois presque tous les jours ? Ou interagis-tu simplement avec des masques ?

— Je suis prêt à admettre que si quelqu'un que je connais est effectivement en train d'enlever des femmes et de les assassiner, alors oui, ma chère Molly, je n'ai pas connu leur véritable identité.

Mais pour tous les autres ? Je me satisfais de ce que je sais. Tout le monde n'a pas besoin de tout savoir.

Molly pivota sur son tabouret et regarda autour d'elle. Deux familles mangeaient ensemble à une longue table : quatre parents et une ribambelle d'enfants, y compris un bébé sur les genoux de sa mère. Trois jeunes femmes étaient assises ensemble, parlant de maquillage, sirotant des boissons d'une saisissante couleur verte. Nico apportait un café à une vieille dame assise avec son caniche. Vincent lisait le journal à sa table près de la porte. Thomas, le petit ami de Constance, passa devant la fenêtre et fit un signe de la main à Molly.

C'était son village et elle réalisa qu'elle l'aimait plus intensément qu'elle ne l'aurait jamais cru. Quel que soit ce mal qui rôdait ici, elle voulait qu'il disparaisse.

❧

Le lendemain, Molly enfila un gros pull troué par les mites et s'attaqua au jardin. Elle enfonça le Dirt Devil dans le sol et arracha les longues racines de la vigne dont elle ne connaissait toujours pas le nom. Très vite, elle eut assez chaud pour jeter le pull de côté. Elle travailla pendant plusieurs heures, mais la plate-bande était encore loin d'être terminée.

En se promenant sur sa propriété, vérifiant l'écorce de quelques arbres fruitiers du fond pour détecter d'éventuels dégâts d'insectes, Molly réfléchit à l'endroit où planter les bulbes qu'elle avait commandés. Dans les recoins sombres de son esprit rôdaient les Bennett et le ravisseur d'Amy, mais elle arrivait assez bien à les repousser.

À l'heure du déjeuner, elle mourait de faim et s'assit à la table de la cuisine pour manger des tranches de salami avec des morceaux de pain et de fromage.

Elle se sentait seule.

Elle avait envie d'une longue promenade, mais aurait aimé

avoir quelqu'un pour l'accompagner. Lawrence lui avait dit qu'il était allergique à l'exercice physique et elle n'avait pas d'autres personnes à qui elle se sentirait à l'aise de demander. Alors, avec un haussement d'épaules, elle laça ses chaussures de marche, glissa le porteclé avec la bombe lacrymogène dans sa poche, et partit dans la rue des Chênes, s'éloignant du village comme elle l'avait fait auparavant, convaincue qu'une fois dans le rythme de la marche et dans la forêt, son humeur s'améliorerait.

Maintenant qu'on était à la mi-octobre, toutes les maisons le long du chemin avaient de la fumée s'échappant de leurs cheminées. L'air sentait les foyers douillets et Molly imaginait des familles jouant à des jeux de société devant le feu, des grands-pères faisant la sieste, des chiens allongés dans la chaleur. Elle se souvint comment le chien de son enfance dormait si près de la cheminée que sa fourrure était très chaude au toucher. Ça lui fit un pincement au cœur, il lui manquait, se rappelant comment elle l'appelait Finkler, pour des raisons oubliées, bien que son nom fût Henry.

Les luxuriantes platebandes de fougères s'étaient flétries et il ne restait que quelques frondes brunes squelettiques. Une fois passées les maisons visibles, elle trouva le tournant vers le large sentier et en quelques minutes, tout était différent — la lumière n'était plus que celle qui filtrait à travers les branches nues, le bruit de ses pas était étouffé dans les feuilles, et elle avait l'impression d'être la seule personne à des kilomètres à la ronde, bien qu'elle savait que ce n'était pas le cas.

De plus, elle avait l'impression que son ouïe devenait plus aigüe d'une certaine manière, qu'elle pouvait entendre chaque petite souris courir dans les feuilles, chaque insecte frotter contre son cousin.

Et puis quelque chose de plus fort. Un animal. Reniflant, puis gémissant.

Molly marcha plus vite dans la direction du son. Ça ressemblait à un chien et elle n'avait pas peur des chiens. Elle dut quitter le sentier pour voir où il était et les broussailles étaient épaisses. Les ronces s'accrochaient à son pantalon et de fines branches lui fouettaient le visage tandis qu'elle se frayait un chemin, sans réfléchir, sachant simplement qu'elle devait atteindre le chien.

Elle émergea d'un endroit particulièrement dense et le chien n'était pas à plus de six mètres, un énorme chien, gris tacheté avec de grandes taches brunes et des oreilles comme celles d'un Basset Hound. Il leva la tête en voyant Molly et aboya. Et continua d'aboyer, comme pour dire : Viens voir, humain, regarde ce que j'ai trouvé.

Molly resta absolument immobile, les yeux écarquillés.

Le chien creusait dans un monticule de terre qui semblait meuble et fraichement retournée. Il tourna la tête vers Molly, ses longues oreilles battantes, puis reprit son creusement frénétique. Des mottes de terre volaient près d'elle alors qu'elle s'approchait. Puis elle s'immobilisa, un frisson d'horreur parcourant son corps.

Molly pouvait voir une main humaine dépassant de la terre.

34

La gendarmerie de Castillac a connu trois longues journées. Dufort et Maron avaient transporté le corps à la morgue et envoyé plusieurs échantillons d'ADN au laboratoire. Dufort avait fait jouer ses relations pour obtenir les résultats le plus rapidement possible. Les Bennett étaient finalement apparus et avaient identifié le corps, après quoi, de façon compréhensible, ils s'étaient rendus au gite et n'avaient pas répondu quand Molly avait frappé.

— Les résultats ne sont pas encore arrivés, dit Dufort en réponse au regard plein d'espoir de Perrault lorsqu'il entra dans le poste après le déjeuner.

— Mais j'ai obtenu quelques informations préliminaires, notamment qu'il y avait de l'ADN exploitable sous les ongles. Au moins, cela nous dira si Lapin était impliqué, bien que je pense que nous serions tous surpris si cela s'avérait être le cas.

Il regarda tour à tour Maron et Perrault, qui acquiescèrent chacun leur tour.

— L'autre petite bonne nouvelle est que la flasque trouvée près de la tombe n'appartenait pas à Amy, selon les Bennett. La colocataire, Maribeth Donnelly, est d'accord. Bien sûr, ces déclarations ne sont pas définitives, mais il y a de bonnes chances que la flasque ait été laissé tomber par le tueur dans sa précipitation pour enterrer le corps. Elle pourrait contenir de la salive analysable.

Dufort leva les bras au-dessus de sa tête, entrelaça ses doigts et se pencha d'un côté puis de l'autre.

— Dieu merci pour le chien de Madame Bonnay ! s'exclama Perrault.

Dufort sourit tristement.

— Oui, jusqu'à présent, Yves a été notre meilleur détective. Avec Molly Sutton.

— Et maintenant, que faisons-nous ? demanda Perrault, nous avons toujours Gallimard à examiner.

Maron secoua la tête.

— Le corps était à quelques kilomètres du village, loin dans les bois, dit-il.

— Non seulement Gallimard n'a pas de voiture, mais il ne conduit même pas. Comment pourrait-il transporter le corps si loin, à moins d'avoir un complice ?

Dufort se caressa le menton. Perrault fixait le mur, son esprit en ébullition.

— Sommes-nous surs qu'il n'avait pas de complice ?

— C'est presque inouï dans un cas comme celui-ci. Un criminel sexuel voudra sa victime pour lui tout seul.

Perrault insista.

— Savons-nous même s'il s'agissait d'un crime sexuel ? Et il aurait pu voler une voiture. Même juste pour quelques heures. Et la remettre ensuite sans que personne ne s'en aperçoive s'il ne l'avait pas salie. Ce n'est pas comme s'il fallait être un génie pour conduire une voiture automatique sur quelques kilomètres au milieu de la nuit sans circulation.

— Tu marques un point, dit Dufort.

Maron fronça les sourcils.

— La plupart des gens ne verrouillent pas les portes de leur voiture. Et encore une fois, dit Perrault, nous ne savons pas avec certitude qu'il s'agissait d'un crime sexuel, pas encore. Pas tant que le médecin légiste ne l'aura pas confirmé.

— Je ne sais pas ce qui leur prend tant de temps, marmonna Dufort.

Il se redressa et se dirigea vers la porte.

— Je vais à Degas maintenant. Je vais parler à autant d'étudiants que possible. Je veux voir si toutes ces rumeurs dont nous entendons parler sont vraies : Gallimard avait-il des liaisons avec ses étudiantes ou non ? Si oui, cela inclut-il Amy ? Et une dernière chose. Maron, as-tu avancé sur l'examen des finances de Degas ? J'ai reçu un tuyau selon lequel il y aurait quelque chose de louche, ça pourrait avoir de l'importance. Si je pouvais t'obtenir les livres de comptes, pourrais-tu y jeter un coup d'œil ?

— C'est tout à fait dans mes cordes, dit Maron avec un rare sourire.

— Je ne sais pas, dit Perrault.

— Excusez-moi, commandant. Mais ne pensez-vous pas, surtout compte tenu du schéma des autres, qu'il s'agit d'un meurtre qui n'est pas lié à l'argent ? Je sais que je viens de dire que nous ne savons pas encore, mais quand même, c'est plus probablement un crime sexuel, vous ne croyez pas ?

— Décide-toi, Perrault. Peut-être que c'est un crime financier déguisé en crime sexuel, dit Maron.

— Doucement, dit Dufort.

— Une chose à la fois. Nous avons un corps maintenant, donc nous sommes beaucoup plus près de résoudre cette affaire qu'avant. Mais nous devons nous en tenir aux bases et ne pas bruler les étapes. Moyens, motif, opportunité. C'est ce que nous appliquons à chaque suspect, vous le savez d'après votre formation.

— Je crois qu'on a passé peut-être une heure là-dessus à l'académie, murmura Perrault.

— Perrault ! dit Dufort, assez sèchement.

— Nous allons aller au bout de ce meurtre. Nous allons le trouver, l'arrêter et rassembler les preuves pour le condamner.

— Oui, monsieur, dit Perrault.

— Pour l'instant, nous n'avons rien, dit Maron.

— Nous n'avons que les vieilles preuves circonstancielles pointant vers Lapin que nous avions la semaine dernière, mais rien de plus. Pour Gallimard, tout ce que nous avons, c'est un tas de ragots. Aucune preuve qu'il a fait quoi que ce soit d'autre qu'être un artiste raté et un vantard. Nous n'avons *rien.*

— Exact, répondit Dufort.

— Mais nous ne faisons que commencer. Nous attendons les résultats des tests, nous examinons les documents financiers de l'école, nous continuons à parler aux amis et aux professeurs d'Amy. Nous persévérons, Maron. Nous persévérons.

Puis Dufort baissa la tête. La lutte émotionnelle pour rester dans un état d'incertitude, avec la menace d'une autre défaite pesant si lourdement sur lui, c'était presque trop à supporter.

Peut-être que je ne suis pas fait pour ce travail, pensa-t-il. *Peut-être que je suis trop sensible pour réussir dans ce domaine.*

Il fourra un carnet dans sa poche et fit un signe de tête à Perrault et Maron avant de quitter le bâtiment. Il n'avait plus de teinture à base de plantes, mais ne voulait pas prendre le temps de rendre visite à l'herboriste. Il s'assura que son portable était chargé et courut à travers le village en direction de Degas, et cette fois, il était tellement concentré sur l'affaire que Marie-Claire ne lui traversa pas l'esprit une seule fois.

MOLLY ÉTAIT DEVENUE une célébrité locale après avoir trouvé le corps d'Amy Bennett dans les bois. Ce n'était pas exactement de cette manière qu'elle aurait choisi de devenir une notoriété, mais elle était heureuse d'avoir permis aux Bennett de, ce que les talk-shows décrivent comme, « tourner la page », un concept horrible qui tentait de rendre plus dociles des sentiments compliqués et laids, comme si l'on pouvait simplement fermer une porte sur le chaos tumultueux de la perte.

Mais il valait surement mieux affronter la douleur de savoir que l'angoisse incessante de l'ignorance.

Malgré tout, les Bennett étaient très polis et ils étaient allés frapper à la porte de Molly afin de la remercier, après que Dufort les ait tenus au courant. Ils expliquèrent qu'ils avaient fait le tour de toutes les églises et cathédrales dans un rayon de cent kilomètres, allumant des bougies pour leur fille. Entendre cela et, écoutant leurs remerciements, furent probablement les cinq minutes les plus gênantes de toute sa vie, sans vouloir tout ramener à elle.

L'autre conséquence de la découverte du corps, toujours à propos d'elle, était que son téléphone passa d'un mode toujours silencieux à des sonneries fréquentes. Sa voisine, Mme Sabourin, l'avait appelée pour voir si elle voulait venir prendre le thé le lendemain. Constance avait appelé pour savoir si ses services étaient nécessaires. Et Rémy avait appelé pour l'inviter à diner.

Bon, il n'avait pas appelé ça un rendez-vous. Mais, dans le fond, qu'est-ce qu'une invitation à diner ? Molly soupçonnait qu'ils voulaient tous un récit de première main de sa découverte, mais cela ne la dérangeait pas vraiment. En fait, elle était le genre de personne qui résout les choses en parlant et ça ne la dérangeait pas de ressasser l'histoire encore et encore, se souvenant de nouveaux détails au fur et à mesure.

Elle était désolée que le chien se soit avéré appartenir à quelqu'un d'autre, une certaine Mme Bonnay, sinon, elle l'aurait adopté sur-le-champ.

Que porte-t-on pour un rendez-vous dans une ferme ?

C'était une question si épineuse que Molly envoya des e-mails à plusieurs amis aux États-Unis. En attendant leurs réponses, elle essaya quelques tenues semi-élégantes, puis enfila de vieux vêtements miteux et alla se promener dans le jardin, guettant les

Bennetts. Il y avait eu une forte gelée la nuit précédente et toutes les plantes de la platebande avant étaient brunes et affaissées. C'était l'une de ces périodes préférées dans le jardin, quand la seule tâche consistait à débarrasser la matière végétale morte et à faire de la place pour le nouveau.

Entendant le craquement du gravier dans son allée, elle se retourna pour voir un camion s'arrêter, Rémy au volant.

— Bonjour Molly ! cria-t-il.

— Je devais faire un voyage chez le grossiste pour les aliments d'animaux et je me suis dit que je passerais te prendre puisque tu es sur le chemin. J'espère que ça ne te dérange pas que je sois autant en avance !

Eh bien non, ça ne la dérangeait pas. Il lui souriait et il avait l'air si juvénile et enthousiaste et, eh bien, *vigoureux,* qu'elle lui sourit en retour et sauta dans son camion.

— Pas de problème ! dit-elle.

Et même si elle aurait aimé ne pas porter ce pull plein de trous de mites et aurait peut-être eu besoin d'une douche, elle avait le sentiment que Rémy s'en fichait.

Et il était vrai qu'elle était très contente de quitter La Baraque pour la soirée et l'atmosphère sombre qui émanait du cottage.

La ferme de Rémy se trouvait dans les collines au-dessus de Castillac, sur un terrain vallonné qui, lui dit-il, appartenait à son arrière-grand-père.

— Nous sommes toute une bande de paysans, dit-il, et quand elle parut perplexe, pensant ne pas comprendre son français, il se lança dans une longue explication plutôt intéressante sur la façon dont ses efforts étaient toujours dirigés vers l'amélioration du sol de sa ferme et que le bétail et les produits qui s'y trouvaient en fait une priorité secondaire.

Molly aimait l'écouter parler de sa terre. Et elle apprécia rencontrer les chèvres, les chiens et les chats qui le suivaient pendant qu'il lui faisait faire le tour. *Si une chèvre approuve un homme*, pensa-t-elle, *il doit être un type décent, n'est-ce pas ?*

Il leur versa un verre de vin rouge d'une grande cruche en plastique et ils s'assirent dehors sur une petite terrasse d'où ils pouvaient voir les toits de Castillac au loin et un troupeau de canards dans le champ de devant.

— Bon, dit Rémy.

— Tu sais que je vais te poser la question, mais dis-le-moi si tu ne veux pas en parler. Tu as trouvé le corps ?

Molly hocha la tête. Elle avait raconté l'histoire suffisamment de fois que ça commençait presque à sembler inventée, ou du moins, la distance entre elle et l'évènement commençait à sembler assez grande.

— Oui, je l'ai trouvée, dit-elle doucement.

— Je pensais presque sans arrêt à Amy, depuis que ses parents séjournent dans mon cottage depuis plus d'une semaine. Mais je n'étais pas sortie pour la chercher ou quoi que ce soit, juste pour faire une promenade. J'ai entendu Yves aboyer, je suis allée voir ce qu'il se passait et voilà.

— Ça te donne des cauchemars ?

Molly eut un rire sinistre.

— Non, pas de cauchemars. Mais la vue de cette main sortant de la terre est quelque chose que je n'oublierai jamais.

— J'imagine, dit Rémy.

Il se pencha en arrière dans sa chaise, étira ses longues jambes devant lui et tourna son visage vers le ciel.

— Il va pleuvoir demain, dit-il.

Et avec ce petit commentaire, Molly réalisa qu'elle avait placé beaucoup d'espoirs et de rêves inavoués sur ce rendez-vous avec Rémy, et qu'ils n'avaient absolument rien à voir avec l'homme lui-même, qu'elle connaissait à peine. Mais à ce moment-là elle sut ceci : elle n'allait pas épouser et avoir les enfants de Rémy, peu importe à quel point la solution serait nette pour le chagrin dont elle ne semblait pas pouvoir se défaire.

Ce n'était pas qu'il parlait de la météo ou qu'il était agriculteur, pas du tout. C'était qu'une sorte de connexion qu'elle voulait, dont elle avait même besoin, ne se produisait pas entre eux. Pour quelque raison que ce soit. Et selon l'expérience de Molly, malgré ce que ces talkshows qui n'arrêtaient pas de parler de tourner la page laissaient croire que si cette étincelle n'est pas là, elle n'apparaitra pas plus tard.

Elle mangea un délicieux diner de steak et de légumes qu'il avait lui-même élevés, et apprécia lui parler du pH du sol, des nématodes et d'autres sujets de jardinage. Puis elle appela Vincent pour qu'il vienne la chercher et dit bonsoir.

Quand elle monta dans la voiture de Vincent, elle poussa les emballages de nourriture sous le siège, agacée par le désordre.

— C'est un bordel ici ! râla-t-elle.

— Oui, mille pardons, dit Vincent, lui souriant dans le rétroviseur.

Molly se sentit triste sur le chemin du retour. Bien sûr, il était totalement ridicule qu'elle ait commencé à considérer Rémy comme son prochain petit ami, avant qu'ils n'aient passé plus de dix minutes seuls ensemble. Elle était trop vieille pour ces bêtises.

Le rendez-vous oublié, le temps qu'elle arrive chez elle, Molly dressait une liste des personnes qu'elle devait appeler pour lancer le projet du pigeonnier. Ce n'était pas l'amour ou une nouvelle famille, mais c'était la création de quelque chose qui serait, espérait-elle, à la fois beau et lucratif, et il y avait un certain réconfort là-dedans.

35

— Les rapports du laboratoire sont arrivés, annonça Dufort, et Maron et Perrault quittèrent leurs bureaux pour le suivre dans son bureau.

— L'échantillon prélevé sous les ongles était bon. Pas dégradé. Ils ont pu obtenir du matériel de la fiole également, qui correspond à l'échantillon des ongles.

Perrault réalisa qu'elle retenait son souffle, même si elle savait que Lapin serait disculpé.

— Aucun des deux ne correspond à Lapin, dit Dufort, et Perrault poussa un cri de joie avant d'essayer de reprendre son sérieux.

— Je croyais que Lapin était considéré comme un véritable casse-pied par pratiquement toutes les femmes du village, dit Maron.

— C'est le cas, dit Perrault, mais c'est notre casse-pied, tu vois ?

Maron secoua la tête.

— Si nous pouvions identifier un suspect, nous aurions l'ADN pour l'arrêter et probablement le condamner. Mais nous ne pouvons pas faire le tour du village en prélevant des échantillons sur tous les passants. Nous n'avons toujours pas de moyens, de mobile et d'opportunité pointant vers qui que ce soit.

Dufort étala ses mains sur son bureau et sembla vouloir les enfoncer directement dans le bois. Perrault, à sa honte éternelle, eut les larmes aux yeux. Maron était le seul des trois à ne pas sembler déstabilisé par leur manque de progrès.

— Maron, du nouveau sur l'aspect financier ? demanda Dufort.

— Oui, commandant. Laissez-moi aller chercher les livres.

Il se dirigea rapidement vers son bureau et revint en ouvrant un registre à la couverture en cuir rouge.

— C'était assez simple, en fait, expliquait Maron, en pointant du doigt des petits caractères dans les livres de comptes de Degas.

— Vous voyez cette liste de fournisseurs à qui l'école versait de l'argent chaque semaine ou toutes les deux semaines ? Services de nettoyage, blanchisserie et autres. Eh bien, j'ai vérifié chacun d'entre eux pour m'assurer qu'ils étaient légitimes. Ils l'étaient tous, sauf celui-ci...

Il pointa du doigt Acmé Food Services, qui semblait recevoir 2 254 euros par semaine.

— C'est une société-écran, dit Maron avec jubilation.

— Il n'y a pas de service de restauration à l'école. Juste des distributeurs automatiques et l'école ne les paient pas.

— Alors où vont ces 2 254 euros ? demanda Perrault.

— Dans la poche de quelqu'un, dit Maron.

— Le conseil d'administration de l'école est plus ou moins une formalité. Gallimard décide qui est embauché et quels étudiants sont admis et Draper s'occupe des finances. Tous deux ont accès aux livres et aux comptes bancaires et investissements de l'école. L'un ou l'autre pourrait détourner cet argent ou ils pourraient même être en train de travailler de concert.

— Ça fait plus de 100 000 euros par an. Une sacrée entaille dans leur budget de fonctionnement, j'imagine, pour une petite école comme celle-là. Bon travail, Maron, dit Dufort, en s'appuyant contre un radiateur et regardant par la fenêtre du poste.

— Malheureusement, je dois vous dire que j'ai obtenu ces livres par... un processus pas tout à fait légal. Donc pour le moment, gardons l'idée de détournement de fonds pour nous, d'accord ?

Perrault avait les yeux écarquillés. Elle n'aurait jamais pensé Dufort capable de contourner la loi. C'était le commandant !

— L'important, poursuivait Dufort, c'est que, même avec le détournement de fonds, il n'y a aucun lien avec Amy Bennett. Nous devrions prouver qu'Amy l'a découvert, qu'elle a menacé d'en parler à la police ou qu'ils pensaient qu'elle le ferait et que la solution de l'escroc face à la menace d'être pris était de la tuer. J'ai bien peur qu'à ce stade, ce ne soit qu'un conte de fées, que nous n'avons absolument aucune preuve pour étayer.

— Donc même si nous avons le corps et l'ADN... nous n'avons rien, dit Perrault.

— Exact, dit Dufort, et il avait l'air si sombre que les deux officiers subalternes reculèrent inconsciemment d'un pas.

— J'étais à Degas hier, parlant à plusieurs personnes. Des étudiants et des professeurs ainsi que l'administration. C'est curieux, mais bien que j'aie entendu plus de rumeurs sur le libertinage effréné de Gallimard de la part de plusieurs personnes, je n'ai pu trouver absolument personne pour confirmer ne serait-ce qu'un seul cas. J'ai parlé à trois personnes que les rumeurs avaient liées à lui et elles ont été très convaincantes dans leurs démentis.

— Ma conclusion est que Gallimard lui-même fait ce qu'il peut pour promouvoir ces rumeurs, bien qu'apparemment, il n'y ait pas la moindre preuve qu'elles sont vraies.

Il s'éloigna de son bureau et jeta un coup d'œil par la fenêtre donnant sur la rue.

— Les gens sont étranges, dit-il.

Maron haussa les épaules.

— Ce n'est pas si différent des gars à l'université qui se vantent de ce qu'ils avaient fait avec certaines femmes. Mais tout ça, ce ne sont que des fantasmes, tu sais ?

Dufort réfléchit à ses paroles, mais ne dit rien. Il se frotta les cheveux courts d'une main, regarda par la fenêtre, tripota le petit flacon en verre de teinture qui était dans sa poche.

— Ce crime, dit-il lentement, ressemble de plus en plus à ce que Perrault avait imaginé. Nous avons affaire au meurtre d'une jeune femme qui est probablement la conséquence d'un crime sexuel. Donc, un sociopathe. Il veut blesser, dominer et il se soucie peu des dommages ou de la douleur qu'il cause dans sa quête. En fait, on pourrait plutôt dire qu'il n'est pas conscient de la douleur des autres parce que les autres personnes ne sont pas réelles pour lui.

Perrault avait l'air concentrée, buvant chaque mot de son commandant.

Dufort parlait doucement.

— La façon d'attraper un criminel est de se mettre à sa place. Penser comme il pense. Et il est tout à fait clair que, jusqu'à présent, je n'ai pas été capable de le faire efficacement. Je sais qu'il est parmi nous, probablement quelqu'un avec qui nous avons un certain lien, dans un village de cette taille. Pourtant, jusqu'à présent, pendant des *années*, il a agi en toute impunité.

— Remettons-nous au travail, dit Dufort, avec une brusquerie qui était presque pire que sa colère.

— Quelqu'un dans ce village sait quelque chose et nous ne le saurons pas en trainant au poste.

Après quelques jours de quasi-réclusion, Molly avait hâte de diner Chez Papa : des frites extracroustillantes, peut-être un steak d'onglet et des champignons sautés, et un peu de compagnie. Les Bennett avaient finalement émergé du cottage pour lui dire qu'ils prévoyaient de partir le lendemain. Ils étaient effusifs dans leurs remerciements, ce qui faisait Molly se sentir terriblement mal.

— Lawrence ! s'exclama-t-elle en apercevant son ami à sa place habituelle et en ouvrant les bras pour une étreinte.

Il glissa de son tabouret et l'enveloppa dans un gros câlin.

— Je n'arrive pas à croire qu'après tout ce qui s'est passé, tu ne sois pas venue me raconter tous les détails, espèce de coquine !

— Je sais, dit Molly, se sentant réprimandée.

Elle réalisa à ce moment-là que si les rôles avaient été inversés, elle serait restée collée à son tabouret Chez Papa jusqu'à ce que Lawrence arrive et lui raconte tout sur la découverte du corps.

— J'ai eu besoin de quelques jours pour m'isoler et reprendre mes esprits, ajouta-t-elle.

— Je comprends. Plus ou moins, ajouta-t-il en lui lançant un regard en coin.

— J'imagine que tu ne veux pas entendre les petits ragots que j'ai glanés en ton absence ?

— Des ragots ? Quel genre de ragots ? Dufort a-t-il quelque chose sur quelqu'un ? Quelqu'un a-t-il été arrêté ? Allez, Lawrence, ne sois pas horrible !

— Apporte-lui un kir, Nico, elle est bouleversée.

Molly lui donna un coup de coude dans les côtes et Lawrence nota mentalement de ne plus jamais la qualifier de bouleversée.

— Eh bien, dit-il après avoir pris une gorgée fortifiante de son Negroni, que sais-tu jusqu'à présent ?

— Je ne sais rien. J'ai appelé Dufort quand je l'ai trouvée... ou plutôt quand Yves me l'a montrée. J'ai emmené le chien en bas sur la route et j'ai attendu les flics là-bas, ce qui, euh, m'a fait me sentir un peu bizarre. Je veux dire, je savais qu'elle était morte et tout, évidemment. Mais quand même, j'avais l'impression de l'abandonner en partant. Tu vas penser que j'étais ivre, mais je lui ai chuchoté que je reviendrais.

Lawrence pencha la tête sur le côté, réfléchissant à cela.

— Je comprends pourquoi tu voulais des enfants, murmura-t-il, assez bas pour que Nico ne l'entende pas.

— Ton instinct pour... comment dirais-tu ? Tout ce à quoi je pense semble macabre dans ces circonstances. Bref, ce que j'essaie de dire, c'est que j'admire la profondeur et la sensibilité de tes sentiments.

Molly faillit faire une remarque humoristique, mais à la place, elle le remercia.

— Et donc, les flics sont arrivés et je leur ai montré où elle était et ils ont fait toutes leurs analyses médicolégales et je suis simplement rentrée chez moi. Je pensais que j'étais peut-être de trop et qu'ils étaient trop polis pour me dire de déguerpir.

— Je ne pense vraiment pas que tu aies à t'inquiéter de ça. Je suis sûr qu'ils auraient donné les instructions nécessaires, dit Lawrence.

— Alors c'est tout ? Tu t'es terré depuis, faisant des réparations de plomberie et apprenant la maçonnerie, ou peu importe ce que tu fais toute la journée ?

— À peu près. J'ai vu les Bennett partir pour aller au commissariat, ou à la morgue, je suppose. Je n'ai pas proposé de les accompagner. Je me suis dit qu'aucun accompagnant ne rendrait ce voyage moins horrible.

— C'est inimaginable, dit Lawrence, et les deux amis échangèrent un regard de douleur, pensant à ce que les parents devaient traverser.

— Bon, eh bien, je vais te dire ce que j'ai entendu.

Molly sirotait son kir et attendait anxieusement.

— Il se trouve que je connais quelqu'un qui connait quelqu'un… et le bruit court qu'Amy Bennett n'a pas été violée, mais qu'il y a des preuves d'une « activité sexuelle ». Ce qui signifie que la police recherche un sociopathe du genre meurtrier-violeur, et non, je ne sais pas, une ex-amie jalouse ou quelque chose comme ça.

— Pas une surprise, hein ? Je veux dire, quand une jeune femme disparait, n'est-ce pas la conclusion à laquelle tout le monde saute ? Violée puis assassinée ? Ou dans ce cas, apparemment pas tout à fait violée ? Je ne suis pas sure que ça fasse une grande différence.

— Je pensais plutôt que tu dirais qu'il y avait un soulagement à savoir qu'elle ne l'avait pas été.

Molly haussa les épaules.

— Si elle était en vie, bien sûr. Morte ? Quelle différence ça fait ?

Ils prirent de très grandes gorgées de leurs boissons. Molly avait hâte de diner, mais elle s'aperçut qu'elle avait complètement perdu l'appétit.

— J'ai aussi entendu dire qu'il y a eu un rendez-vous avec Rémy.

— Bon sang, qui sont *tes* sources ?

— Tu traverses le village dans son camion, les gens vont te voir. Et ensuite, tu sais, le dire à tous ceux qu'ils connaissent. Le commérage à Castillac est le sport préféré de tout le monde. C'est l'une des raisons pour lesquelles tu t'intègres si bien.

Lawrence lui sourit et fit signe à Nico.

— Apporte à cette femme une assiette de frites, vite. Extracroustillantes, ajouta-t-il, juste pour embêter le cuisinier.

— Je sais que c'est égoïste, mais c'est bien pire, dit Molly, en posant ses coudes sur le bar et en s'affaissant.

— Qu'est-ce qui est pire que quoi ?

— Si Amy avait été tuée par, disons, une camarade de classe folle qui était jalouse de son succès, alors le reste d'entre nous serait parfaitement en sécurité. La violence serait contenue, tu vois ?

Lawrence haussa les épaules.

— Peut-être en ce qui concerne cette seule camarade de classe folle. Mais si l'envie est le déclencheur, alors qu'est-ce qui empêche ta voisine de t'éliminer parce que tes roses ont l'air tellement plus belles que les siennes ?

Molly rit à l'image de Mme Sabourin se faufilant à La Baraque en robe de chambre, avec un garrot dans sa poche.

— J'ai peur qu'aucun d'entre nous ne soit jamais complètement en sécurité, comme on pourrait le souhaiter, dit Lawrence.

— Et j'avouerai que j'ai déménagé à Castillac pour des raisons similaires aux tiennes. Non, non, pas de divorce, dit-il, balayant sa question avant qu'elle ne puisse la poser.

— Juste beaucoup de désagréments familiaux qu'il valait mieux fuir. Quand je suis venu ici en vacances, j'ai été totalement séduit par la beauté du village, mais aussi par la chaleur des gens qui y vivent. Je pensais pouvoir laisser derrière moi le dysfonctionnement et le jugement de ma famille, et me faire de vrais amis ici. J'ai annulé mon billet de retour et je me suis installé pour embrasser la tranquillité de Castillac.

Lui et Molly rirent.

— Oh, l'ironie ! dit Molly.

Et ils éclatèrent de rire à nouveau, les bras l'un autour de l'autre, si heureux d'être exactement là où ils étaient, meurtres et enlèvements mis à part. Parfois, le bourdonnement de la peur peut rendre les gens euphoriques, surtout avec Nico, qui offre de temps en temps un verre gratuit.

36

Il faisait froid et il était tard, mais Molly décida de rentrer à pied plutôt que de prendre un taxi. Elle sourit à Vincent en sortant, fit un signe de la main à Lawrence qui avait décidé de prendre un dernier Negroni et partit en direction de la rue des Chênes et de chez elle. Le village était calme. Tous les magasins étaient fermés à clé, seules quelques lumières étaient allumées dans les maisons et les appartements sur son chemin. À la lisière du village, elle pouvait entendre le son lointain d'une musique pop venant de quelque part, si faible qu'elle pouvait à peine le distinguer.

La lune était presque pleine et elle n'avait pas besoin de lumière pour voir.

Son esprit était rempli d'un mélange de pensées : elle espérait que Dufort procèderait à une arrestation, car avoir un sociopathe en liberté n'était pas très rassurant ; à quel point elle aimait Castillac et ne regrettait pas d'y avoir déménagé ; comment la marche jusqu'à La Baraque semblait plus longue quand il faisait froid.

Elle releva son col et marcha plus vite pour se réchauffer. Elle était sur la dernière portion, une ligne droite à environ cinquante mètres de son allée, quand les phares d'une voiture apparurent derrière elle.

Son cerveau s'arrêta, mais seulement pour une seconde. Et puis elle se souvint de ce qu'elle avait vu sans remarquer qu'elle l'avait vu. Elle savait qui avait tué Amy Bennett.

Elle savait qui avait tué Amy Bennett.

Et si elle avait raison, il était sur la route derrière elle. Il venait pour elle.

Il sait que je sais.

Elle se mit à courir, mais bien sûr la voiture gagnait du terrain sur elle. Elle quitta la route et se fraya un chemin à travers la haie de Mme Sabourin, courant sans réfléchir vers La Baraque. Tout en courant, elle fouilla frénétiquement dans son sac, cherchant son téléphone, mais il n'y était pas. Elle saisit la bombe lacrymogène sur son porteclé et s'assura qu'elle était pointée dans la bonne direction.

Lorsqu'elle arriva au mur entre sa maison et celle de Mme Sabourin, elle se pencha et courut courbée jusqu'à ce qu'elle atteigne un grand arbre couvert par un hortensia grimpant incontrôlable, et elle s'enfouit parmi les épaisses vignes, pressant son dos contre le tronc de l'arbre. Elle respirait si fort qu'elle était certaine qu'il pourrait entendre son halètement de loin.

Molly regarda la voiture descendre lentement la rue des Chênes. Il ne se pressait pas. Les phares balayèrent son allée comme elle s'y attendait, la voiture avançant lentement, cette vitesse réduite étant plus effrayante et plus inquiétante que s'il avait roulé vite. Sa respiration ne revenait pas à la normale et elle se demanda si elle allait hyperventiler. Et pourquoi n'avait-elle pas simplement sonné à la porte de Mme Sabourin et appelé la police de là ?

Eh bien, il n'y avait plus rien à faire maintenant. Elle le regarda sortir de sa voiture et marcher vers sa porte. Elle savait qui c'était, mais cela lui fit quand même un choc de le voir. Elle le regarda frapper à la porte, puis secouer la poignée.

Il m'a vue courir à travers la haie, pense-t-il que je serais à l'intérieur maintenant ? À l'attendre ?

Molly sentit une vague de peur parcourir son corps et pendant un moment elle pensa qu'elle allait complètement perdre le contrôle. Ses jambes allaient céder et elle s'effondrerait au sol, incapable de se défendre contre cet homme maléfique. Pendant un instant, elle vit la main d'Amy sortant de la terre et elle commença à perdre pied.

Calme-toi, se dit-elle désespérément. Tu ne peux pas réfléchir si tu ne te calmes pas ! S'il a une lampe de poche, il me repèrera en une seconde, pensa-t-elle, l'adrénaline inondant à nouveau son corps.

J'ai besoin d'un plan.

Mais son cerveau résistait. Ses pensées étaient des éclairs, des lumières brisées, incohérentes et indéchiffrables. Elle n'avait jamais eu aussi peur de sa vie.

Il commença à marcher lentement autour de la maison, vers Molly. Elle prit une longue inspiration.

D'accord, s'il s'approche encore, je vais devoir m'enfuir.

Cela faisait longtemps que Molly n'avait pas sprinté. Des années, probablement. Mais elle attendit dans l'ombre de l'hortensia grimpant, observant le tueur alors qu'il essayait les fenêtres de devant de sa maison bienaimée, et se prépara mentalement à courir pour sa vie.

37

1991

Vincent détestait l'école. Il n'avait que six ans, mais ses camarades de classe se moquaient impitoyablement de ses vêtements sales et mal ajustés. Il ne savait pas lire et ne semblait pas comprendre le concept de la lecture, comme s'il n'avait jamais vu de livres auparavant. Sa première institutrice avait recommandé des tests, mais il avait été jugé suffisamment intelligent pour ne pas avoir besoin de services spéciaux. À l'école, tout le monde, enseignants comme élèves, le trouvait stupide, et, au bout d'un moment, les moqueries se sont tournées vers quelqu'un d'autre, laissant Vincent seul.

D'une certaine manière, l'isolement était pire. Il était entouré de personnes une grande partie de la journée à l'école, mais elles ne semblaient pas le voir, ne lui tendaient pas la main et ne l'impliquaient pas dans ce qu'elles faisaient, et cette douleur était une torture pour le jeune garçon.

Un jour, il rentra de l'école à pied, seul, comme d'habitude. Son père était parti faire des corvées à la ferme, disait-il, mais Vincent savait que cela signifiait conduire le tracteur dans un champ hors de vue de la maison et boire jusqu'à oublier. Sa mère, cependant, était à la maison.

Sa mère était *toujours* à la maison.

Quand elle l'aperçut ce jour-là, ses yeux brillèrent et il sut que c'était un mauvais signe. Elle courut vers lui en hurlant et le gifla sur ses jambes nues, criant qu'il n'avait pas fait son lit ce matin-là. Il ne pleura pas, mais resta stoïque, attendant que la première explosion de rage passe.

Il savait que ce n'était que la première d'une série. C'était toujours comme ça.

Vincent avait un frère ainé, mais il s'était enfui dès qu'il avait pu et on n'avait plus jamais entendu parler de lui. Personne ne venait jamais à la ferme isolée au bout de la route, ni amis ni parents, pas même des vendeurs de passage.

Vincent était piégé là avec sa mère qui le battait et déversait des insultes sur sa petite tête, et il n'avait rien d'autre à faire que d'endurer. Ce jour-là, à six ans, Vincent sentit sa haine pour sa mère grandir en lui comme un être séparé, prenant le contrôle de son corps. Il accueillait cette haine parce qu'elle rendait les coups moins douloureux. Elle lui donnait de la force.

Il savait qu'un jour il la ferait payer. Il ferait payer quelqu'un.

Il n'avait qu'à attendre.

38

2005

Molly était sur le point de bouger lorsqu'un nuage passa devant la lune, plongeant le jardin dans l'obscurité. Il n'y avait ni lampadaire ni lumière venant des voisins, et le cœur de Molly cessa de battre si fort.

Pitié, qu'il n'ait pas de lampe de poche. Pitié.

Elle pouvait à peine distinguer sa silhouette alors qu'il contournait la maison, une forme sombre se déplaçant lentement dans l'obscurité. Molly retint sa respiration, les yeux rivés sur lui, essayant de rester parfaitement immobile.

Vincent s'arrêta. Elle crut le voir pencher la tête, comme s'il écoutait quelque chose. Il resta ainsi pendant ce qui sembla être une éternité. Puis la forme noire se remit en mouvement, se dirigeant vers la maison. Il poussa une fenêtre, mais le loquet résista.

Soudain, le nuage s'éloigna et la lumière de la lune inonda le jardin, si brillante qu'elle pouvait lire la plaque d'immatriculation du taxi et distinguer le motif à carreaux de la chemise de Vincent.

Molly essaya de se plaquer contre l'arbre pour que les vignes la cachent, mais elle savait que s'il regardait dans sa direction, la pâleur de son visage brillerait certainement. D'une manière ou d'une autre, elle devait le distraire, l'éloigner suffisamment longtemps pour pouvoir s'enfuir. Lentement et prudemment, elle tâta le sol avec la pointe de sa chaussure. Il disparut derrière la maison et rapidement, Molly se baissa pour saisir une pierre entre les racines de l'arbre.

Elle l'entendait essayer d'ouvrir les portes-fenêtres.

La porte claqua lorsqu'il la referma. Elle savait qu'il était entré dans sa maison. Frénétiquement, elle se dégagea des vignes et courut vers la maison de Mme Sabourin, priant pour qu'elle soit encore réveillée. Ne voulant pas faire de bruit, elle tapa doucement à la porte, scrutant à travers une fenêtre latérale dans l'espoir de voir sa voisine âgée. Une lumière était allumée à l'arrière.

Et un instant plus tard, Mme Sabourin apparut, souriant en voyant Molly, et ouvrit sa porte d'entrée.

— Appelez Ben ! dit Molly, essayant de ne pas devenir hystérique. Verrouillez toutes les portes et appelez Ben tout de suite !

Mme Sabourin agit sans poser de questions jusqu'à ce que la maison soit sécurisée et Ben en route. Pendant qu'elle mettait la bouilloire pour le thé, Molly posa la pierre qu'elle avait serrée sur la table de la cuisine et lui raconta tout ce qu'elle savait.

39

Alphonse sortit de la cuisine, a fait la bise à Molly et l'a serrée dans ses bras.

— Le déjeuner est pour moi, dit-il en essuyant une larme.

— J'ai entendu dire que tu as résolu le meurtre et je ne peux pas te dire à quel point je suis reconnaissant.

Les yeux de Molly se sont écarquillés.

— Comment as-tu déjà entendu ça ? Je viens juste de quitter le commissariat il y a cinq minutes !

Les yeux d'Alphonse pétillaient.

— Nous avons nos moyens, Molly. Allez, viens t'assoir au bar et raconte-nous ton histoire. Nico, sers-lui un kir.

Molly a souri à moitié.

— Je ne sais pas si c'est le moment de célébrer, dit-elle.

— Comme vous le savez surement, puisque vous semblez toujours tout savoir, Vincent s'est enfui. Personne ne sait où il est.

— Les innocents ne fuient pas, dit Alphonse en secouant sa grosse tête.

— Pas habituellement. Dufort ne me donnait pas les détails, mais j'ai eu l'impression qu'il pourrait avoir des preuves ADN solides, donc s'ils parviennent à l'attraper, ils obtiendront un échantillon et ça correspondra sans doute. Mais en attendant... il y a un meurtrier sociopathe en liberté. C'est pourquoi j'ai décidé de déjeuner ici plutôt que dans ma propre cuisine.

— C'est un bon plan, Molly.

— Et quand Lawrence arrivera, je vais lui demander si je peux dormir chez lui jusqu'à ce que Vincent soit derrière les barreaux.

— Dufort a dit que tu es une cible ?

— Il n'en a pas eu besoin. Je l'ai déjà été, Alphonse !

— Justement, dit le vieil homme en secouant la tête.

— Personne n'est en sécurité tant que cet homme n'est pas en prison. Et dire que je lui ai servi au moins un repas par jour pendant des années ! Juste là !

Alphonse indiqua la petite table dans le coin près de la porte, où on trouvait toujours Vincent s'il n'était pas au volant de son taxi.

— Je sais ! J'ai pris son taxi un million de fois ! J'ai mis les *Bennett* dans son taxi !

Molly et Alphonse se sont regardés, les yeux écarquillés, ayant encore du mal à comprendre que cet homme qui faisait partie du tissu quotidien de leurs vies s'était avéré être un tueur.

— Oh, Molly ! dit Lawrence, en enlevant son manteau en entrant.

— Je viens d'apprendre ce qu'il s'est passé. Est-ce que tu vas bien ? Ils se sont fait la bise puis se sont enlacés.

— Oui, je vais parfaitement bien. Mes cuisses sont un peu douloureuses à cause de la course. Peut-être qu'on pourrait commencer à s'entrainer ensemble ?

— Jamais de la vie, dit Lawrence.

— Maintenant, dis-moi, comment diable as-tu su que c'était Vincent ?

Alphonse hocha la tête et se pencha en avant. Nico posa la bouteille de Campari et lui accorda toute son attention.

— Eh bien, a dit Molly.

— Laissez-moi d'abord dire que j'étais complètement dans le

brouillard tout du long, jusqu'au dernier moment. Je suppose que nous nous étions tous demandé, à un moment donné, si cette personne maléfique, ce meurtrier, était quelqu'un que l'on connaissait. Mais je n'étais jamais allée plus loin que ça. Je n'avais pas de liste dans ma tête de toutes les personnes inquiétantes que j'avais rencontrées à Castillac et que je pensais capables de meurtre. Les gens, ici, ils sont merveilleux.

— Molly ! Viens-en au fait ! cria presque Lawrence de frustration.

— Oui, bon. Vous savez que les Bennett séjournaient dans mon gite. Donc je leur apportais de la nourriture de temps en temps et j'avais diverses raisons d'être à l'intérieur du gite dans le cours normal des choses. Et ce que j'ai remarqué, ce qui m'a brisé le cœur, c'est qu'ils avaient apporté des sacs de choses pour leur fille, exactement comme on le ferait si on arrivait du pays d'origine de notre enfant. Vous savez, on apporterait des choses que l'enfant aime, mais pensait peut-être ne pas pouvoir obtenir, vivant dans un autre pays.

Les trois hommes écoutaient attentivement, mais étaient encore perplexes.

— Continue, insista Alphonse.

— Et aussi, j'ai fait beaucoup de trajets dans le taxi de Vincent. Ma maison est assez proche pour que je puisse simplement rentrer à pied, mais je ne sais pas, parfois je suis paresseuse, et Vincent semblait agréable, et c'était tellement facile de rentrer chez moi comme ça. Et je ne me suis même pas rendu compte que je l'avais vu quand je l'ai vu, si vous voyez ce que je veux dire... mais sur le plancher de la banquette arrière de la voiture de Vincent, il y avait toujours un tas de déchets. C'était agaçant pour moi et je les poussais sous le siège avec mon pied. Ça ne m'est pas venu à l'esprit, à ce moment-là, de me demander pourquoi la banquette arrière du taxi de Vincent était jonchée d'emballages de nourriture anglaise : des biscuits McVitie's, des barres Cadbury Flake, ce genre de choses. Des trucs qu'on pourrait trouver dans une ville française, bien sûr, si on savait où chercher. Mais pas vraiment à l'épicerie de Castillac, n'est-ce pas ? Et, j'ai remarqué ça parce que c'était inhabituel et bizarre, un sachet de quelque chose appelé réglisse salée. C'est allemand, apparemment. Ça me donne envie de vomir rien que d'y penser. Amy est montée dans le taxi de Vincent cette nuit-là, après la célébration ici même, Chez Papa. Elle était ivre. Elle avait sa réserve de gourmandises anglaises dans son sac, elle a eu un petit creux et elle s'est servie pendant le trajet, laissant ses emballages sur le sol. Qui sait combien de temps Vincent a roulé avec elle avant de lui faire du mal ? Ça aurait pu être quinze minutes. Ça aurait pu être des heures. Même le lendemain. Mais quelque part en chemin, Amy a eu son dernier repas de malbouffe qui lui rappelait la maison.

Nico secouait la tête.

— Mais Molly, n'importe quel touriste n'aurait-il pas pu laisser ces emballages ?

— Tu penses que les gens à Castillac se régalent de McVitie's et de réglisse salée ? Peu probable, ajouta-t-elle, mais bien sûr c'est possible. Et si ça avait été le cas, et que Vincent n'était pas coupable, il ne se serait pas inquiété que je fasse le lien. Il n'aurait eu aucune raison de s'en prendre à moi hier soir.

Elle frissonna légèrement et Lawrence passa un bras autour de ses épaules.

— Pourquoi n'a-t-il pas simplement nettoyé sa voiture ? se demanda Alphonse.

— Je pense que, dans des cas comme celui-ci, ça devient un trophée souvenir, dit Lawrence, et tout le monde comprit et recula à cette idée.

— Peut-être que ces emballages étaient quelque chose qu'il gardait en souvenir d'Amy, pour se rappeler la nuit qu'il avait passée avec elle.

— Un souvenir douloureux, dit Nico doucement, et ils baissèrent tous la tête, incapables de dire quoi que ce soit d'autre.

MOLLY PASSA cette nuit-là chez Lawrence. Elle appela Dufort pour le lui faire savoir et il dit qu'il enverrait Maron faire quelques rondes, juste pour jeter un œil. Entretemps, lui et ses hommes faisaient tout leur possible pour trouver Vincent et l'arrêter.

— Alors, tu vas me le dire, ou je vais devoir te tirer les vers du nez ? dit Lawrence, une fois qu'ils furent installés dans ses profonds fauteuils aux coussins en duvet, directement devant un feu rugissant.

— Te dire quoi ? demanda Molly, ne sachant honnêtement pas de quoi il parlait.

— Eh bien, tu as failli être attaquée hier soir. Tu as dû t'enfuir et le meurtrier s'inquiète que tu puisses l'identifier.

— Euh, oui ?

— Alors où as-tu *dormi* la nuit dernière, Mademoiselle Sutton ? Je ne pense pas que tu sois rentrée seule chez toi, n'est-ce pas ?

Molly rougit. Un rougissement profond qui commença autour de sa clavicule et remonta jusqu'à son visage, la réchauffant tellement qu'elle dut s'éventer.

— Je suis surprise que tes sources t'aient fait défaut, dit-elle mystérieusement, et elle refusa d'en dire plus.

Ils firent griller d'épaisses tranches de pain sur le feu et les mangèrent avec d'énormes morceaux du plus délicieux fromage de brebis fabriqué par une femme qui vivait juste à l'extérieur de Castillac. Lawrence leur versa de grands verres d'eau minérale et ils terminèrent avec quelques carrés de chocolat Côte d'Or aux noisettes.

Les deux amis parlèrent tard dans la nuit et Molly tomba dans un profond sommeil dans le lit de Lawrence. Il insista pour dormir sur le canapé dans le salon et elle accepta juste pour cette nuit, reconnaissante d'avoir un endroit sûr où se reposer. Quand elle fut prête pour dormir et qu'elle éteignit la lumière pour s'enfoncer dans sa literie luxueuse, elle réalisa à quel point elle avait été stressée et effrayée ces dernières semaines, et s'endormit immédiatement.

Molly et Lawrence dormirent jusqu'à tard. Ils étaient en train de boire leurs premières tasses de café, pas tout à fait réveillés pour former des phrases, quand Lawrence reçut un appel.

— Allo ? dit-il, avec un accent presque français, au lieu de son accent californien.

— Vraiment ? Sans blague... c'est une très bonne nouvelle... d'accord... à plus tard, merci ma chère.

— Finissons ces tasses et allons faire un tour Chez Papa, dit Lawrence.

— Je sais qu'il n'est pas tout à fait l'heure du déjeuner, mais il semble que les célébrations battent déjà leur plein et nous ne voulons pas manquer ça. Dufort l'a attrapé, Molly. Apparemment, il se cachait dans une grotte près du vignoble Sallière. Pas d'arme ni rien, il s'est rendu tout de suite.

— Comment as-tu obtenu tout ça dans cet appel de dix secondes ?

Lawrence se contenta de rire.

— C'est une nouvelle fantastique. Je vais juste me changer et enlever ma chemise de nuit avant qu'on y aille.

— Seulement si tu en as envie, Molls, dit Lawrence, avalant son café et attrapant un gros pull.

40

Tout le monde acclama Molly et Lawrence lorsqu'ils sont entrés Chez Papa. La cheminée était allumée pour la première fois de l'automne, une nouvelle serveuse faisait circuler des assiettes de hors-d'œuvre gratuits et le restaurant se remplissait de villageois d'humeur festive maintenant que le cauchemar était terminé. Dufort parlait à quelqu'un juste à l'entrée de la porte, et Molly se glissa à côté de lui.

— Molly ! s'exclama-t-il en la voyant.

Il l'attrapa par les épaules et l'embrassa vigoureusement sur chaque joue.

— Nous n'aurions jamais pu y arriver sans vous ! En fait, vous avez fait tellement que je pense que je devrais vous mettre sur la liste de paie !

Il rayonnait et elle sentit une rougeur monter qu'elle s'empêcha soudainement de montrer. Elle était impressionnée que Dufort ne montre aucune irritation qu'une civile — et une Américaine de surcroit — ait reçu tous les honneurs.

— Je suis réellement navrée de ne pas l'avoir réalisé plus tôt, dit-elle.

— Même si cela n'aurait rien changé pour Amy.

Dufort pinça les lèvres et hocha la tête.

— Eh bien, Vincent est incarcéré maintenant, dans notre petite prison pour le moment. Il sera transféré dans un établissement plus grand d'ici un jour ou deux.

Dufort devint sérieux, puis il se pencha près de l'oreille de Molly et dit :

— Vous savez, il est plutôt pathétique. Il a avoué le crime et n'offre aucune défense. Il est juste assis là, stoïque, mais abattu, comme s'il était prêt à accepter toute punition qui lui serait infligée.

Le bruit de la fête devenait fort et Molly haussa simplement les épaules. Elle trouvait intéressant que le commandant gendarme soit capable de trouver de l'empathie pour l'homme qu'il avait si ardemment voulu capturer. Elle ne pouvait pas dire qu'elle ressentait la même chose. Moins il y avait de sociopathes meurtriers dans les parages, mieux c'était, selon elle. Et bien sûr, Dufort serait d'accord, même s'il était incapable de voir l'homme comme un monstre.

Molly voulait demander si Vincent était responsable des autres enlèvements, ceux de Valérie Boutillier et d'Elizabeth Martin. Mais le milieu d'une fête de plus en plus bruyante ne semblait pas être le bon endroit.

Marie-Claire Levy apparut de l'arrière-salle et s'approcha de Dufort avec une expression plutôt timide. Il lui sourit et glissa son bras autour de sa taille. Molly essaya de cacher sa surprise ; elle pensait qu'il était célibataire, mais maintenant... ?

Thérèse Perrault vint embrasser Molly sur les deux joues et la remercier. Les yeux de la jeune femme pétillaient, et elle rit et leva son verre pour porter un toast à Molly, ce que Molly trouva très généreux de sa part. L'autre officier n'était pas venu Chez Papa, il avait toujours semblé un peu froid, celui-là.

Juste à ce moment-là, ils ont été frappés par un courant d'air froid et Lapin apparut dans l'embrasure de la porte. On ne l'avait pas vu depuis sa nuit en prison et il avait l'air hésitant et mal à l'aise.

— Lapin ! s'écria Alphonse, entre et prends un verre !

Molly croisa les bras sur sa poitrine et soupira.

— La bombe ! dit Lapin, en l'apercevant.

Mais ensuite il détourna le regard, mal à l'aise.

Peut-être que quelque chose de bon sortit du fait d'être un semi-suspect, pensa Molly, osant baisser les bras.

Nico passait un plateau de boissons. Il se retourna pour retourner au bar, puis changea d'avis et prit la parole.

— Tu es parti avec Amy, dit-il à Lapin, sa voix basse et inhabituellement sérieuse pour Nico.

— Alors que s'est-il passé ? Comment Vincent a-t-il mis la main sur elle ?

Lapin baissa la tête. Molly remarqua des touffes de poils qui poussaient de ses oreilles et pour une raison quelconque, cela lui inspira de la pitié.

— Je l'ai mise dans son taxi, dit-il doucement.

— Et pourquoi ne me l'avez-vous pas dit, quand je vous l'ai demandé ? dit Dufort.

— Pourquoi avez-vous menti ? ajouta Perrault, d'un ton accusateur.

— Parce que... Lapin commença, mais se mordit la lèvre. Il a levé les yeux au plafond, puis a passé sa main sur son visage.

— Écoutez, il a mon âge. Nous étions à l'école du village ensemble, bien que nous n'étions pas amis. Vincent n'avait pas d'amis.

Lapin fit une pause et essuya son front avec un mouchoir.

— Et puis, vous savez, après l'école j'ai commencé mon commerce d'antiquités.

— Brocanteur, dit Nico à voix basse.

— Un de mes premiers boulots, continua Lapin, était à la ferme Cloutier. La famille de Vincent. Son père était décédé plus tôt, mais ils m'ont appelé quand sa mère est morte. J'étais très content, mon entreprise venait de démarrer, vous comprenez, alors j'étais reconnaissant...

Tous — Molly, Dufort, Perrault et Nico — se penchèrent pour entendre ce que Lapin disait par-dessus le vacarme de la fête.

— Je n'ai pas eu la vie facile après la mort de ma mère. Loin de là. Mais quand j'ai vu la ferme Cloutier...

Lapin essuya son front et regarda le plafond.

— Il vivait dans la crasse. Pas d'eau courante, pas de chauffage. Je vous le dis, l'odeur des ordures et des excréments à l'intérieur de la maison me faisait pleurer les yeux. Je suppose que sa mère avait perdu la tête à un moment donné. Vincent m'a dit qu'il n'était pas autorisé à jeter quoi que ce soit. C'était bien sûr il y a des années et j'ai eu de nombreux emplois depuis, et j'ai vu l'intérieur de maisons que des étrangers n'avaient jamais vues. Bref, j'ai vu beaucoup de laideur, je vous le dis. Mais rien n'égalait la saleté et la dégradation de la ferme Cloutier. Pas même de près.

— J'ai fait ce que j'ai pu pour l'aider, j'ai fait nettoyer l'endroit et je l'ai fait vendre pour qu'il puisse prendre un nouveau départ dans son propre logement. Mais vous savez, on ne se remet pas de dommages comme ça.

— Donc... dit Perrault.

— Vous avez eu pitié de lui? Mais qu'en est-il d'Amy? Vous n'avez pas de pitié pour elle?

— Je ne me pardonnerai jamais d'avoir été celui qui l'a mise dans son taxi, dit Lapin.

— Et oui, je n'ai pas honte de dire que j'ai eu pitié de lui. Malheureusement, il était trop tard pour sauver la fille de toute façon, au moment où j'ai appris sa disparition.

Puis, Lapin se fraya un chemin à travers la foule, criant à un ami, laissant les autres se regarder avec étonnement.

— Je vois, dit Dufort à Molly.

— Je me demandais pourquoi Vincent s'en était pris à vous, mais pas à Lapin. Je pensais que c'était simplement parce que vous êtes une femme. Mais peut-être que, Lapin ayant été gentil avec lui quand sa mère est morte, l'a en fait sauvé.

— Ouah, dit Molly, pour une fois sans voix.

Dufort déclara, d'une voix d'acier :

— Vincent nie toute malversation avec Valérie ou Elizabeth. Mais je vous le dis tout de suite, si je trouve la moindre preuve qu'il ment, il ne reverra jamais la lumière du jour en dehors de la prison.

MOLLY NE QUITTA PAS La Baraque pendant une semaine après la fête Chez Papa. Elle avait besoin de cuisiner pour elle-même, de continuer à découvrir les recoins de sa maison, de fouiller dans le jardin et de comprendre comment faire pour que le feu du poêle à bois reste allumé. Lawrence était allé déjeuner un jour, et elle parlait à Mme Sabourin par-dessus le mur pendant qu'elles faisaient les derniers nettoyages du jardin pour la saison. Mais à part ça, elle se complaisait joyeusement dans la solitude, écoutant du blues aussi fort que jamais.

Pour commencer, l'émotion intense des semaines précédentes l'avait épuisée, même si secrètement elle était un peu euphorique d'avoir non seulement retrouvé Amy, mais aussi résolu son meurtre. Mais les évènements avaient également eu un autre effet, inattendu : elle n'était plus sure d'être prête à fermer la porte à l'amour de façon si catégorique.

Ce n'est pas qu'elle avait quelqu'un en tête, du moins, elle ne serait pas capable de se l'avouer. Mais les Bennett avaient fait une forte impression sur elle. Au milieu du pire chagrin imaginable, ils s'étaient accrochés l'un à l'autre. Et Molly était certaine que si on leur demandait si fonder leur famille avait été une bonne idée, même en sachant la terrible chose qui s'était produite, ils diraient sans réserve qu'ils étaient heureux. Qu'ils étaient reconnaissants d'avoir eu Amy, d'avoir connu Amy, même si la perte de celle-ci était insupportable.

Molly faisait la vaisselle en retournant tout cela dans sa tête quand elle entendit frapper à sa porte d'entrée. Elle alla ouvrir et le chat roux se faufila entre ses pieds, la faisant trébucher et tomber à genoux. « Va-t'en horrible créature ! » cria-t-elle. Elle était tombée sur un tapis donc n'était pas blessée, et se releva rapidement pour aller ouvrir la porte.

— Salut, Molls ! Je parie que tu pourrais avoir besoin de moi pour un peu de ménage par ici, pendant que tu t'occupes de choses plus importantes ! s'exclama Constance en entrant dans la maison d'un bond, portant ses emblématiques baskets montantes.

Molly remarqua que ses cheveux étaient emmêlés à l'arrière. Les deux femmes firent signe à Thomas alors qu'il faisait demi-tour avec sa moto et repartait.

— Très bien alors, dit Molly, à moitié amusée.

— Entre donc, j'ai peur qu'il y ait beaucoup à faire.

FIN

ÉGALEMENT PAR NELL GODDIN

La Troisième Fille (Les Mystères de Molly Sutton 1)
La Femme la Plus Chanceuse (Les Mystères de Molly Sutton 2)
Le Prisonnier de Castillac (Les Mystères de Molly Sutton 3)
L'amour assassin (Les Mystères de Molly Sutton 4)
Le Meurtre du Château (Les Mystères de Molly Sutton 5)
Meurtre en Vacances (Les Mystères de Molly Sutton 6)
Un Meurtre Officiel (Les Mystères de Molly Sutton 7)
Ténèbres Fatales (Les Mystères de Molly Sutton 8)
Pas d'Honneur chez les Voleurs (Les Mystères de Molly Sutton 9)
Œil pour Œil (Les Mystères de Molly Sutton 10)
L'Oubli Doux-amer (Les Mystères de Molly Sutton 11)
Sept Morts sur un Rang (Les Mystères de Molly Sutton 12)
Madame Tessier, la femme qui savait tout (Les Mystères de Molly Sutton 13)

REMERCIEMENTS

Tommy Glass et Mariflo Stephens, vous êtes les meilleurs éditeurs au monde, remerciements précieux et infinis.

Un grand merci à l'équipe de choc composée de Christiane Rimbault et Geneviève Debussche-Rimbault, qui m'ont aidée à éviter des insultes à la belle langue française et à bien comprendre les détails de la gendarmerie. Je vous remercie de tout cœur.

À PROPOS DE L'AUTEURE

Nell Goddin a travaillé comme journaliste radio, tutrice pour les SAT, chef d'omelettes minute et boulangère. Elle a essayé d'être serveuse, mais elle était vraiment terrible dans ce domaine.

Nell a grandi à Richmond, en Virginie, et a vécu en Nouvelle-Angleterre, à New York et en France. Elle est diplômée du Dartmouth College et de l'Université Columbia.

www.ingramcontent.com/pod-product-compliance
Lightning Source LLC
Chambersburg PA
CBHW061652190726
48289CB00006B/1842

* 9 7 8 1 9 4 9 8 4 1 2 5 1 *